Pilar Baumeister

Getrübte Beziehungen

© 2015 Pilar Baumeister

Herstellung und Verlag:
BoD - Books on Demand, Norderstedt

Umschlaggestaltung:
Angelika Acker

ISBN 978-3-7392-0519-9

Inhalt

Die Schwestern der Ehefrau 9
Steine und Bäume sind fast unsterblich 28
Die Adoptivtochter des Bankiers 42
Die vom Himmel Geschützten 54
Warum ein Debüt mit 61? 64
Verhasste Pflegerin - junger Verliebter 71
Mein Orgasmus mit dem Leben 84
Das Kleid der Mutter 95
Wie kann ich den Menschen gefallen? 109
Die alten Trennungen - eine Fabel 125
Was wurde aus der schönen Messalina? 130
Die unerledigte Aufgabe 143
Die vierte Frau 165
Nach dem Trennungsjahr 183
Die verspäteten Liebhaber 203
Sex oder Liebe 217
Schwache, starke Tochter 239
Ex-ex-ex-Geliebte 262
Schneller als das Licht 266
Zu der Autorin 286

Die Schwestern der Ehefrau

Ich heiße Gregor Steinmetz, der Ehebrecher, obwohl die meisten meine Geschichte nicht kennen. Das erzählt man nicht jedem. Viel bekannter ist, dass ich vom Beruf Schlosser bin und eines meiner Hobbys Angeln war. Die Dreieckbeziehung zwischen Marie-Patricia, Adelaide und mir dauerte schon viele Jahre, bestimmt zwölfeinhalb. Patricia war Taxifahrerin, Französin, geschieden; sie hatte zwei Hunde, auf die ihre Mutter tagsüber aufpasste. Aber sie lebte nicht bei ihrer Mutter, sondern allein in ihrer unordentlichen, kleinen Wohnung und manchmal mit mir, obwohl wir meistens nur ein paar Urlaubstage, einige Stunden nachmittags nach Dienstschluss und gelegentlich einen Sauna-Samstag zusammen verbrachten. Adelaide wusste von meinem Verhältnis zu der schönen, süßen und abenteuerlichen Patricia und trug oft eine Opfermiene zur Schau, die mich verärgerte. Sie war immer der gute, treue Engel, der unsere Ehe vor Krisensituationen rettete, und ich war der rücksichtslose, eigensüchtige Teufel.

„Ich verstehe, dass du nicht zufrieden sein kannst", sagte ich manchmal. „Wenn ich an deiner Stelle wäre, könnte ich es nicht akzeptieren, dass du noch einen Mann neben mir hättest. Im Grunde bewundere ich deine Tapferkeit und Geduld. Du willst an der Ehe festhalten und es ist dein gutes Recht. Wir haben so vieles zusammen: Die Kinder, das Haus, die Jugenderinnerungen... Die ersten Jahre war ich dir auch treu, als die Kinder klein waren und ich genug Arbeit mit ihnen und Verantwortung zu tragen hatte. Aber danach... Was kann ich dafür, wenn ich mich in die andere verliebte und dass sie

mir mit den Jahren immer mehr bedeutet hat? Im Moment könnte ich sie so wenig verlassen wie dich."
Es gab eine Zeit, am Anfang meiner Beziehung zu Marie-Patricia, als ich entschlossen war, mich von meiner Frau zu trennen. Ich war schon ausgezogen und überlegte mir, ob ich nicht eine ganz neue Wohnung mit meiner Geliebten beziehen sollte, denn ihre jetzige war mir zu chaotisch und unsauber. Trotz meiner vielen Schwächen war ich immer ehrlich gewesen und ich täuschte Adelaide nicht über meine Gefühle. Aber nach viel Weinen und vielen Gesprächen machte sie damals unsere Trennung rückgängig. Sie wollte mich um jeden Preis zurück haben - egal unter welchen Bedingungen - und sie gab in allem nach Sie ging alle erdenklichen Kompromisse ein, sogar den schwierigsten und härtesten, dass ich meine Geliebte beibehielt und die Hälfte meiner Freizeit bei ihr verbrachte. Die Hauptsache für sie war, dass ich „zuhause bei ihr und den Kindern blieb". So widmete ich meine andere Hälfte der Familie, so gut ich konnte; unserem Sohn Frank und unseren drei Töchtern, unserer Katze, meinen Renovierungsarbeiten in unserem Hause und im Haus, das ich von meinem Vater geerbt und an mehrere Studenten vermietet hatte. Manchmal verschaffte ich auch der armen, traurigen Adelaide ein romantisches Abendessen im Kerzenlicht und eine schöne sexuelle Ablenkung in Erinnerung an die alten Zeiten. Teilweise sollte ich meiner Frau dankbar sein, denn sie hatte es ermöglicht, dass ich ohne Verluste alles besaß: Die neue Liebe, die mir so vieles gab, die mich verjüngte, und die Privilegien der Vergangenheit, Vaterfreuden, den materiellen Komfort zu Hause, auf den ich sehr ungern verzichtet hätte. Hätten wir uns scheiden lassen, hätten wir unser Haus verkaufen müssen mit all seinen Schätzen, die mir so kostbar waren, meinem Studio, das ich selbst eingerichtet hatte,

meinem Hobbykeller voller Computer und Musikinstrumente, dem Schwimmbad für die Kinder, dem Garten. Wie bei allen Scheidungen hätte unser Vermögen kläglich darunter gelitten und wir wären beide ärmer geworden. Adelaide verstand meine Bedürfnisse ganz gut, und allein aus dem Grund hätte ich nie aufhören können, sie zu lieben, weil sie eine lebenserhaltende Kraft war, die die Sachen, die wir zusammen gebaut hatten, immer schützen und nicht ganz verkommen lassen würde, während Patricia kein eigentliches Heim mit mir teilte, keinen festen Ort, nur Zeiteinheiten, vorübergehende Augenblicke. Andererseits aber war meine Lage ziemlich kompliziert, meine Frau machte sie nicht einfacher durch ihre ständige Eifersucht, Wut oder Depression. Da tat sie mir nichts Gutes, sondern quälte mich unaufhörlich. Es gab immer Krieg zwischen den beiden Frauen, auch wenn sie sich nie trafen oder miteinander telefonierten. Immer wenn ich zwei oder drei Wochen Urlaub mit der einen verbringen wollte, gab es Kampf und Spannungen mit der anderen, und besonders mit meiner Frau, die sich trotz ihrer anscheinenden Nachgiebigkeit durch die Kinder, durch Alter und Haushaltsverbindlichkeiten mit mehr Rechten glaubte. Meine Geliebte war weniger anspruchsvoll, sie zeigte sich mit allem einverstanden, was ich für sie erübrigen konnte, und dankte mir fröhlich und ausdrucksvoll für jeden Überraschungstag, der uns gehörte. Ihre Freude war ansteckend, fast ergreifend und daher lohnten sich die ganzen Herausforderungen und Auseinandersetzungen mit der einen, um die andere so glücklich zu machen und auch um meine eigene Freiheit, Mündigkeit, noch einmal zu bestätigen.

„Wie ist das möglich, dass diese Beziehung immer weiter anhält?", fragte Adelaide entsetzt. Am Anfang hatte ich gehofft, dass es irgendwann zu Ende gehen würde, deshalb hatte ich es akzeptiert. Wenn ich es gewusst hätte, dass es unveränderlich ist... Das übersteigt alle Kräfte. Was findest du an dieser fremden Person? Warum hast du nicht mit mir genug?"

Naja, für mich war „die fremde Person" gar nicht fremd, sondern ganz im Gegenteil, mir gänzlich nahe, warm, zutiefst betastbar, riechbar und ansprechbar, mit einer Folge von typischen Gesten und mir wohlbekannten Reaktionen. Aber ich konnte meine Vertraulichkeit mit ihr unmöglich auf Adelaide übertragen, genauso wenig wie sie mir ihre Begeisterung für Schnapspralinen übertragen konnte; diese blieben mir immer fremd.

Nein, meine Ehefrau genügte mir nicht, so leid es mir tat, trotz ihrer Güte und Beständigkeit. In allen übrigen Leidenschaften konnte ich mich beherrschen und mich fast überlegen zeigen. Ich rauchte nicht, trank nicht, spielte nicht, aß sehr bescheiden und nahm keine Drogen. Ich hätte beinahe ein vorbildlicher Mann genannt werden können, denn ich arbeitete viel und war nie aggressiv, ich war zu allen entgegenkommend und hilfsbereit. Aber die Frauen waren meine Sucht, schon immer gewesen, und als junger Mensch hatte ich mit vielen Freundinnen mein Glück versucht. Jetzt nach der langen Pause der Ehe und im reifen Alter hatte sich meine Entdeckungslust im Geschlechtlichen noch verstärkt.

Ich hatte ein besonders offenes Herz für Frauen. Meine Sinne waren sofort auf ihr Parfüm gerichtet, den individuellen Duft jeder einzelnen, den die anderen Menschen nicht zu spüren schienen. Ich empfand ihre Persönlichkeit als sexuelle Geschöpfe unter ihrem Rock versteckt, als wären sie hauptsächlich nackte Haut und eine sehr lebendige Gebärmutter. Besonders bei schönen Frauen kam mir sofort diese Vorstellung vom intimen Bereich, von warmen Beinen und Unmittelbarkeit. Die Hässlichen betrachtete ich mehr als Männer, kumpelhaft und ohne Gefühle, aber sogar sie zogen mich manchmal kurz an, durch ihre Intelligenz oder Zerbrechlichkeit und Schwäche. Sogar ältere Frauen konnten meine Aufmerksamkeit kurz fesseln und ich mochte sie als Ratgeberinnen und mütterliche Figuren mit ihrem reifen und erfahrenen Auftreten, das mir eine gewisse Bewunderung einflößte. Die Frauen waren eine faszinierende Rasse für mich, auch meine eigenen Töchter und Schwestern. Sie bedeuteten einen Lichtblick in meinem düsteren Alltag.

Ich war aber kein perverser Liebhaber. Ich hatte eine ganz normale Beziehung zu meiner Frau und dann zu Patricia. Ich fand beide schön, und beide gefielen mir. Als ich bei der einen war, konnte ich es richtig genießen und die andere vollkommen vergessen. Nur nach der aufregenden Vorbereitung und nach dem Liebesakt erinnerte ich mich plötzlich an die Abwesende mit einer sehr verschwommenen Sehnsucht und dachte: „Was mag die in diesem Moment ohne mich machen?" Mit einer gewissen Eitelkeit, aber auch Unruhe war ich mir der Tatsache bewusst, dass die zwei Frauen sehr abhängig von mir waren, meiner Nähe bedurften und immer auf mich warteten. Ich konnte so gut einen schönen Urlaub bei der einen oder bei der anderen verbringen, als würden sie sich nicht widersprechen, sondern eher ergänzen. Nur die letzten zwei Tage meines Urlaubs mit Adelaide waren meistens besonders schwierig und voller beleidigter Diskussionen, denn sie konnte den Gedanken nicht ertragen, dass ich sie bald verlassen würde, um meinen restlichen Urlaub bei „der Fremden" zu verbringen. Ich versuchte mein bestes, um etwas Gerechtigkeit in der Teilung meiner Person zwischen den beiden zu schaffen. Der Sommerurlaub war für beide gleich verteilt. Im Herbst gab es eine Woche für meine Geliebte, und die Weihnachtsferien gehörten natürlich der Familie. Die arme Patricia musste dann gänzlich ohne mich auskommen, was manchmal mein Mitleid erweckte, denn sie hatte ja nur ihre alte Mutter und die Hunde, während ich so viele Menschen um mich hatte: Kinder, Freunde, Schwiegereltern und noch dazu die zukünftigen Schwiegereltern unserer großen Tochter, Afrika, die schon verlobt war.

Ich fühlte mich mit meinen zwei Frauen zufrieden, auch wenn sie mir manchmal das Leben schwer machten. Eine Woche im Jahr bestand ich auch darauf, mich von ihnen zu befreien und etwas ohne sie zu unternehmen. Meistens fuhr ich mit zwei ledigen Arbeitskollegen zusammen auf Fahrradtouren oder Wanderungen. Die beiden Frauen jammerten, jede auf ihre Art, und sie hätten mir diese Freiheit am liebsten nicht gegönnt. Alles wiederholte sich, die kleinen Kriege, die unterdrückten Verdächtigungen. Adelaide glaubte einfach, dass ich zu der anderen ging: „Du willst es nicht zugeben, aber sie kriegt noch eine Woche. Sie bekommt mehr von deinem Urlaub als ich."

„Deine Eifersucht ist zum Kotzen", sagte ich und ging.

Marie-Patricia war auch ein Papagei. Sie riet mir immer mit ihrer Kinderstimme und ihrem singenden französischen Akzent wieder zur Trennung: „Trenne dich von ihr, sonst findest du keinen Frieden. Dann könnten wir richtig leben. Und die Kinder sind schon erwachsen."

Aber die Trennungsgedanken waren von meiner Seite aus schon überwunden. Vor ein paar Jahren hätte ich es getan, doch jetzt nicht mehr. Warum denn? Es bestand keine Notwendigkeit, da ich beide Frauen haben konnte. Der Liebesakt mit den beiden war sehr reizvoll und abwechslungsreich für mich, denn sie strengten sich sehr an, mich zu halten, mich zu locken und eine besondere Intensität mit mir zu erleben. Sie konkurrierten in gewisser Hinsicht, wollten mir gefallen, mit ihrer Kleidung, der Frisur, Make-up, Sprache und Manieren und mit ihrer Bereitschaft zur Liebe. Wie die Mädchen in einem Harem es auch wahrscheinlich gefühlt hatten, empfanden sie meine Gunst in abwechselnden Nächten als eine Auszeichnung und zeigten sich unterwürfig, mit allem einverstanden, und sie waren selbst nach dem langen Warten ausschweifend und zügellos, denn ich war nicht immer zur Verfügung trotz meiner leidenschaftlichen Natur. Nur einmal in den ganzen Jahren war es mir möglich gewesen, die zwei Frauen in derselben Nacht zu befriedigen, meine Frau zu Hause und meine Freundin im Taxi auf dem Weg zum Wald.

Mein Körper und auch mein Gewissen erlaubten mir solche exzessive Vermischungen nicht. Aus einem bestimmten Taktgefühl heraus wollte ich auch nicht Vergleiche zwischen dem Liebesakt mit der einen oder der anderen anstellen. Jede hatte ein autonomes Revier: Szenen vom Familienleben die eine, ein einsames Zimmer mit wilden Orgien des Ehebruchs die andere. Aber, wie gesagt, beide verhielten sich fast gleich in ihrem Durst nach Sinnlichkeit mit mir und ihrem Wunsch mich zu besitzen, Macht über mich zu erlangen. Mit Adelaide war der Geschlechtsverkehr vielleicht etwas routinierter durch die Eingewöhnung von so vielen Jahren, trotzdem war es sehr fein und angenehm, und danach konnte ich am besten einschlafen und ohne Albträume sein. Der Kontakt mit Patricia war erschütternder und Genuss erzeugender bis zur Ekstase. Ich fühlte mich dann sehr wach, jung und mächtig, von vornherein dazu geschaffen, die Welt zu erobern und eine schöne Geliebte zu haben. Es gibt einen Zustand der sehr positiven und höchsten Freiheit, den nur gewisse Sünden herbeiführen können. Deshalb war mir das Glück mit meiner Freundin genau so heilig wie das andere.

Ich könnte mich unmöglich zu meiner Frau bekennen und dabei die andere Frau opfern, die mir auch so wichtig geworden war. Es war eine Sackgasse und ich fühlte, ich war für beide da, nicht nur für eine, solange ich auf der Welt lebte. Das Leben meiner Freundin interessierte mich, genauso sehr wie das meiner Kinder oder meiner Frau. Als sie mich brauchte, fühlte ich mich verantwortlich und an allem interessiert, was sie betraf: Die Arbeit mit dem Taxi, ihre Hunde, die Krankheit ihrer Mutter, die Beziehung zu ihren Geschwistern und ihrem geschiedenen Mann. Ich empfand, dass unsere gegenseitige Freundschaft keine Grenze mehr kannte. Einmal, als sie ziemlich viel Geld im Lotto gewonnen hatte, bezahlte sie eine Reise von drei Wochen nach Italien für uns beide. Aber meistens versuchte ich, den Urlaub für sie zu finanzieren, da wir das ganze Jahr getrennte Kasse hatten. Ich fuhr sie zu den verschiedensten Orten mit meinem Campingwagen, und immer kamen ihre zwei Hunde mit. Sie war sehr fröhlich, dankbar für alles, was ich machte; sie brauchte viel weniger Geld als meine Frau, habe ich das Gefühl.

Es waren nicht nur leichtfertige Spiele und erotisches Vergnügen, sondern auch ernsthafte, gemeinsame Interessen. Einmal, als ihre junge Cousine starb und Patricia in eine schwere Depression verfiel, versuchte ich alles Mögliche, um sie zu trösten. Als sie sich beim Skilauf den Arm verletzte, war ich ebenfalls für sie da und besuchte sie oft im Krankenhaus. Als sie einen Unfall hatte und ihr Auto fast einen ganzen Monat in Reparatur war, holte ich sie mit meinem Wagen zwei Mal in der Woche vom Englischkurs ab, damit sie nicht so lange auf öffentliche Verkehrsmittel zu warten hätte. Auch mit ihrer armen Mutter war ich befreundet und ich brachte ihnen oft Pralinen und CDs, wofür sie sich eifrig bedankten. Und das war eine Sache, die meine Frau nicht verstehen konnte, dass ich meine Freundin nicht nur begehrte, sondern auch liebte, wie sie selbst.

Manchmal gab sich Adelaide mir in großer Leidenschaft und fanatischem Eifer hin, wie um mich endgültig von ihren Vorzügen zu überzeugen. Ihr Körper antwortete auf meinen Körper vorbehaltlos, ohne Grenzen der Vorsicht, und sie stöhnte voller Schmerz und Wolllust, was ich besonders reizvoll fand, denn sie verweigerte mir nichts mehr an extremen Experimenten, die ich auch mit ihr ausprobieren wollte und die ich bei meiner Freundin gelernt hatte. Sie wollte nicht zu keusch, rückständig und minderwertig erscheinen, und sie ging noch weiter als die andere in ihrer Ausgeliefertheit, um mir zu gefallen.

„Ja, noch mehr, noch mehr", ermutigte ich sie wild. „Du bist klasse, noch besser, als früher. Ihr macht mich fertig."

Die zwei Schwestern in der Liebe taten sich irgendwie zusammen aus der Ferne, um mich zur uferlosen Sinnlichkeit zu erwecken. Ich glaube, meine Frau war auch glücklich in solchen Augenblicken; nur als unsere Körper sich zum Schluss trennen mussten, flüsterte sie in plötzlicher Erinnerung und beinahe mit Entsetzen: „Du gehst jetzt doch nicht direkt zu ihr, oder?"

„Nein, erst morgen Nachmittag."

Sie sagte niedergeschlagen: „Ich bin unrein und unwürdig. Unter diesen Umständen sollte ich keinen sexuellen Kontakt mehr mit dir haben, wir sollten nicht mehr im selben Bett schlafen."

„Aber du hast es so gerne. Du wolltest es selbst wieder."

Gewöhnlich nach ein paar Tagen konnte sie der Versuchung nicht widerstehen und ihre Natur verlangte danach. Vielleicht konnte sie den Gedanken nicht ertragen, dass ich Marie-Patricia jetzt treu sein sollte. Auch ihre „Schwester" sollte leiden und hintergangen werden.

Gewöhnlich kam sie mit zwei Gläsern Wein in den zitternden Händen und sagte mit einer anscheinend frivolen Koketterie: „Lassen wir den Krieg für einen Augenblick sein."
Und sie fiel sofort verzweifelt und sehnsüchtig in meine Arme. Ich konnte sie nicht ablehnen, auch aus praktischen Gründen nicht, denn ich war schnell erregbar und sexuell bereit, es sei denn, wenn sie sich sehr schlecht benommen und mich besonders unerfreulich ausgeschimpft hatte. Sonst konnte ich ihr leicht verzeihen, da sie mich so ergeben und anspruchslos in ihre Nähe ließ. Manchmal war uns der Liebesakt zu kurz und wenig. Dann wiederholte ich ihn in derselben Nacht, um sie mehr zu versöhnen.

So war die Lage nach fast 25 Jahren Ehe. Sie war zweifellos ein Teil von mir und ich liebte sie auch, obwohl ich ihr fremdging. Die beiden Frauen taten mir abwechselnd leid. Sie konnten mir viel Genuss, aber auch viele Sorgen bereiten.

Armin Gross, einer der zwei Arbeitskollegen, die mit mir ein paar Tage im Jahr wegfahren, grüßt mich nach langer Abwesenheit und fragt mich nach dem Stand der Dinge. Er ist einer der wenigen, die meine private Situation kennen.
„Wie geht es deiner Frau? Und deiner Freundin?"
Ich atme schwer und fühle mich außer Stande, die Sache so einfach zu beantworten.
„Gut. Aber... Die Sache ist jetzt noch viel komplizierter geworden."

„Was meinst du damit? Hat eine von den beiden ein Ultimatum gestellt?"
„Nicht genau. Das Problem ist... Ich habe eine neue Freundin."
Armin ist überrascht und sofort neidisch: „Wieso? Noch eine? Du hast aber einen langen Atem, Mensch! Was hast du mit Patricia gemacht? Weiß sie auch davon?"
„Nein, sie habe ich ja gar nicht mehr... Mit drei Frauen hätte ich es nicht geschafft. Zwei reichen mir vollkommen."
„Musstest du rücksichtslos zu der zweiten sagen: „Eine neue Liebe ist da und ich verlasse dich?"
„Nein. Wir hatten schon Schluss gemacht. In letzter Zeit und besonders im letzten Urlaub verstanden wir uns nicht so gut, und dann traf ich Corinna, mein himmlisches Geschöpf."
„Prima. Erzähl von der Neuen. Wer ist sie?"
„Wir kannten uns schon seit Jahren, seit der Oberstufe im Gymnasium. Ich mochte sie und schwärmte immer von ihr, es war aber ein fast unmöglicher Traum, so schön, fähig und begabt mit einer sehr verantwortungsvollen Position in einem Hotel. Eines Tages - nach ihrer Scheidung - trafen wir uns zu den Karnevalstagen, hatten viel Spaß miteinander und dann entwickelte sich unsere feine Freundschaft zu einer explosiven und unvergleichlichen Leidenschaft. Ich kann es jetzt kaum noch fassen, dass ich so etwas Großartiges, das man nur in Träumen verwirklichen kann, für mich erreicht habe."
„Karneval war das? Vor zwei Monaten ungefähr?"
„Ja."
„Und lebt ihr schon zusammen?"
„Teilweise schon. Zu meiner Frau gehe ich nur äußerst selten. Nur wenn wir von Verwandten oder Freunden eingeladen werden oder wenn etwas mit den Kindern ist. Ich bin meistens in Corinnas Wohnung."

„Meine Güte, es muss ein Schlag für die arme Adelaide gewesen sein! Sie muss sich sehr gefreut haben, als du Schluss mit der anderen machtest. Sie dachte schon, sie wäre bald die einzige und war erleichtert. Und jetzt kommt die Neue mit einer verdoppelten Intensität und entführt dich gänzlich."
„Genau. An den alten Rhythmus hatte sie sich schon gewöhnt. Jede wusste, was sie von der anderen zu erwarten hatte, keine heftigen Überraschungen mehr; seit Jahren war es immer ungefähr das gleiche. Aber jetzt kommt eine neue Kraft ins Spiel von ungeheuerlichem Umfang, die nicht mehr gebremst werden kann. All die bisher getroffenen Arrangements müssen jetzt fehlschlagen. Corinna ist weniger kompromissbereit als Marie-Patricia. Sie will klare Verhältnisse, dass ich mich von meiner Frau trenne."
Armin lacht boshaft: „Es ist gar nicht so einfach für dich, eh? Es ist mehr oder weniger wie ein zweiter Zyklus, als es mit der zweiten anfing."
Ich finde, er relativiert meine Erfahrungen zu sehr, er misstraut meinen Launen und hält mich für stark genug nur am Anfang einer Beziehung, meine Leidenschaft aufrechtzuerhalten. Nachher werde ich Zugeständnisse machen, denkt er, und wieder bei meiner Frau bleiben. Wie kann ich ihm vermitteln, dass meine Gefühle für Corinna jetzt vielleicht noch intensiver und echter als für die zweite vor zwölf Jahren sind?
„Du bist ein kleingläubiger Geist", sage ich gekränkt. „Du denkst, es ist nur weil wir uns am Anfang befinden. Nach einem halben Jahr werde ich schon einer ganz anderen Meinung sein."
Armin verneint mit dem Kopf.
„Ich habe so etwas nicht behauptet. Es liegt aber nahe, dass du nicht besonders konsequent bist. Deine Frauen verdrehen dir den Kopf und bringen dich durcheinander. Jetzt sind es

schon drei. Wiederholungsmuster und Ersatzmechanismen bleiben dir beibehalten: eine Ehefrau und eine Geliebte, dann noch eine zweite Freundin. Eine vierte oder fünfte Frau wäre nicht völlig auszuschließen."

Im gewissen Sinne hat er Recht. Die Liebe ist groß... aber wechselt den Gegenstand. Wer hätte mir gesagt, dass meine Taxifahrerin mit ihren Hunden und ihrer Mutter völlig aus meinem Leben verschwinden würde und an deren Stelle Corinnas schöne Wohnung und das große Hotel, in dem sie arbeitet, jeden Tag auf mich warten würden? Auf nichts ist Verlass, und Armin glaubt nicht mehr an die Beständigkeit meiner Neigungen und die Größe meiner Liebe. Bisher hat er noch daran geglaubt, weil ich schon so viele Jahre mit den zwei Frauen zusammen war. Naja, als Frau würde er mich viel härter beurteilen, aber als Mann hat er Verständnis dafür und erleidet keine Enttäuschung.

Voller Begeisterung beschreibe ich meine neue Freundin. Er nickt wieder neidisch und pfeift entzückt: „Du wirst sie mir vorstellen, nicht wahr? Die anderen zwei kenne ich nicht persönlich."

Die Angelegenheit ist aber nicht so locker und fröhlich, wie sie auf den ersten Blick erscheint. Corinna gibt mir zwar ein rasendes Gefühl von Frühling und Jugend, wofür ich ihr unendlich dankbar bin. Es lohnt sich wirklich zu leben, um solche interessanten Frauen wie sie zu treffen, und ich bereue es nicht, dass sie meine ganze Existenz durcheinander wirft. Ich würde es nie missen wollen, und trotzdem... Es ist nicht einfach. Wenn Armin mich auf seine polarisierende Art fragt: „Bist du denn sehr glücklich, wie ein verliebter Teenager?", antworte ich deshalb besorgt, beinahe mürrisch und traurig: „Nicht so ganz. Corinna fordert viel von meiner Aufmerksamkeit. Sie ist eine tolle Person und begnügt sich nicht mit Halbheiten. Sie würde mich missachten, wollte ich beides retten, meine Beziehung zu ihr und meine Ehe; sie steht auf dem Standpunkt, dass nur eines möglich ist. Und im Moment ist uns kein besonders unbeschwerter Anfang gegönnt: Sie hat schon seit Jahren eine versteckte, aber schmerzhafte Hautkrankheit und gerade in den nächsten Wochen muss sie operiert werden. Ich werde mir extra Urlaub nehmen, um sie dabei zu unterstützen, um sie bei Operation und Nachoperation zu pflegen. Auch wenn wir statt Karibik-Kreuzfahrt nur Krankenhausatmosphäre als Hintergrund unserer Liebe haben werden, bin ich deshalb nicht enttäuscht. Alles verwandelt sich bei ihr in eine idyllische, erholsame Reise, und wenn man liebt, kann man auch Krankheiten überwinden."

„Verdammt, das ist schon Pech mit Euch! Wenn sie völlig gesund gewesen wäre, hättet ihr eine viel bessere Zeit gehabt. Ich kann mir vorstellen, dass Krankheiten trotz Liebe immer unvorteilhafte und gereizte Seiten der Menschen an die Oberfläche bringen."

„Nicht immer. Sie ist sehr geduldig und souverän. Und dass wir von vornherein schon zusammen durch dick und dünn gehen, ist vielleicht ein sehr positives Zeichen für unsere Beziehung. Aber sicher, ich habe ein sehr schlechtes Gewissen gegenüber Adelaide und den Kindern, die ich kaum noch sehe. Sie verzweifelt schon, ist krank vor Eifersucht und ständigen hysterischen Anfällen, die sie nicht mehr kontrollieren kann; sie wiederholt ihre alten, kompromissbereiten Angebote wie vor zwölf Jahren, will und will nicht mich loslassen, unter keinen Umständen ganz auf mich verzichten. Aber jetzt ist sie nicht mehr so jung wie damals. Sie wirkt so angegriffen, zusammengebrochen und traurig. Sie tut mir wirklich leid. Zweimal habe ich sie zum

Urlaub mit unserem Auto gefahren, denn sie hat keinen Führerschein, und so habe ich sie auch abgeholt; einmal war sie bei ihrer Familie, um ein bisschen Kräfte zu sammeln, und dann in den Ferien mit den Kindern auf einer Insel. Aber das Drama dabei ist, dass ich nur meine Fahrdienste anbiete und dann nicht dort bleibe wie sonst. Und jetzt werde ich auch zwei Wochen Urlaub gänzlich bei meiner Freundin verbringen, bis sie operiert worden ist. Ich komme ja nur selten nach Hause, nur um ab und zu meine Wäsche zu wechseln oder Ottos Geburtstag am vorigen Sonntag zu feiern. Technisch gesehen ist es mir auch etwas ungewohnt und umständlich ohne mein Zuhause auskommen zu müssen. Ich vermisse meinen Schreibtisch, mein Bett, die Katze und so viele Sachen, die mir jetzt an allen Ecken und Enden fehlen. In Corinnas Wohnung bin ich nicht ganz einheimisch, es ist nur eine vorübergehende Lösung. Seitdem ich dort verweile, habe ich einen fieberhaften Zustand von Unwirklichkeit, Unruhe und Erstaunen."

„Also nicht ganz zufriedenstellend. Du hängst doch an den Deinigen."

„Ja, sogar an dem Viertel, in dem ich immer gewohnt habe (ich war immer auf dieser Seite des Rheins) und an diversen Gewohnheiten, wie zum Beispiel meine kleine Veronika hin und wieder mit dem Auto von der Disco abzuholen oder meine Frau von der Arbeit, wenn sie Nachtschicht hat. Es sind alles Pflichten, die ich jetzt versäume; ich kann mich nicht vierteilen und in zwei Haushalten gleichzeitig anwesend sein. Die Unruhe scheint mein Schicksal zu sein. Immer diese Frauen! Manchmal, sogar in den Augenblicken, wenn ich meiner Freundin so verfallen bin, so voller Einigkeit mit ihr und in der brennenden Sicherheit unserer Liebe, verfolgen mich die Vorwürfe meiner Frau, ihre Tränen und ihre drohende Hand mit einer Pistole, und die Stimmen unserer Töchter, die umsonst versuchen, die entstandene Lage zu analysieren. Nein, ich war glücklicher in den ersten vier Wochen. Jetzt sehe ich mehr die Probleme, natürlich, die Unbequemlichkeiten. Aber vielleicht ist es so, weil Corinna und ich noch nicht richtig zusammen leben. Wenn wir ganz neu in eine Wohnung einziehen könnten und ich die meisten meiner Sachen bei mir hätte, dann würde ich nicht so viel vermissen. Ich könnte mit voller Kraft die Freuden der Liebe genießen."

„Wenn, wenn..." Armin lacht wieder, aber etwas gezwungen. „Es scheint, du bist noch nicht entscheidungsreif. Du hast dich in eine Sackgasse hinein manövriert. Jetzt fehlte nur noch, dass Patricia auch mit ihren alten Rechten käme und sich bei dir melden würde. Bei deinem großen Herz, wenn sie plötzlich Sehnsucht nach dir hat, wirst du sie nicht ablehnen, oder? Vielleicht solltest du dich von allen Frauen befreien, ein paar Monate in einem Apartment leben und abwarten."

„Ja. Vielleicht wäre es das beste. Mein Problem ist wahrscheinlich, dass ich alles zu ernst nehme. Du bist alleinstehend und gehst von Blume zu Blume wie ein Schmetterling ohne Gefahr, während ich mir immer die Flügel daran stoße, und dabei denken die Frauen immer, dass ich zu eigensüchtig bin, um zu leiden. Von Natur aus bin ich in jeder Beziehung monogam, und die Konfrontation auf die Dauer schreckt mich."

„Du bist auch kein Opfer, mein Lieber. Wenn überhaupt ein Opfer in der ganzen Geschichte ist, scheint es mir deine Frau zu sein. Aber ich wette, sie ist nicht so schwach, wie sie tut. Mit ihrer alten Geduld und ihren Verführungstechniken wird sie dich vielleicht wieder zurückgewinnen."

Wie immer habe ich jetzt Angst zu viel gesprochen zu haben. Die Frauen entfremden mich gewissermaßen von meinen Männerbekanntschaften, ich bleibe oft reserviert und still.

Corinna muss wie geplant ins Krankenhaus in eine andere Stadt zur Operation, und ich werde sie begleiten. Ich fahre zu mir, um meinen Koffer zu packen. Adelaide bleibt wie eine Statue unbeweglich stehen und betrachtet mich konsterniert.
„Ich dachte damals, ich hatte schon das Schlimmste erlebt. Aber jetzt ist es noch viel schlimmer geworden. Du kommst immer seltener, du weißt kaum noch, dass du eine Familie hast."
Wie immer versuche ich, ihr etwas zu geben, woran sie sich klammern kann.
„Nach dem Urlaub... dann komme ich wieder. Ich brauche diese paar Tage unbedingt. Dann renoviere ich den Kellerraum für Veronika und ich begleite dich zum Kieferchirurgen wegen der Implantate."
Sie scheint dadurch etwas hoffnungsvoller zu sein und lächelt.
„Werden wir hin und wieder ein Glas Wein trinken, wie in alten Zeiten?"
„Vielleicht."
Aber ich zögere. Ich will da nichts versprechen. Etwas hat sich gravierend verändert. Bisher konnte ich sie und Marie-Patricia noch auf einer ähnlichen Ebene sexuell attraktiv finden. Aber im Moment, durch den Ansturm der neuen Liebe, empfinde ich Adelaide nur als eine Schwester. Sie ist auch sehr abgemagert, blass, so deprimiert und ausdruckslos, dass sie einem nur leid tun kann. Sie hat viel von ihrem Glanz, dem Humor und Selbstvertrauen verloren.
Sie scheint meinen hilflosen, brüderlichen Blick zu spüren und flüstert atemlos und mit trockener Kehle: „Ich muss mir Bonbons kaufen. Es war schon genug, das ganze Theater, die ganzen Jahre mit der zweiten... Doch ich dachte, du konntest irgendwie nichts dafür. Zweimal hatte es dich erwischt, die

große Leidenschaft, und du littst auch unter dem harten Prinzip der Treue zu uns beiden. Aber jetzt... Du hast mich so enttäuscht! Ich weiß auch nicht, ob ich die Kraft aufbringen kann, diese zweite Geschichte wie die erste durchzumachen, wieder von vorne anfangen und die Krumen vom zweiten Tisch blauäugig und sanft zu meinen Lippen zu nehmen. Eine zweite Schwester ist mir schon zu viel."

„Ich verstehe dich gut", sage ich gerührt, aber teilweise froh, dass ich ihr wenigstens mein Verständnis anbieten kann.

„Es ist sehr schade, dass ich nicht einen Partner gefunden habe, der nur mich geliebt hat, ohne immer noch andere Frauen zu brauchen. Ich habe es wohl verdient."

„Ja. Es war kein Fehler von dir. Es lag an meiner Natur."

„Ich habe kein Glück in meiner Wahl gehabt, das ganze Schloss meiner Superträume bricht zusammen. Ich sollte dich endlich freigeben. Aber ich kann es noch nicht."

Ein ähnlicher Satz wie vor zwölf Jahren wird von ihr ausgesprochen, nur dass sie jetzt so leidend und gebrochen aussieht, dass ich mir wie ein Verbrecher vorkomme. Ich kann es ihr nicht verdenken. Sie krankt an der Ehe-Not, so wie ich am Ehebruch unwiderruflich erkrankt bin.

Jetzt gehe ich zu meiner schönen und warmen Freundin. Hoffentlich macht sie mir das Leben nicht so schwer wie meine Frau.

In gewisser Hinsicht und von allen moralischen Bewertungen abgesehen... Die drei Schwestern in der Liebe, die drei Frauen wie die chronischen Engel meiner Sucht, wachen über mir und machen mein Leben so wertvoll und vielseitig mit ihrer Gegenwart oder mit der Vergangenheit, die sie darstellen. Zum Teil habe ich sie selbst erschaffen, sie sind mein Kunstwerk, und man sollte mich nicht nur einen Frauenliebhaber, sondern einen Dichter nennen, denn ich rette alle, sogar die ältere Dame und die kleinwüchsige Nachbarin im Rollstuhl - und vor allem meine drei Auserwählten - vor der Asche der Gleichgültigkeit und des Sterbens. Mag sein, dass ich ihnen auch das Sterben durch meine Untreue bringe. Aber andererseits stelle ich mit Erleichterung fest, dass meine drei Edelsteine noch nicht tot sind, sondern dass sie lebendig gemütlich und liebevoll mein pubertierendes Herz bewohnen.

Steine und Bäume sind fast unsterblich

Ich bin ein alter Baum... oder zumindest komme ich mir sehr alt vor, obwohl ich nicht zu den ältesten gehöre. Ich bin zum Beispiel nicht die ganz alte Fichte in Schweden, die fast 10 000 Jahre zählt, noch eine der Grannen-Kiefern in den White Mountains in Kalifornien, die 4 000 bis 5 000 Jahre alt werden. Ich bin eine einfache Eiche wohnhaft in Deutschland und habe bisher 507 Jahre gelebt. Gewissermaßen kann man mich für durchschnittlich halten, ich gewinne keinen Rekord, werde nicht vom Fernsehen fotografiert und stehe nicht unter Denkmalschutz wie die schwedische Fichte als einmaliges Exemplar. Aber im Vergleich zu den Menschen kann ich mich glücklich preisen. Wer lebt so lange? Höchstens 107 oder 130 Jahre. Für sie bin ich so gut wie endlos und sie beneiden mich um diese halbe Ewigkeit, die ich besitze, denn alles ist relativ. Der Hund würde auch, wenn er denken könnte, den Menschen um seine Langjährigkeit beneiden. Die Menschen beneiden auch die langlebigen Schildkröten und ich beneide die Steine, die noch viel widerstandsfähiger, zäh und weniger verletzlich sind als ich.
Wie sagt das Lied von Hans Hartz? Nur Steine leben lang. Und auch einige Tiere sind so alt wie ich: Korallen (oder Anemonen?) in der Antarktis, die die 500 Jahre erreichen. Ich beneide auch den Riesenschwamm, dessen Alter mindestens auf 10 000 Jahre geschätzt wurde.
Nein, ich bin froh, dass ich kein Stein bin, denn Steine erleben so wenig und fühlen gar nichts. Jedoch wir, die Bäume, wir sind empfindlich, poetisch veranlagt und lebendig. Holz ist auch weniger streng und hart als Stein; wir streicheln die Hände der Menschen, der Kinder, die uns anfassen. Wir sind

grün und braun, erfrischend, geben der Umwelt Sauerstoff und Schatten dem müden Wanderer. Auf unsere Art sind wir wohltätig. Wir stehen fest verwurzelt, würdig und hoch gewachsen, während die Steine meistens gefallene, bewegliche und horizontale Körper ohne Wurzeln sind, die man mit sich tragen kann. Oder sie sind zu unmenschlich schwer, wie der Sisyphosstein...

Die Steine sitzen oder erscheinen wie auf der Erde umgeworfene Materie, während wir königlich stehen bleiben. Unsere waagegerechte Position bringt uns in die Nähe des Menschen und macht uns den Tieren überlegen. Die Tiere haben uns zwar ihre Bewegungsmöglichkeiten voraus, ihr Fliegen, Springen, Rennen... und da bin ich wieder etwas neidisch. Aber andererseits halte ich nicht so viel von der Bewegung. In der Stille kann man tiefer grübeln. Außerdem bewegen wir uns ja auch, mit der Erde, und wir sind noch mehr in der Erde drin als alle anderen.

Mein einziges Manko ist, dass ich nicht mit den übrigen Bäumen sprechen kann; die Vögel übertragen meistens unsere gegenseitigen Botschaften. Sonst bildet jeder Baum eine autonome Welt für sich. Die Wurzel, der Stamm und die Krone reden miteinander. Unser schönes Kleid, die Blätter, reden miteinander.

Ich kann mich nicht mehr daran erinnern, wie es war, als ich aus dem Nichts entstand und wie meine ersten Jahre als kleiner Baum waren. Da ich schon so viele Jahre lebe, ist mein Gedächtnis nicht mehr so gut. Amerika war schon teilweise entdeckt worden und die Renaissance in voller Blüte, als ich zur Welt kam. Gott sei Dank war das grauenvolle Mittelalter mit dem schreckenden Monster der Pest schon vorbei, obwohl es isolierte Pesterscheinungen auch zu meiner Zeit gegeben hat. Doch sie waren nicht in meiner unmittelbaren Nähe. So

unterbrach nichts die idyllische Ruhe im Walde und mir blieb der Anblick zermarterter, kranker Körper und der vielen Toten erspart.
Nur manchmal erzählten die Vögel furchtbare Geschichten und ich versuchte, sie zu trösten, oder sie kamen mit letzter Kraft, mit gebrochenen Flügeln, sehr verletzt, und starben sogar zwischen meinen traurigen Blättern, die weinten. Ich konnte solche quälenden Szenen nicht vergessen, gerade weil sie im harten Kontrast mit dem Frieden und der Einsamkeit des Waldes standen. Während der napoleonischen Kriege kam noch mehr Elend zu uns. Einige deutsche Soldaten suchten Zuflucht in den Wäldern, wurden aber von den Franzosen verfolgt und getötet. Ich sah die Leichen, die Schlacht, und zum ersten Mal hätte ich gern den Ort verlassen. Hätte ich bloß Beine gehabt und wäre ich nicht so unwiderruflich an die Erde gebunden gewesen.
Einmal tötete sich ein junger Mann mit einer Pistole und schrie wie wahnsinnig den Namen einer Frau durch den Wald. Manchmal kamen Gruppen von Wanderern oder Spaziergängern und zerstreuten mich mit ihrem Geplauder, ihren Picknicks und Witzen. Ich schaute interessiert ihre Bekleidung an, die vom 16. Jahrhundert, die vom 17. und bis hin zu unserem 21. Jahrhundert. Es ist wie eine kleine Modenschau für mich, wenn all diese Menschen den Wald besuchen. Meistens tragen sie sportliche Anzüge, aber 1824 sah ich an einem sehr kalten Herbsttag auch eine schöne Dame mit einem Pelzmantel. Der Mantel berührte meinen Stamm, kitzelte mich beinahe; gern hätte ich ihn um meinen Leib gelegt.
Manchmal kommen mir Liebespaare entgegen; sie zittern, träumen... und ich beobachte sie mit meinen alten Augen der Erfahrung. Eine süße Italienerin mit einem wunderbaren

Parfüm zog sich gänzlich vor mir aus; der Mann reagierte plötzlich sehr wirld, und ich empfand einen Baumorgasmus, wenn man es so definieren kann. Mein Harz floss heftig und machte meinen Körper ganz warm, wie durch flüssige Tränen. Das war im Sommer 1883.
Manchmal kommen Schulklassen in den Wald, mit aufgeregten Stimmen und Gesichtern, wie eine Barbarenhorde, als wollten sie etwas entführen: Die Natur, die gute Luft, die unvergleichliche Ruhe in dieser Ecke der Welt und mich... aber mich können sie nicht entführen, nur kurz anfassen. Die Kinder lehnen sich an mich, atmen tief ein, und die Lehrer zeigen am Beispiel der schönen Bäume und Pflanzen, wie unberührt und gesund die Natur hier noch ist, trotz Umweltverschmutzungsexperimente - fast wie vor drei Jahrhunderten, als alles noch heil und intakt war.
„So stark wie dieser Baum sind kaum noch welche", sagte ein melancholischer Lehrer mit düsterer Miene.
Die Kinder wollten sehen, wie stark ich wirklich war. Sie schlugen mich und kniffen unaufhörlich an mir. Doch es tat nicht weh. Ich war tatsächlich so stark wie ein Stein, und trotzdem empfindlich, poetisch und sentimental wie ein Tangosänger, wie Carlos Gardel. Das war am 7. September 1980, das weiß ich ganz genau. Mein Kurzzeitgedächtnis ist gut, nur die fernen Zeiten entgleiten mir manchmal.

Mein schlimmstes Erlebnis war ebenfalls im 20. Jahrhundert, ein paar Jahre zuvor gewesen. Aber es war nicht der erste Weltkrieg oder der zweite, obwohl ich auch darunter sehr litt wegen der verzweifelten Erzählungen der Vögel, die sich wie jüdische Vögel in Horrorgestalten verwandelten, das Fliegen verlernten und nur marschieren konnten, um sich in den Abgrund zu stürzen. Sogar die Schwalben verloren ihr

Interesse an warmen Ländern und wollten nur fallen oder wie ein gekreuzigter Jesu hängen bleiben. Es war wirklich entsetzlich mit den zwei Kriegen, und besonders mit Hitler. Aber mein persönlich dramatischstes Ereignis war im Dezember 1961. Anstatt Weihnachten zu feiern, wäre ich beinahe tot gewesen. Eine Masse von rauschgiftsüchtigen Vandalen traf sich im Wald und begab sich in eine Orgie der Verantwortungslosigkeit und Unzurechnungsfähigkeit. Sie rauchten und rauchten, tranken sich besinnungslos... Eine ihrer Zigaretten fing Feuer, und unbeabsichtigt wurden sie zu Brandstiftern und Zerstörern der Natur. Sie flüchteten, aber das Feuer blieb, und ich konnte ihnen nicht nachlaufen. Alles brannte, zwei meiner Nachbarn verbrannten, zwei gute Bäume meiner Kindheit; fast wie meine zwei Geschwister waren sie gewesen.

Gott sei Dank kam ein sehr starker Regen und rettete mich, bevor die Flammen sich in mich hineinschleichen konnten. Damals wurde es mir natürlich bewusst, dass wir Bäume nicht unsterblich sind, wir haben bloß eine verlängerte Lebensspanne, manche von uns. Doch ich muss es gestehen, ich gab mich oft der Illusion hin, als würde ich ewig leben, da ich nach so langer Zeit, über 500 Jahre, so daran gewöhnt bin zu leben. Dieser besagte Tag in 1961 war ein Schock für mich, denn ich hatte schon Menschen und Tiere sterben sehen, aber noch nie meine Landsleute, die lieben Bäume in meiner Nähe. Und wie sie verschwanden! Sie wurden zu nichts im Krematorium des brennenden Waldes. Nicht einmal kleine Reste konnten begraben werden.

Ja, ich habe mich täuschen lassen von den langen Jahren vor mir, die nie ein Ende zu nehmen schienen. Jede Spezies weiß instinktiv, mit wieviel sie zu rechnen hat. So wusste ich mit 100, dass ich noch mit ein paar Jahrhunderten rechnen konnte, und fühlte mich sicher und unbesiegbar. Wahrscheinlich lebt ein Hund intensiver als ein Mensch in den zwölf bis 16 Jahren, die ihm zugeteilt sind, aber mit wenig Glaube an das Leben, das für ihn so schnell geht. Und ich mit so vielen Jahren vor mir glaubte mich ewig, glaubte, der Verwalter der Ewigkeit zu sein. Ich war wie ein Gott des Waldes, jung und stark. Bis ich an jenem Tag meine lächerliche Schwäche und Bedingtheit begriff. Seitdem habe ich Angst vor Brandstiftern oder dass mich jemand mit einer Axt fällen und meine armen Knochen als Brennholz zum Heizen benutzen könnte. Im Grunde hänge ich an einem dünnen Faden und bete zu Gott, dass wenige Menschen kommen, denn die Menschen sind für mich viel gefährlicher als die Tiere. Kein Tiger oder Löwe würde auf die Idee kommen, einen Baum zu fressen.

Andererseits interessiert mich der Mensch mehr als alle übrigen Geschöpfe; ich kann mich mit ihm anfreunden und richtig zärtlich werden, wie dieses eine Mal, als ein schönes Kind, ein wunderbares Mädchen sich im Walde verlief. War es Gretel? Oder Schneewisschen? Nein, sie hieß anders. Aber viele Märchen erzählen von solchen himmlischen Gestalten im Wald. Mein Kind (Ursula hieß sie, glaube ich, denn sie wiederholte mehrfach ihren Namen, wie um die Einsamkeit aus ihrem Leib zu schaffen), mein Kind weinte bitter, als sie ihren Weg zu den Eltern nicht mehr zurückfinden konnte. Sie umarmte mich und suchte Schutz in mir, und ich versuchte, sie zu beruhigen und zu wärmen, wie ein alter Großvater.

Es war ein sehr kalter Januartag im Jahre 1923, und ich hatte Angst, dass sie erfrieren könnte, aber ich befahl dem Schnee uns in Ruhe zu lassen und weg zu bleiben. Und der Schnee gehorchte mir respektvoll, weil er sah, wie ernst ich es mit der kleinen Ulla meinte. Später kam die Polizei und die Eltern;

einige zu Fuß, andere mit einem Hubschrauber, falls sie verletzt in ein Krankenhaus transportiert werden sollte. Alle freuten sich zu sehen, dass sie noch am Leben war, ganz heil, an eine stützende Eiche gepresst, an mich, der sie noch hielt und liebkoste. Die fünf Geschwister machten viel Krach, tanzten durch den Wald und wir waren alle glücklich, dass sie vor Hunger und Kälte gerettet worden war.

Ich liebte die Menschen so sehr, und auch die Geschichte der Menschheit trotz ihrer Grausamkeiten. Ich hätte wie ein Geschichtslehrer sein können, denn ich kannte mich aus in allen Perioden und Zuständen. Ich hatte den hundertjährigen Krieg nicht erlebt. Wo war ich damals, als er begann (1337) und zur Zeit der vielen Schlachten: bei Mopertuis, Nájera, Montiel, la Rochelle und so weiter? Wahrscheinlich war ich noch im Nichts versunken, noch keine Idee von einem Baum vorhanden, der nachher so schön und prächtig wachsen würde.

Aber später erlebte ich den dreißigjährigen Krieg: 1618 bis 1648; als er anfing, war ich ein junger Baum von 111 Jahren. Naja, für die Menschen schon sehr alt, aber für mich, als Baum mit einem riesigen Lebenspotential nur der Anfang, ein Bruchteil, ein Fünftel oder weniger meines gesamten Daseins. Wer weiß, wie viele Jahre ich noch leben werde?

Ich als 111-jähriger Baum bemerkte schon den Krieg, der mich zum Zittern brachte, obwohl weder Tilly, Wallenstein, noch der Kaiser Ferdinand II. in meinen Wald eindrangen; nur einige verirrte Soldaten, die unter meinem Schatten starben und dann von den gierigen Raaben aufgefressen wurden. Es tat mir sehr weh, das alles zu sehen, und ich konnte es seelisch nicht verarbeiten.

Diese grauenvolle Szene verschlug mir viele Tage lang den Atem und die Sprache. Man denkt immer, dass wir die Bäume nicht sprechen, aber wir tun es doch, mit den Vögelchen und mit unseren eigenen Blättern. Aber vor so viel Trauer waren meine Blätter wie vereist und fielen und verwelkten, obwohl es noch kein Herbst war. Ich sah die letzten Minuten der Verletzten, ich roch den Gestank und dann sah ich die gierigen Raaben. Das war mir zu viel. Ich bekam ein krankes Gemüt wie die Menschen; ich wurde monatelang wie wahnsinnig, obwohl man es einem Baum kaum anmerken kann, es gibt auch keine Nervenkliniken für Bäume. Aber ich hatte Albträume; meine Blätter litten an Schüttelfrost, als hätten sie Fieber, und ich hätte sehr gerne wie die Menschen Tabletten zur Beruhigung genommen. Aber wir haben keine Ärzte, und ich musste mich alleine heilen. Oder vielleicht war es sogar besser so. Ich heilte mich selbst schneller, als die Ärzte es je gekonnt hätten.

Es gab auch fröhlichere Szenen, die mich ermunterten. Einige Soldaten retteten sich und ich konnte ihre Wiederherstellung mitfeiern. Es war ein großes Hoffnungslicht, wie später das süße Kind, das sich verlaufen hatte und von den Eltern unversehrt wiedergefunden wurde. Für all diese positiven Erlebnisse lohnte es sich so lange zu leben und den Verstand nicht ganz zu verlieren.

Doch es gab noch ein sehr trauriges Kapitel für sich: Nicht nur die Kriege und Unglücksfälle, sondern die Krankheiten der Menschen. Die Pest fand im Mittelalter ihren Höhepunkt, aber auch heutzutage ist sie nicht ganz besiegt. Als kultivierter Baum höre ich viel von dem, was die Ärzte erzählen, wenn sie im Wald spazieren gehen. Ein Arzt verkündete einmal: „Die letzte größere Pestepidemie ereignete sich von August bis Oktober 1994 im indischen Surat. Die WHO zählte 6 344 vermutete und 234 erwiesene Pestfälle mit 56 Toten."

Doch ich selbst habe einen solchen Fall noch nie gesehen und bin sehr dankbar, dass man mich verschont hat; denn Hörensagen ist nicht das gleiche wie direkt zu sehen und zu riechen, wenn so eine Krankheit die Menschen, sogar die Schönsten, entstellt und ekelhaft macht. Nein, danke. Ich brauche nicht alles zu kennen; ich will keine Enzyklopädie des Elends sein. Dann bleibe ich lieber dumm und im Rückstand, in meiner idyllischen Ecke, einem Paradiese gleich, von der Pest unberührt und von dem Tod nur selten heimgesucht.

In meiner Nähe sind manche Steine, und auch mit ihnen rede ich wie mit meinen Blättern oder mit den poetischen Amseln und den weitgereisten Schwalben.
„Eh, du, Stein... Wie alt bist du?"
„Ich weiß es nicht. Ich führe keine Chronologie."
„Bestimmt drei- oder viertausend Jahre. Und wie bist du entstanden, wenn ich dich fragen darf."
„Dasselbe könnte ich dich auch fragen. Ich glaube, alles sind materielle Gesetzmäßigkeiten und chemische Verschmelzungen. Das Wasser ist eine Zusammensetzung aus Sauerstoff und Hydrogen. Wir, die Gesteine, bestehen in erster Linie aus Mineralen: Sylikaten, aber auch Karbonaten wie Calcit oder Dolomit. Ich bestehe hauptsächlich aus Quarz, denke ich. Ich bin stolz auf meine Härte."
„Aber du sprichst nur von der Materie. Es gibt noch einen Schöpfer. Ich wollte nie ein Stein werden, weil ihr so ungläubig seid, während wir, die Bäume, von Natur aus religiös sind. Und wir haben eine Seele. Ich weiß, es ist eine gewagte Äußerung, aber ich glaube, dass wir Bäume nicht nur das Erdenleben kennen lernen werden. Unsere hohen Kronen streicheln manchmal den Himmel. Überhaupt, die ganze pflanzliche Welt - die Blumen, das Gras und die Bäume - wie

auch einige Tiere sind gut, weich und sensibel, und Gott sagte ausdrücklich, dass die Weichherzigen zu ihm in den Himmel kommen würden."

„Du bist ein Vampir der Ewigkeit. Du saugst immer daran, am Blut der ewigen Schöpfung. Ich dagegen bin bescheiden und begnüge mich mit der Gegenwart."

„Mich einen Vampir nennen! Ich finde es sehr ungerecht."

Ich sprach kaum noch mit den Steinen. Nur sonntags, wenn alles so feierlich aussieht, weil die Menschen sich ausruhen und in die Kirche gehen. Ich hörte die Kirchenglocken aus der Ferne und dann grüßte ich den Stein mit einem nachsichtigen Blick der Brüderlichkeit.

„Eh, du, Stein! Hast du etwas Schönes geträumt?"

„Nein, ich träume nie."

„Merkst du, dass es heute Sonntag ist?"

„Nein, für mich sind alle Tage gleich."

„Armer Stein! Es muss sehr eintönig sein. Ich wünsche, ich könnte dir ein Stück meiner Seele geben."

„Wenn du das tätest, dann hättest du viel weniger von deiner Ewigkeit, und du bist ja gierig danach."

Im gewissen Sinne hat der Stein Recht. Meinen Blättern, die mir am nächsten stehen und fast wie meine Kinder sind, möchte ich ein Geheimnis anvertrauen, das sonst kein sterbliches Geschöpf kennt, nur Gott und die Himmlischen. Mein Geheimnis ist, dass ich tatsächlich eine Seele habe, denn ich wurde am 3. Januar 1453 in Ägypten als Mensch geboren.

Meine Blätter, vor allem das Blatt Marie, das Blatt Josephine und das Blatt Georg, lächeln mich an und wollen mir nicht glauben.

„Du bist doch ein Baum, eine Eiche! Wieso solltest du ein Mensch gewesen sein?"

„Ich war aber einer. Jedes Jahr am dritten Januar feiere ich meinen Geburtstag als Mensch, obwohl ich nie davon gesprochen habe. Das Problem mit meinem Geburtstag ist aber, dass ich oft das Datum nicht weiß, denn im Wald gibt es keinen Kalender und keine Uhren. Doch ich habe manchmal so ein Gefühl wie beim Sonntag, oder ich höre die Menschen sagen: „Heute ist Weihnachten, heute ist Christus geboren", oder: „Morgen ist Neujahr." Dann kann ich mir ungefähr ausrechnen, wann der dritte Januar ist.
Ich hieß damals Osiris, ich verkaufte Teppiche, sang und machte Gedichte - besonders für meine neun Geschwister und die zwei Frauen, die ich liebte. Ich lebte besonders gern, dankte Gott für jede Minute, die ich wie ein Juwel betrachtete, und ich war sowohl in die Erde als auch in den schönen Himmel von Kairo und von anderen Städten verliebt. Aber als ich mich noch jung glaubte, mit 54 Jahren, wusste ich plötzlich, dass ich nur noch einen Monat zu leben hatte. Ich verzweifelte und bat Gott inständig um einen Aufschub: „Bitte, Gott, mach mich zum Baum, damit ich noch viele Jahre zu leben habe und noch nicht zu meinem Ende komme. Das ist mein einziger Traum im Moment und mehr wünsche ich mir nicht: Gerade in einem Weg stehen bleiben, mitten in der Natur... und dein Werk beobachten."
Gott hatte Mitleid mit mir, erhörte mich und verwandelte mich in eine Eiche. Ich glaube, in den ersten Jahren kam mir mein Schicksal fremd vor; ich fühlte noch als Mensch; ich dachte ständig an die Meinigen und wollte in meinem Bett schlafen. Aber mit der Zeit wurde ich immer mehr zum Baum und ich haderte nicht mehr, denn es war ja meine eigene Wahl gewesen."

„Und, bist du der Einzige, dem so etwas zugestoßen ist?", fragte das Blatt Marie neugierig. „Oder gibt es andere Männer und Frauen, die auch zu Bäumen verwandelt wurden?"
„Ich weiß es nicht. Manchmal denke ich, ja. Hinter jedem Baum verbirgt sich ein Mensch wie ich, der Angst vor dem Sterben hatte und den Wunsch des Überlebens an Gott äußerte. Im Wald hört man den Geist vieler Menschen vergangener Jahrhunderte, deshalb ist es hier nicht einsam, sondern voller Stimmen und Gefühle. Manchmal mache ich mir Gedanken um die drei oder vier Bäume, die mich umgeben, die ich noch wahrnehmen kann. Ist eine von denen vielleicht eine Frau, die ihre wahre Identität hinter dem Baum-Sein verschleiert? Und könnte ich diese Fremde aus der Ferne noch lieben, wie ich damals als Mann in Ägypten geliebt hatte?"
„Du solltest mehr mit den anderen Bäumen sprechen", sagt das Blatt Georg kategorisch. „Dann würde sich vielleicht das Rätsel klären. Ihr seid zu reserviert zu einander und redet nur über das Wetter, über den Frühling und den kommenden Winter."
„Ja, das sind unsere Lieblingsthemen. Ach, ich will nicht mit ihnen über den Menschen sprechen! Vielleicht bin ich wirklich der einzige, der so etwas durchgemacht hat, und sie würden mich für verrückt halten. Nur der Mensch kann so viel leiden. Der Tod des Menschen ist so grausam! Der Herbst und der Winter sind ein wenig ähnlich, wie ein Antiklimax des Lebens; aber wenigstens wissen wir, dass es nur vorübergehend ist und dass wir im Frühling wieder aufwachen werden."
Das Blatt Josephine sagte misstrauisch: „Im Grunde ist es ein bisschen Betrug an dem langen Leben der Bäume. Wenn man den Winter abzieht bleibt nicht soviel von den 507 Jahren."

„ja, im Winter bin ich ziemlich arm dran, aber ich lebe noch. Nur schade, dass meine lieben Blätter immer verschwinden, aber ihr kommt im nächsten Jahr wieder."
„Und trotzdem... Wir sehen nicht mehr schön aus; wir kränkeln und fallen, und du leidest auch mit uns."
„Doch nichts ist mit dem Menschensterben vergleichbar."
Ich machte meine Baumaugen zu und dachte an die Pest, an die Kriege, an eine junge Frau, die das Opfer eines Mörders im Walde wurde, was mich damals, 1977, mit Entsetzen erfüllt hatte, weil ich nichts tun konnte, um sie zu verteidigen. In jenem Augenblick hatte ich mir gewünscht, wieder ein Mensch zu sein, um zum Reich der Bewegungen, Waffen und Schreie wieder Zugang zu finden.
Das Blatt Johanna wollte mir auch widersprechen:
„Aber, als die Bäume verbrannt wurden... war das nicht auch ein grausamer Tod?"
„Oh, ja. Erinnere mich nicht daran. Meine armen Freunde!"
Blatt Evelynn fragte plötzlich: „War Gott nicht sehr beleidigt, als du so leichthin dein Menschsein gegen das Baumsein ausgetauscht hast?"
„Ich glaube schon. Ich hatte nicht genug Vertrauen in seine Existenz und hatte nur an die Erde gedacht. Aber ich hoffe, dass er mir nach so vielen Jahren verziehen hat. Außerdem habe ich als Baum so gut wie nie gesündigt. Wir begehen keine Sünden, die Bäume, wir sind wie die Heiligen. Doch ich weiß, meine Blätter und ich verdienen keinen sanfteren Tod als der Mensch, und wenn es geschieht, werden auch wir leiden."

Epilog

Aber was ich nicht wusste, war, wie es genau passieren würde. Ich hatte mich auf die Idee versteift, ich wäre fast ewig und würde wie die Rekordfichte in Schweden superlang andauern. Aber als Durchschnittseiche durfte ich keine so hohen Lebenserwartungen haben. Es war im Jahre 2010, als es geschah. Und es war nicht durch eine Axt oder durch Feuer, sondern einem sehr traurig lächerlichen Umstand zu verdanken: Umweltverschmutzung.

Die Menschen zerstörten ihre eigene Umwelt. Die Dummheit der Menschen beschränkte sich nicht nur auf Kriege - wie bisher - sondern erstmalig in der Geschichte auf die Tötung der Natur. Es war eine moderne Epidemie, die unter dem Namen „das Waldsterben" bekannt wurde. Die Industrien drangen in den Wald ein. Abgase und schädliche Substanzen verpesteten unsere gute Luft. Die meisten von uns wurden sehr krank und litten an Übelkeit; wir verloren unsere Farben. Das rettende, erfrischende Grüne war kaum noch in uns zu erkennen und wir konnten nur schwer atmen. Eines Tages erstickte ich.

Jetzt ruhe ich zwischen den Seelen anderer Bäume und Menschen, die auch als eine Folge des Umweltmissbrauchs, wie zum Beispiel in Tschernobyl, sterben mussten. Wir alle demonstrieren vor Gott und rufen im Chor um Gnade, wie in den klassischen Tragödien der Antike, obwohl die Antike so ein Phänomen wie das Waldsterben nicht kannte, nur Selbstvergiftung aus persönlichen oder politischen Motiven heraus. Wir rufen: „Bitte Gott, gib uns eine bessere Welt!"

Die Adoptivtochter des Bankiers

Er ist eine aufregende, rätselhafte Mischung aus besorgtem Vater und erotischem Liebhaber. Ich bin seine Geliebte seit dem Frühling, seit meinem Geburtstag, als ich 16 wurde. Davor hatten wir eine durchaus platonische Liebe zueinander. Mit zehn Jahren hatte ich beide Eltern bei einem Flugzeugunglück verloren und mit 14 lernte ich den Bankier im Haus meiner Großmutter kennen. Seit dem ersten Tag zeigte er ein hartnäckiges und unglaublich lebhaftes Interesse an meinem Leben, meiner Ausbildung, politischen Meinungen und musikalischen Hobbys. Ich sage, unglaublich, weil ich gar nicht daran gewöhnt war. Meistens wurde ich seitens der Lehrer und der ewig kranken, leblosen Großmutter ziemlich distanziert und kalt behandelt. Ich hatte keine Geschwister und fühlte mich einsam. Bertil Hagelstange behauptete kühn, er wolle meine traurige Existenz radikal ändern, und das wäre nur möglich, wenn er mich adoptieren würde. Er wollte mich mit neuen Geschwistern und Freunden verbinden, mir finanziell helfen, in meine Zukunft mit Unterstützung und Rat eingreifen und mir sogar seinen Namen geben, denn er liebe mich wie sein eigenes Blut. Mit 15 wurde ich von dem Ehepaar Hagelstange adoptiert. Aber im Grunde war er derjenige, der diese Adoption mit aller Macht nach vorne trieb. Meine Beziehung zu meiner Adoptivmutter war am Anfang nicht schlecht, aber sie hatten schon einen Adoptivsohn und zwei eigene Töchter. Sie war mehr an Reisen und an sanften Tieren, Hunden und Katzen, als an Menschen interessiert. Etwas von meiner Großmutter war auch in dieser kalten Gestalt, aber sie sah ganz anders aus, viel intelligenter,

schöner und natürlich viel jünger, 45 Jahre alt, und vollkommen gesund.
Meine neue Familie war eine große Entdeckung für mich, besonders in der ersten Zeit. Mein Bruder Johannes war etwas geistig zurückgeblieben; Herr und Frau Hagelstange hatten ihn aus Wohltätigkeit adoptiert, vielleicht zu einer Zeit, als sie, Sophie, am Anfang der Ehe eine religiöse Phase gehabt hatte. Jetzt war sie Atheistin und empfand nur Mitleid mit dem Jungen. Aber ich mochte seine Einfachheit und Naivität. Er war immer gut gelaunt, fröhlich, und lobte mich ständig, weil er papageiartig immer das wiederholte, was der Vater sagte, und dieser war meistens voll des Lobes für mich. Auch die Schwestern Julia und Roswitha waren anziehende Wesen. Sie bewunderten meine Persönlichkeit und Selbständigkeit, weil ich keine Dienstmädchen brauchte, weil ich so gut Klavier spielen konnte und eine Zeit lang leichte Schreibarbeiten beim Arzt meiner Großmutter geleistet hatte. Sie waren am Anfang weich und gutmütig; sie weinten sogar meinetwegen, als sie über mein unglückliches Schicksal als Waisenkind nachgrübelten. Aber später wurden sie eifersüchtig,, als sie sahen, dass der Vater nur mir Aufmerksamkeit schenkte, so viel zum Anziehen für mich kaufte, Bücher, Schmuck, und eine russische Klavierlehrerin für mich engagierte. In der gleichen Art wurde Sophie allmählich eifersüchtig und stiefmütterlich, als sie sah, dass ihr Mann nur mit mir allein Ausflüge machen und mich zu Konzerten, Ausstellungen oder Empfängen mitnehmen wollte. Ich konnte nichts dafür, und der Neid der anderen war mir unangenehm, denn er zerstörte die bisherige Konstellation der friedlichen Familie. Ich war unschuldig, obwohl ich innerlich schon instinktiv meinen Sieg über die anderen genoss und mich wie eine dumme Gans ohne Hintergedanken darüber

freute, Bertils verwöhntes und bevorzugtes Kind zu sein. Trotzdem sagte ich immer wieder zu ihm, um Feindseligkeiten aus dem Weg zu räumen: „Gehen wir alle zusammen, sonst sind die Mutter und die Schwestern beleidigt." Oder: „Julia möchte so sehr, dass du ihr ein Fahrrad schenkst! Ich kann lieber warten." Aber er ärgerte sich jedes Mal über meine Bescheidenheit und sagte hart: „Du muss eigensüchtig sein. Du hast lange genug gewartet, und jetzt ist deine Zeit gekommen."
Jetzt bin ich kein Kind mehr, jetzt bin ich seine Geliebte, die Geliebte eines reichen Bankiers jüdischer Abstammung.
Die Liebeserklärung meines Adoptivvaters ertönte knapp, konfus und leidenschaftlich in meinem, mit blau gestrichenen Wänden, jungfräulichen Schlafzimmer. Es war am Tag nach meinem 16. Geburtstag. Ich lag noch im Bett und wollte aufstehen, als ich seine Schritte hörte, aber er verhinderte mein Aufstehen mit einem Seufzer und legte sich schnell neben mich hin.
„Bleib' so... Es ist keiner im Haus, und ich möchte dir sagen, was ich für dich empfinde."
Ich war sehr überrascht, denn nie hatten wir so eine Intimität erlebt. Er hatte nur manchmal voller Zärtlichkeit mein Haar geküsst oder meine Hand gedrückt. Aber es war bestimmt nichts Schlimmes daran, wenn er sich mit mir im Bett etwas ausruhen wollte. Das machte er auch manchmal mit seinen Töchtern in Erinnerung an die alten Tage der Kindheit, wenn diese nicht schlafen konnten und er sie dann in sein Bett holte. Aber bei mir war es etwas anderes, das spürte ich; bei mir gab es keine Kindheitserinnerungen der Intimität, und es wurde mir etwas peinlich, als er flüsterte, seine Lippen an die meinen gepresst wie in einem Liebesroman: „Bleib liegen. Es ist schön zusammen." Dann wurde er noch deutlicher und erklärte

unbeholfen wie ein schüchterner Prediger: „Du bist wie eine Tochter für mich. Aber andererseits bist du eine fremde Frau, eine erwachsene Person, die ich mir ausgesucht habe, um das Leben zu genießen."
Jetzt war er nicht mehr so schüchtern, sondern sehr von sich selbst überzeugt und gar nicht mehr zu bremsen. „Ich war immer gut zu dir, nicht wahr? Und ich habe genug gewartet."
Seine Ungeduld amüsierte mich und brachte mich zum Lachen. Im Grunde wollte ich die ganze Szene nicht zu ernst nehmen. Es tat etwas weh, all diese Mischung aus ambivalenten Gefühlen, die ich nicht ganz durchschaute und verstand. Er war ja nicht mehr mein Vater! Er war jetzt mein Bräutigam, aber ein Bräutigam ohne Ring und ohne Hochzeit. Er schien in etwa meine Gedanken zu erraten, denn er beruhigte mich mit milder Stimme: „Es ist kein Inzest, keine Sünde, wir sind nicht blutsverwandt, nur auf dem Papier. Schon damals wollte ich dich zu meiner Geliebten machen... Aber ich dachte, eine Adoption war die einzige Lösung, um dich an mich zu binden; so konnte ich dir helfen und dich ohne böse Zungen trotz deiner Jugend und meiner Ehe mit einer anderen Frau für mich haben. Im Grunde war die Adoption wie eine geheime Hochzeit zwischen uns beiden. Meinen Namen trägst du schon, und ich biete dir alles an, was ein Mann einer Frau geben kann."
Ich wusste nicht genau, ob ich mich durch diesen Wechsel der Beziehung verletzt oder geschmeichelt fühlen sollte. Ich fragte naiv: „Was bewertet man höher, eine Tochter zu sein oder eine Geliebte?"
„Beides ist von unendlich hohem Wert. Ich liebe dich als Tochter und auch als Frau, die verführt werden möchte, beides ..."

Ich war nicht abgeneigt, seine doppelte Liebe zu erwidern. Er war charmant und verführerisch in seiner neuen Rolle, und ich war neugierig auf Erfahrungen körperlicher Natur. Nur der Gedanke, wie der Rest der Familie darauf reagieren würde, sollten sie es irgendwann herausfinden, machte mir Sorgen und Angst. Aber er beruhigte mich wieder: „Keiner braucht es zu wissen. Äußerlich bleiben wir wie bisher."
„Und innerlich? Wie stehen wir zueinander?"
„Noch tiefer miteinander verbunden. Meine Liebe kennt keine Grenze mehr. Du bist meine Lolita-Figur, wie Nabokovs Held, der in seine Stieftochter verliebt war. Aber ich bin nicht pädophil. Junge Mädchen haben mich immer angezogen, doch sie müssen schon erwachsen und voll entwickelt sein wie du."
„Bin ich voll entwickelt?", fragte ich schelmisch und eitel, und zeigte ihm meine nackten Brüste. Dann aber schämte ich mich und wollte flüchten. Er hielt mich fest in seinen Armen und lachte nur nachsichtig, wie ein strenger Vater, der sich hatte erweichen lassen. Ich stöhnte unkontrollierbar: „Soll ich mich ganz nackt ausziehen? Bist du sicher, das die anderen uns nicht überraschen werden?"
„Ganz sicher. Entspanne dich, mein Kind."
„Ich sträube mich gegen die Unehrlichkeit. Es scheint mir unloyal und problematisch. Sophie war bisher schon eifersüchtig auf mich und wenn sie ab jetzt etwas merken sollte..."
„Instinktiv weiß sie von vornherein, dass du die Siegerin bist... Praktisch leben wir schon lange getrennt. Ich habe schon einige Affären mit Frauen gehabt, mit Sekretärinnen, mit Dienstmädchen, mit deiner Klavierlehrerin."
„Und jetzt noch mit deiner Adoptivtochter? Du bist unmöglich. Ich bin empört."

Ich weinte fast vor Empörung und Wut, vor diesem lasterhaften, reichen Sexualfresser, der immer Affären mit seinen Bediensteten hatte. Aber er tröstete mich, indem er sehr poetische, schonende und behutsame Bilder in mein Ohr transportierte: „Unsere gegenseitige Liebe ist stärker als alles andere. Du bist alles für mich, Tochter, Frau, Mutter meiner Kinder. Ich wünsche, ich wäre so jung wie du und wir könnten alles von neuem anfangen. Ich möchte, dass du schwanger von mir wirst."
„Nein, um Gottes Willen!", murmelte ich entsetzt unter seinen Küssen. „Das wäre ein Skandal!"
„Dann müsste ich dich an einen impotenten Mann verheiraten, der keine Konkurrenz für mich darstellt. Oder besser noch. Wir flüchten auf eine einsame Insel, ich lasse mich pensionieren und alle Bankgeschäfte werden von meinem Nachfolger erledigt. Ich mache dich glücklich, du wirst es sehen."
Damit verbot er mir weiter zu reden und als brave Tochter gehorchte ich seinen Impulsen und der stummen Sprache der Liebenden.

Völlig zufrieden mit dem Ganzen kann ich nicht sein. Im Nachhinein betrachtet, ist es doch eine Sünde und das schlechte Gewissen plagt mich noch nach Jahren, obwohl Bertil der Hauptschuldige ist. Er hat gegen die heiligen Gesetze der Adoption verstoßen, er hat das Ritual der Adoption zu seinen persönlichen Zwecken missbraucht. Dem Inzest ist es schon sehr ähnlich, dass mein legaler Vater mit mir im Konkubinat lebt.
Sophie konnte die Situation nicht mehr ertragen und hatte sich rar gemacht, war meistens auf Reisen. Julia und Roswitha waren in Internaten im Ausland; böse Zungen redeten doch die meiste Zeit über uns, und der einzige, der uns vom großen

Familienleben geblieben war, war Johannes, der in seiner Naivität die Lage nicht ganz begriff. Aber auch mit ihm hatten wir weniger zu tun, denn Bertil wollte ausschließlich mit mir leben und mich überall mit hin nehmen, sogar auf Geschäftsreisen, als fleißige Mitarbeiterin und Tochter. Johannes wurde meistens zu einer Tante geschickt und schrieb uns zärtliche Briefe, die mich manchmal zum Weinen brachten, weil sie mich an die Zeit der Unschuld erinnerten.

Manchmal habe ich Bertil vorgeschlagen, wir sollten unsere Beziehung als Paar abbrechen und dafür das alte Familienleben wieder aufnehmen. Mit der Zeit würde man vergessen, dass ich ein paar Monate die Geliebte des Bankiers war. Aber ich bezweifle, dass Sophie und die Töchter mir je verzeihen würden. Sie würden eher darauf drängen, mich zu enterben und die Adoption rückgängig zu machen oder mich schnellstens und gegen meinen Willen zu verheiraten. Die idyllische Vergangenheit bliebe sowieso für immer verloren. Außerdem ist Bertil weiterhin hartnäckig in mich verliebt und will unsere geschlechtliche Liebe nicht aufgeben. Und ich habe auch gelernt, die Vorteile meiner Lage zu genießen. Ich bin eine reiche Frau voller Privilegien, Kontakte und gesellschaftlicher Prominenz. Ich kann unsere Wohnung einrichten wie ich will und meiner Freiheit sind keine Grenzen gesetzt, denn mein „Vater" ist immer mit dem, was ich plane, einverstanden. Er ermutigt alle meine Unternehmungen, ob es materielle Anschaffungen sind oder in Bezug auf meine Bildung. Ich kann unendliche Schönheit um mich herum sammeln; für mein Aussehen Frisur, Kleider und Schmuck; für meinen Geist Konzerte, vornehme Besucher und auserlesene Speisen, die den Magen streicheln, so dass man sich fragt, ob sie tatsächlich für den Körper oder eher für den Geist gemacht wurden. Für mich sind alles deliziöse Quellen

des Genusses, ob ein Stück Trüffeltorte, ein Gemälde von Botticelli oder ein orientalischer Teppich für meine müden Füße...
Vor einem Jahr eröffnete ich einen literarisch-musikalischen Salon und empfange immer donnerstags. Gerade dann sehe ich meine Machtposition am aller deutlichsten. Viele angehende Künstler versuchen meine Gunst zu erobern und kämpfen um meine Fürsprache bei meinem Vater, der noch mächtiger und reicher als damals geworden ist. Seine Angestellten vergöttern sowohl mich als auch die Gäste unserer Empfänge, die häufig Hilfe in ihrer Karriere brauchen. Ich übe meistens einen sehr guten Einfluss auf Bertil aus, und alle halten mich für eine sehr wohltätige junge Frau, die meistens mehr erreichen kann als eine Heilige.
Doch nicht immer waren die Zeiten so rosig wie jetzt. Es sind schon viele Jahre vergangen, seitdem ich mit 16 die Geliebte des Bankiers wurde. Jetzt bin ich schon 33. Die ersten sieben Jahre der Naziherrschaft überlebten wir schwer und am Ende emigrierten wir nach Amerika. Wir schifften uns wie so viele in Lissabon ein und ich kam ziemlich krank in New York an, wo die jüdischen Verwandten meines Vaters lebten. Johannes und die verwitwete Tante hatten wir mitgenommen. In New York trafen wir auch mit Sophie und den Töchtern zusammen, aber nur für kurze Zeit, denn wir wohnten danach in verschiedenen Städten. Sophie hatte einen sehr freundlichen und intelligenten Arzt als Liebhaber und die Töchter waren mit zwei amerikanischen Verwandten verlobt; sie bereiteten sich alle darauf vor, nach Israel zu ziehen. Aber mein Vater, Johannes und ich blieben fünf Jahre in Amerika, bis der Krieg zu Ende war, und kamen dann nach Deutschland zurück.
Die Rückkehr war ziemlich schwierig, und wir hatten eine sehr dunkle Periode von ungefähr drei Jahren, bis Bertil finanziell

wieder Fuß fassen und sich zu Hause fühlen konnte. Das schlimmste war aber die seelische Tragödie, die sich ganz plötzlich und ohne mein Verschulden 1947 bei uns breit machte. Julias kleiner Sohn, das einzige Enkelkind meines Vaters, von dem dieser wie ein Verrückter schwärmte, ohne ihn je gesehen zu haben, starb zweijährig in Israel. Als Bertil das aus dem Telegramm erfuhr, blieb er ganz sprachlos und vernichtet. Ich verstand seinen Schmerz, aber seine Reaktion mir gegenüber war mir unheimlich und unergründlich. Seitdem wollte er keinen Geschlechtsverkehr mehr mit mir haben, ein ganzes Jahr nicht. War es vielleicht ein Gelübde? Es hatte auch etwas mit seiner Gesundheit zu tun, denn diese hatte viel nachgelassen... Panikanfälle, Schweiß, Nervosität und schlechte Laune wurden immer häufiger. Aber seine Keuschheit hatte noch andere Gründe. Er schlief in einem anderen Zimmer und wollte nicht mehr mit mir reden. Er wollte mich weder als Frau noch als Tochter länger an seiner Seite dulden, hatte ich den Eindruck.
Ich war schon nahe daran, mich von ihm zu trennen und suchte nach einer Arbeitsstelle als Sekretärin. Aber mein Vater war sehr inkonsequent und mit der gleichen Plötzlichkeit wie bisher, sobald seine Tochter Julia wieder ein Kind in die Welt setzte, änderte sich sein Gemütszustand völlig. Er bekam wieder Lust zu leben und ich wurde wieder sein Alles, sein Hoffnungsschimmer, sein Juwel und die Hauptquelle seiner männlichen Energie.
„Wie zerbrechlich und unvoraussehbar ist mein Glück!", dachte ich verbittert, besonders in der ersten Zeit. „Ich werde nie Ruhe kriegen. Es kann immer jemandem in der Familie ein Unheil zustoßen, und dann bin ich wieder schuldig."
Nachher gewöhnte ich mich wieder an die positive Veränderung.

Und jetzt bin ich wieder verwöhnt, gut situiert, unbestraft und frei, alles zu tun, was ich möchte. Ich könnte mir sogar einen jüngeren Freund suchen und eine Ehe eingehen. Bertil wäre zu allen Kompromissen bereit, um mich in seiner Nähe zu behalten. Aber ich bin im Grunde eine treue Tochter und will ihm keinen so großen Schmerz verursachen. Außerdem verstehen wir uns noch gut in der Liebe, besonders nach unserer Versöhnung.

Seit April bin auch ich schwanger, wie meine Schwester Julia. Ich werde ein Mädchen gebären und ich freue mich unbeschreiblich über das neue Geschöpf, aber andererseits habe ich Angst vor der Niederkunft und auch vor dem, was die Menschen sagen werden in Bezug auf den Vater des Kindes. Sie werden alle nach ihm fragen, und es wird mir ziemlich peinlich sein, keinen Namen nennen zu dürfen. Inoffiziell wissen sie es schon alle und mit der Zeit wird man als selbstverständlich annehmen, dass der Großvater immer stolz und bedächtig mit der Kleinen herumspielt.

Trotzdem überlegen wir uns manchmal, was wir besser tun sollten. Wäre es nicht vernünftiger, den Skandal gänzlich zu vermeiden, indem wir irgendwo untertauchen? Ich bekomme manchmal Lust, wenigstens für zwei oder drei Jahre auszuwandern und lästigen Fragen aus dem Weg zu gehen. Wir könnten uns zum Beispiel auf eine Weltreise begeben, jetzt, da mein Vater nicht unbedingt weiterarbeiten muss. Und doch... meine Gefühle sind ambivalent. Ich fühle mich so wohl in meiner schön eingerichteten Wohnung und mit meinen Gästen, die mich verehren. Und Bertil ist auch abgeneigt, unser Stadtleben und seine Arbeit zu verlassen, denn er hat noch keinen Vertrauensmann gefunden, an den er alles delegieren könnte. Ich glaube, seit meiner Schwangerschaft bin ich nicht mehr in der Stimmung zu reisen; ich erhole mich lieber viele Stunden in meinem wunderbaren Bett und möchte keine neuen Landschaften sehen.

Wenn die Nachricht meiner Schwangerschaft bekannt wird, werden viele Gerüchte in Umlauf kommen. Ich habe viele männliche Gäste, die auch in Verdacht hätten kommen können. Ein französischer Graf, ein Freund meiner Großmutter, begleitet mich oft. Er ist zwar so alt wie Bertil, aber das hat nichts zu sagen. Und andere mögliche Väter könnten auch der Bildhauer, der Geigenspieler, der Maler oder der Journalist sein, die donnerstags zu meinem Salon kommen; und auch mein Adoptivbruder Johannes, der uns hin und wieder besucht. Eines steht für uns fest: Bertil kann im ersten Augenblick mein Baby nicht als sein Kind vor dem Gesetz anerkennen, da ich legal noch seine Tochter bin.

„Was machen wir da?", frage ich ihn bekümmert und unruhig.

„Zuerst muss ich mich von Sophie scheiden lassen. Dann wird die Adoption rückgängig gemacht und dann erst kann ich dich heiraten und das Baby adoptieren. Es wird einige Zeit vergehen, so leid es mir tut."

Seitdem ich mir all diese von ihm schnell beschriebenen Schritte überlegt habe, scheint mir das ganze Verfahren zu kompliziert. Eine Art mentale Lähmung ergreift mich und ich möchte nicht mehr denken. Bin ich ein Spielzeug des Schicksals, ich Unglückliche! Bei der Taufe des Babys wird dort stehen: Vater unbekannt! Und Bertil steht daneben, fremd und besitzlos, mit einem Märtyrergesicht, und küsst das Kind als eine unerwartete Enkelin. Das Bild ist trostlos, heuchlerisch, und so einen vertrottelten Mann möchte ich nicht mehr in meinem Bett haben. Zeugungsunfähig? Wer hat denn meine kleine Afrika gezeugt?

Aber das andere Bild einer rückgängig gemachten Adoption kann ich mir überhaupt nicht vorstellen. Wie geht das vor sich?

„Und hiermit erkläre ich dich nicht mehr zu meiner Tochter; ich entziehe dir meinen Namen und alle Erbansprüche."
Eine sehr unwirkliche Zeremonie... Nein, das möchte ich auch nicht. So viele Jahre auf einmal vernichtet und meine Hauptidentität gebrochen... Denn ich war ja vor allem das eine: Die Adoptivtochter des Bankiers.
Eines Tages treffe ich dementsprechend eine ziemlich radikale Entscheidung, die ich weder mit Bertil, noch mit anderen Bekannten bespreche.
Ich flüchte aus dem schönen Haus. (Ich gehe verschwenderisch, mit viel Geld und Gepäck, das schon, denn es ist immerhin mein wohlverdientes Erbe.) Ich fliege in eine andere Stadt. Wenn die Kleine geboren wird, werde ich von da an nur für sie leben und meine Tochter ganz alleine erziehen.

Die vom Himmel Geschützten

Am Anfang dachte ich, ich wäre die einzige vom Himmel geschützte Frau, aber jetzt sehe ich, dass es noch andere gibt. Ich lernte sie alle als einzelne, isolierte Fälle im Laufe meines Lebens kennen.
Doch ich habe sie heute alle zusammen zu mir eingeladen, um mit ihnen über unsere Situation zu reden. Es ist gerade die Simultanität gewisser Kontakte, die mich reizt. Kontakte nacheinander, mit Zwischenräumen von Monaten oder sogar Jahren, sind weniger faszinierend. Aber bitte, kein Chat im Internet. Wir als schwache, verwöhnte, ständig bewachte und unter Schutz stehende Geschöpfe, wollen uns nicht der Gefahr der Öffentlichkeit aussetzen. Wir hocken zusammen und beten zu allen möglichen vorchristlichen Göttern, die uns die Angst vor der Gefahr wegnehmen könnten: „Oh, Heimdall! Du giltst als Gott des Schutzes und des Bewachens. Dein Blick soll scharf und weitsichtig sein, so wie dein Gehör, mit dem du sogar die Mäuse schnarchen hören sollst. Wir fürchten auch um unseren Besitz, unser Erbe und unser Leben. Bitte schütze uns."
„Du, Diana römische Mondgöttin, Schutzgöttin der Frauen, der Geburt und der Heilkraft, verteidige uns Frauen gegen die brutale Stärke des Bösen. Befreie uns auch vor Ker, Göttin des gewaltsamen Todes. Und all die Gottheiten des Schutzes sollen uns auf unseren Wegen begleiten: Anthene, Silberia, Isis und Hathor, die Himmelsgöttin, Beschützerin der Frauen. Die eine ist mehr für die wilden Tiere, die andere für die toten Kinder, die andere für Reisende und Abenteurer."
Und wir, wir beten hier und dort ohne genau zu wissen, wer unsere tödliche Angst am besten versteht, Angst vor innerer

Versuchung und vor äußeren Umständen, aber vor allem vor den eventuellen Verbrechen unserer Mitmenschen an uns.

„Ganz gefahrlos leben können wir nicht", sagt Priscilla Thomson mit ihren gequälten, atemlosen Sprechpausen, während sie ihr Notrufarmband streichelt und von allen Seiten betrachtet.

„Nein", sage ich unbeherrscht laut.

Ich glaube, ich spreche lauter als sonst, obwohl Priscilla nicht taub ist und ihre vielfachen Behinderungen nichts mit dem Hören zu tun haben; sie sitzt im Rollstuhl und hat häufige Herzbeschwerden, das wohl. Und wir haben alle die gleiche Angst, weil wir trotz des Schutzes, den wir mit vollen Händen bekommen, gewisse Gefahren nicht völlig ausschließen können.

„Du hast Recht, Priscilla. Ein Attentat könnte in der Firma passieren, in der ich arbeite, und ich könnte als Geisel mitgeschleppt werden. Ein Erdbeben ist auch denkbar... und dann wäre die ganze Sicherheit und Geborgenheit meiner Wohnung in ein paar Sekunden zerstört. Trotzdem kann man behaupten, dass wir weniger gefährdet leben als die anderen; wir haben, Gott sei Dank, viele Momente der Gewalt und Kriminalität abgewendet. Vielleicht um den Preis des Freiheitsverlustes haben wir den Schutz des Himmels angenommen und somit auch gewisse Situationen für uns von vornherein ausgeschaltet."

Die Gräfin Mahler ist einverstanden: „Wir fünf Frauen in diesem Raum haben uns so arrangiert, dass wir statistisch vielleicht nur fünf Prozent der üblichen Gefahren ausgesetzt sind. Trotzdem frage ich mich, ob es auch kleine Unterschiede zwischen uns gibt. Wer ist die am stärksten Geschützte unter uns?"

Ich überlege mir sorgfältig, was sie gefragt hat. Bisher habe ich immer gedacht, ich wäre die am engsten kontrollierbare und daher leicht zu bewachende Person. Ich fahre nie per Anhalter wie andere, ich gehe nicht mit fremden Männern aus und bringe sie dann nach Hause, so dass das Risiko einer eventuellen Vergewaltigung hoch wäre. Ich bin durch die anderen und durch meine eigenen Gewohnheiten geschützt: Keinen Alkohol trinken, keine Kneipenbesuche machen, nicht ausgehen in der Nacht und mich nicht von unbekannten Menschen ansprechen lassen. Tagsüber arbeiten, manchmal Ankäufe und andere Sachen erledigen, aber immer in Begleitung von anderen, von Freunden oder von bezahlten Helfern, keinen Schritt vor die Tür allein gehen und abends in meiner wohlbehüteten Wohnung mit Sicherheitsschloss brav sitzen, lesen und schlafen. Da kann es natürlich weniger passieren, als wenn ich mich anders verhalten würde.
Durch mein völlig zurückhaltendes und stilles Leben, das keiner zu merken scheint, bin ich gegen Kriminelle und Feinde fast abgesichert. Keiner würde auf die Idee kommen, bei mir einzubrechen, so hoffe ich es. Kaum ein Mensch merkt, dass ich existiere. Manchmal habe ich das Gefühl, dass ich fast unsichtbar bin. Das ist teilweise erschreckend, aber auch wunderbar, denn ich möchte nicht von Verbrechern und Vergewaltigern besucht werden. Sehr leise, fast unhörbar, spreche ich meinen Dank aus.
„Geht weg! Lieber werde ich nicht gesehen, als dass ich einen unangenehmen Besuch empfangen sollte."
Mein Bezug zum Sehen bleibt sowieso gestört, da ich geburtsblind bin. Ich frage mich immer wieder, inwieweit die Menschen mich sehen können. Ich freue mich nur, dass die Bösen mich vergessen und meine Gegenwart nicht registrieren. Es ist gut für meine eigene Sicherheit. So werde

ich nicht beraubt oder ermordet wie andere Frauen oder arme, hilflose Kinder. Ich kann diese ganzen Morderzählungen nicht ertragen.
Wie ungeschützt ist der Mensch im Allgemeinen! Aber ich habe einen Vorteil, wie gesagt, wenn es als Vorteil bezeichnet werden kann, dass ich immer in Begleitung erscheine, wie die meisten Frauen im 19. Jahrhundert, die immer eine Anstandsdame bei sich haben mussten und besonders auf Reisen unfehlbar begleitet wurden. Weniger ungeschützt als unsere Jugend waren sie schon damals. Die Anstandsdamen hätten nach Hilfe geschrien, wenn ihrer Herrin etwas zugestoßen wäre. Und so würde auch eine Begleitperson in meinem Fall das Ganze für den Verbrecher etwas umständlicher machen.
Ich bin nicht so mobil wie andere Blinde, die sich mit Stöcken und speziellen Hilfsmitteln durch verkehrsreiche Straßen der Städte wagen. Als junges Mädchen wurde ich immer von der Familie, von den Eltern und zahlreichen Geschwistern und Cousins geführt und deshalb lernte ich kaum Mobilitätstechniken. Danach ging ich nur mit Freunden oder fuhr mit dem Taxi zu gewissen Veranstaltungen; von meiner Firma werde ich großzügigerweise jeden Tag von der Wohnung zum Arbeitsplatz und dann zurück gefahren.
Die Wege, die ich allein gehen kann, sind sehr kurz. Nur in meinem Wohngebäude oder im Betriebsgebäude mache ich ein paar Schritte selbstständig. Die Wahrscheinlichkeit eines Verbrechens an mir ist sehr gering. Ich habe errechnet, dass, sollte jemand ein Verbrechen an mir begehen wollen, dieses nur innerhalb von zwei Minuten passieren könnte, während ich die Tür meiner Wohnung zuschlage und zum Aufzug gehe und dann, wenn der Fahrer mich in den Betrieb absetzt, knapp eine Minute vom Flur bis zu meinem Büro. Aber von dieser

Seite aus besteht kaum Gefahr; es könnte eher im riesigen Haus sein, in dem ich wohne. Dass jemand sich versteckt, in der Ecke vor dem Aufzug die Nacht verbringt und sich dann gezielt und mit schrecklicher Geschwindigkeit auf mich stürzt. Aber nein, warum sollte jemand mir etwas antun wollen? Ich bin ja kaum sichtbar, nur für meine paar Arbeitskollegen und Bekannten. Ich bin unbedeutend und lebe in einer harmlosen Welt. Trotzdem weiß ich, dass jede Sicherheit trügerisch ist. Sogar Kleinkinder, die so irrelevant und anonym wie eine blinde Frau sind, werden manchmal entführt, sexuell missbraucht und im Wald ermordet. Das ist das Schreckliche in unserer Zeit, und die Frage, die ich mir immer stellen muss, lautet: „Warum bleiben einige Menschen vom Himmel geschützt, während andere den bösen Verbrechern rettungslos ausgeliefert sind?" Auf jeden Fall bin ich die Geschützte Amelie Frankenbach, trotz mancher trauriger Ereignisse seit der Geburt mit einem Engel an meiner Seite ausgestattet.

Die anderen Frauen gehören auch in die Familie der Geschützten, doch durch ganz andere Umstände.

Amina Erdem sagt mit einem gezwungenen Lächeln: „Ich glaube, ich bin die am meisten Bewachte, wie einen Edelstein von unendlichem Wert in einen goldenen Schmuckkasten gepresst und gut aufgehoben. Ich sage es nicht kritisch oder bitter. Ich bin stolz darauf und richtig froh, immer jemanden bei mir zu haben. Ich bin nie alleine. In der Nacht schlafe ich mit meinen drei Schwestern in einem Zimmer, tagsüber begleiten mich mein Vater und meine Brüder überall hin. Sogar zur Toilette werde ich geführt. Du gehst mit Begleitung, weil du nicht sehen kannst, Amelie, und ich wegen der Sitten unserer Kultur. Ich bin so daran gewöhnt, dass ich mir nichts anderes

wünsche. Ich hätte Angst und Langeweile, wenn ich die Familie nicht die ganze Zeit bei mir hätte."
„Und ich habe mein Notrufarmband", sagt Priscilla halb begeistert, halb traurig. „Damit kann ich selbstständig sein und ganz alleine leben; es ersetzt mir die Menschen im gewissen Sinne. Egal was für ein Notfall geschieht, ob Herzanfall, Hauseinbruch, Feuer, die Telefonleitung schaltet sich sofort ein, wenn ich auf den Knopf drücke, und dann retten Leute mich, vom Krankenwagen, von der Feuerwehr oder der Polizei. So bin ich gegen alles abgesichert."
„Das scheint sehr praktisch", sage ich munter. „Du bist tatsächlich die selbstständigste von uns und kommst ohne Hilfe zurecht."
Die Gräfin Ingrid Mahler zeigt sich nicht besonders überzeugt. Sie sagt mit einem Seufzer: „Ich würde so einem Mechanismus nicht viel Vertrauen schenken. Man weiß nie, ob die Leute noch rechtzeitig kommen, wenn man sie braucht..."
„Wer schützt dich denn?", fragt Emine die Gräfin Mahler. „Du glaubst nicht an Allah, wie ich es tue, sondern an Christus."
Sie antwortet schnell und verschluckt sich fast dabei: „Ja. In meiner Jugend war ich sehr reich. Ich hatte Leibwächter und drei sehr große, Respekt einflößende Hunde, die mich beschützt hätten, hätte sich irgendeine Gefahr ergeben. Aber am Ende wurde ich müde davon, von materiellen Verteidigungsinstanzen. Jetzt lebe ich schon seit sieben Jahren in einem Kloster. Die friedliche Routine, in Klausur zu beten und keinen einzigen Fremden zu sehen... Die ewigen Nonnen beruhigen mich und nehmen mir die große Angst. Hier, so versteckt und unter den Nonnen, wer sollte mich noch angreifen wollen?"
„So, du hast auch deine Erfolgsmethode, jeder hat seinen kleinen Erfolg", sage ich.

Nora Friedrichs beendet unseren Bericht der fünf beängstigten Frauen, die unbedingt nach Schutz suchen. Sie zittert und jammert mit Tränen in den Augen: „Bei mir ist es keine hypothetische Angst mehr. Die Aggression hat stattgefunden, ich wurde überfallen. Aber natürlich, jetzt soll ich dafür sorgen, dass es nicht ein zweites Mal geschieht, denn das könnte ich ja nicht mehr hinnehmen."

„Erzähl, Nora. Welche ist deine Methode?"

„Zuerst war ich in einer Nervenklinik, aber da hatte ich Angst vor den vielen Kranken. Ich glaube, die sicherste Stelle von allen ist ein Gefängnis. Deshalb stahl ich absichtlich Geld von meinem Chef, um zu einer Gefängnisstrafe verurteilt zu werden. Aber die Atmosphäre dort gefiel mir nicht. Manchmal trug ich mich mit dem Gedanken um, auf einer einsamen Insel zu leben. Doch nein, ich glaube, ich hätte Angst vor der Stille, oder dass irgendwann ein plötzlicher Besucher kommen und meine Ruhe zerstören könnte. Einsame Orte sind keine Garantie für wirkliche Sicherheit. Geschehen nicht gerade an abgelegenen, idyllischen Orten die furchtbarsten Begegnungen? Ich glaube, am besten melde ich mich zu einer Forschungsexpedition am Nordpol oder im Weltraum. Zu solchen seltenen und spezifischen Orten kommen nur die Eingeweihten. Und wenn man von einem Mitarbeiterteam, einem Kollektiv von Menschen, geschützt wird, dann ist man nicht in Gefahr. Doch ich weiß, als Astronautin würden sie mich nicht mehr nehmen wollen."

„Aber wie ist deine Methode?", frage ich wieder. „Bei mir ist es die Armee der Begleiter, bei Emine die Familie und bei Ingrid die Nonnen. Bestimmt ist ein Gefängnis die sicherste Stelle, verschlossen in einer Zelle, für die ganze Welt versteckt. Aber ich würde auch nicht gerne dort leben. Und du, wie versteckst du dich zur Zeit?"

„Ich wohne in einem Altenheim, obwohl ich nur 52 Jahre alt bin", erklärt Doris. „Ich bin die Ausnahme, die Jüngste im ganzen Haus. Ich gab als Ausrede meine Gehbehinderung vor, die ich ins Maßlose übertrieb, damit sie mir erlaubten, hier zu bleiben. Wir gehen immer die gleichen Wege im Garten auf und ab und stehen immer unter Beobachtung. Eine ganze Schar von Schwestern, Pflegern und Mitinsassen schützt mich vor der Außenwelt."
„Du fühlst dich wohl dabei?"
„In gewissem Sinne schon, wie wenn man das freundliche Laken im Bett hochhebt, um sich damit das Gesicht zu bedecken. Es kann nichts Schlimmes passieren, es sei denn, es gibt einen Brand... Aber wir haben so viele Feuermelder überall im Haus. Es könnte auch sein, dass eine böse Krankenschwester uns irgendwann Gift im Essen verabreicht. Doch ist es kaum vorstellbar. Keine würde es riskieren, und sie sind ziemlich nett."
„Du bist noch nicht alt und wohnst schon dort! Wie traurig!", flüstere ich mit unterdrücktem Schmerz.„Wir sind alle so unfrei und beängstigt!"
„Ja, aber so halten wir das Böse im Zaum; Amokläufer, Vergewaltiger, Mörder... Alle gehen an uns vorbei zu anderen... Wir werden vom Himmel geschützt und ich bin froh, in meiner kleinen Welt weiter zu leben."
„Trotzdem ist es sehr schade, was wir alles entbehren müssen. Du hast auf deine Sexualität verzichtet, auf deine Schönheit im Spiegel und auf deine Zukunftspläne; nur die Vergangenheit zählt, und eine eintönige, abgesicherte Gegenwart. Und für unsere Freundinnen und für mich ist es ungefähr das gleiche. Ich hätte so gerne sehen können und ohne Begleiter laufen können."

„Doch sicherlich nicht um den Preis, einem Mörder zu begegnen."
Wir alle stimmen dem zu und haben einen resignierten Ausdruck der Unterwerfung.
„Ich gehe zu meinen Nonnen zurück", sagt Ingrid. „Wir heilen uns gegenseitig mit Gebeten. Es ist immerhin besser als eine Nervenklinik."
„Ich gehe zu meiner Familie zurück", sagt Emine. „ich schließe meine Tür und verstecke mich hinter tausend Schleiern."
„Mein Notrufarmband ist unfehlbar", sagt Priscilla.
Unbeholfen bewege ich mich mit meinem Stock ein paar Meter durch den Raum, aber nur ein paar Meter... Sehr weit kann ich nicht alleine gehen. Ich bin eine schwankende Figur ohne Mut und ohne Grazie. Ich denke an eine Freundin meiner Kindheit, die blinde Sylvie, die wegen einer Baustelle in eine Grube fiel und sich wirklich weh tat; den rechten Arm hatte sie sich gebrochen, hörte ich. Aber das war noch nichts im Vergleich zu dem Unfall der blinden Masseurin Gertrud Häuser, deren grauenvoller Tod in einigen Zeitungen zu lesen war: „Eine emanzipierte, junge Frau verunglückte an jenem Sonntagabend, bloß weil sie den Einstieg in die U-Bahn verfehlte und in dem Gleis stecken blieb," Und keiner der Fahrgäste im Zug hatte der blinden Dame rechtzeitig helfen können.
Sieh, wie ich geschützt werde. Ich könnte im klimatisierten Luxusauto der Firma auch Opfer eines Unfalls sein. Es ist aber viel unwahrscheinlicher, genau so wie ich auch nicht nass vom Regen werde, weil ich schön brav und verwöhnt wie eine Prinzessin im Auto sitze. Ich müsste eigentlich dem Himmel danken, aber meine Solidarität mit Sylvie und Gertrud und auch meine vielen Einschränkungen, die ich hasse, machen mich undankbar. Ich schimpfe gegen mich selbst. Ich weiß

nicht, was ich will. Sicher, ich werde weder vom Tod aufgefressen noch von einem Mörder wie in einem Horrorfilm getötet... Aber wo ist das Leben überhaupt?

Warum ein Debüt mit 61?

Der Journalist eines Kulturfernsehsenders hat sich hingesetzt und stellt mir ein paar Fragen in seinem gepflegten Hochdeutsch, das seinen ursprünglichen Ostdialekt fast völlig unterdrückt.
Endlich ist der langersehnte Erfolg zu mir gekommen. Aber ich habe gemischte Gefühle. Zu spät, denke ich manchmal. Ich habe dabei einen bitteren Beigeschmack und die Fragen der Medien machen meinen Aufstieg noch schwieriger, weniger erfreulich und ohne Glanz.
„Wie haben Sie das Schreiben für sich entdeckt, Frau Fromm, in einem Seniorenheim oder vielleicht in einer Literaturwerkstatt?"
„Nein. Ich begann mit zwölf Jahren zu schreiben. Ich habe mein ganzes Leben lang geschrieben."
„Warum sind Sie denn erst jetzt bekannt geworden? Warum ist Ihr Debüt mit 61 Jahren, Ihre erste große Veröffentlichung? Die meisten Autoren fangen gewöhnlich mit 20 bis 30 an zu publizieren."
„Man könnte viele Antworten darauf geben. Aber ich möchte nicht zu negativ klingen, gerade jetzt, wo ich dankbar für meinen Erfolg sein sollte."
„Welche Antworten könnte man darauf geben?"
„Am wenigsten gefährlich und kompromittierend wäre es, wenn ich einfach sagen würde: ‚Meine Herren, ich habe mich bisher nicht darum gekümmert, ich war mit anderen Dingen beschäftigt, wie einige Senioren in Großbritannien, die während ihres Rentendaseins Zeit für die Kunst finden und plötzlich berühmt werden. Ich schrieb nur für mich selbst und versuchte nie zu veröffentlichen. Wenn ich so etwas sagen

würde, dann würde ich Pluspunkte in meiner Beziehung zur Gesellschaft gewinnen. Kein Konflikt und keine gegenseitigen Anfeindungen würden entstehen."

„Aber es stimmt nicht, dass Sie nicht versuchten zu veröffentlichen?"

„Nein. Ich tat es immer wieder, zu verschiedenen Perioden meines Lebens. Es ist ein langer Kampf gewesen und ich wurde immer mit Absagen und negativen Kritiken beschenkt."

„Was schließen Sie daraus, Frau Fromm?"

„Entweder war ich nicht gut genug bisher, und all meine bisherigen Werke können ruhig weggeworfen werden. Oder der Literaturbetrieb gehorcht sehr schleierhaften und kapriziösen Gesetzen, die gar nichts mit Sachlichkeit und Gerechtigkeit zu tun haben."

„Sie neigen zu der zweiten Ansicht, nicht wahr?"

„Ja. Ob Ingeborg-Bachmann-, Bettina-von-Arnim- oder Chamissopreis, alle Preise waren mir unerreichbar und keine der Jurys wollte sich für mich aussprechen. Es war ein ständiges Tabu, Stipendien und Förderungen wurden mir auch nie erteilt. Keiner rührte sich, um mich zu ermutigen. Beinahe hätte ich das Schreiben aufgegeben. Aber bei aller Bescheidenheit... Ich habe Vertrauen in meine Bücher, nicht nur in das, was jetzt erstaunlicherweise den Preis bekommen hat, sondern auch in die anderen, die Hunderte von Seiten, die unbeachtet in meinen Schubladen stecken. Wer weiß, vielleicht wird jetzt dank meiner Glückswelle alles ans Licht kommen, was ich bisher geschrieben habe."

Ich will mit dieser positiveren Note mein Gespräch beenden. Doch er lässt mir keine Ruhe und bohrt immer weiter in meinen Gefühlen herum.

„Sind Sie durch den Erfolg tatsächlich ganz versöhnt? Oder noch zornig und nachtragend, noch im Kriegszustand mit der Umwelt, den literarischen Institutionen, dem Publikum?"
„Oh nein! Das Publikum ist am allerwenigsten schuld; es hat meine Werke nicht gekannt. Aber die anderen schon. Doch ich möchte nicht verbittert sein, ich möchte die ganzen Jahre vergessen und meine jetzige Freude feiern."
„Kann man das überhaupt, die ganzen Jahre vergessen?"
Da hat er mir aus der Seele gesprochen. Man kann sich nicht einfach mit einer verspäteten Anerkennung, der voreiligen Korrektur eines Irrtums und einem Trostpreis des Abschieds nach 60 bestechen lassen und so tun, als wäre alles in Ordnung. Trotz meiner Anstrengung zur Versöhnung bleibe ich wütend, kritisch und nicht gänzlich dazu geneigt, dem Wohlklang meiner neuen Beziehung mit der Gesellschaft Glauben zu schenken.
Der forschende und hartnäckige Journalist sieht an meinem Gesicht, dass ich nicht grenzenlos dankbar bin. Er konkretisiert seine Frage, indem er erklärt: „Hätten Sie den gleichen Erfolg vor 25 Jahren gehabt, hätte das einen großen Einfluss auf Ihr Leben und Ihr Schreiben gehabt, nicht wahr?"
„Gewiss. Ich hätte mehr Kraft gefunden, ich wäre unternehmungslustiger, selbstbewusster und freier geworden; auch meine Leistungen wären womöglich durch die allgemeine Unterstützung vielfältiger und schneller vorangeschritten, als wenn man immer im stillen Kämmerlein, isoliert, ohne Kontakte und interessante Erlebnisse leben muss. Erfolg mit 35 Jahren ist ganz anders als mit 61."
„Hätten Sie mit 35 gewusst, dass Sie erst nach so vielen Jahren etwas Erfolg haben würden, hätten Sie trotzdem weiter geschrieben?"

„Ja. Was sagte jene Autorin damals, der das gleiche zustieß, Annemarie Wietig? Sie schrieb den Roman ‚1947', der über 40 Jahre keinen Verlag fand, bis er 1996, von Rotbuch, Hamburg, veröffentlicht wurde. In einer Rundfunksendung sagte sie so etwas Ähnliches wie: ‚Schreiben ist allemal besser als Kartoffeln schälen.' Ich kann mir auch kein besseres Schicksal als das Schreiben denken, auch wenn ich letzten Endes so wenig davon gehabt habe. Jedem ist ein begrenztes Pensum an Zeit gegeben, die wir in bestimmte Tätigkeiten investieren dürfen, und ich habe einige Aktivitäten üben können, die mir besonders am Herzen liegen und meiner Natur entsprechen, wie das Schreiben, deshalb hätte ich es genau so getan."

„Und trotzdem bleibt ein gewisses Ressentiment in Ihnen, weil Ihre Fähigkeiten und Begabung nicht schon früher gesehen worden sind."

„Ich möchte mich nicht mehr dazu äußern. Am Ende schreiben Sie noch in ganz dicken Buchstaben: ‚Querulantin als Preisträgerin, schreibende Seniorin wirft der Welt bisherige Unkenntnis ihrer literarischen Qualität vor. Bei der Dankesrede bedankt sie sich nicht wie üblich, sondern beschwert sich auf das Heftigste.'"

„Um Gotteswillen, Frau Fromm, solche Gerüchte würde ich nicht verbreiten wollen! Aber mich würde schon interessieren zu erfahren, was Sie in Ihrer Dankesrede sagen werden."

Ich schweige ausdruckslos.

Er sagt: „Professor Mühlenstein wird die Laudatio halten, habe ich gehört, ein genialer und sehr origineller Redner. Er wird über Ihr Leben sprechen und Sie werden zu Tränen gerührt sein. Aber auch er wird Schwierigkeiten haben zu erklären, warum Sie so spät entdeckt worden sind."

Ja, um ein Haar hätten sie mich gar nicht bemerkt. Ich stand kurz davor, völlig anonym und mein Werk unbekannt zu bleiben.
Ich reagiere jetzt ziemlich genervt und schreie fast mit verdoppeltem Mut nach meiner bisherigen Feigheit: „Sie wollen schon jetzt meine Rede hören? Ich werde die Wahrheit sagen. Es ist keine Dankesrede. Sie soll meinen Konflikt mit der Gesellschaft endlich, unvermeidlich und deutlich zum Ausdruck bringen. Es ist gar nicht schlecht, wenn man in dieser Hinsicht Aufklärung betreibt. Bestimmt bin ich kein Einzelfall, und man urteilt oft ungerecht über viele Künstler, die ohne Erfolg und in traurigem Vegetieren ihr Leben beenden."
Meine Rede lautet ungefähr so:
„Es war nicht nur damals, wo viele Talente vernachlässigt und nicht gefördert wurden. Warum mussten so viele Schriftsteller unbekannt und arm sterben? Jetzt denken wir mit dem krankhaften und absurden Stolz der neuen Generationen, dass bei uns alles besser sei, dass wir den richtigen, den wachen und sachlichen Überblick besitzen, um jedem eine wohlverdiente Chance einzuräumen. Aber es stimmt gar nicht. Bei aller anscheinenden Leichtigkeit und Ausgiebigkeit heutzutage, ist es sehr schwer, die Menschen wirklich von irgendetwas zu überzeugen. Die meisten Menschen sind in ihrer Frivolität und Oberflächlichkeit gefangen, nehmen sich kaum Zeit, um etwas zu lesen, nicht einmal die Kritiker, die beruflich dazu verpflichtet sind. Sie lassen sich auch von Modeerscheinungen und Äußerlichkeiten aufputschen. Ob eine Autorin jung und schön ist, noch Schauspielerin und Sängerin dazu, ein Fräulein Wunder mit sensationellen Aussichten auf Film und Fernsehen... Ob der Autor politische oder religiöse Unterstützung von einer starken Gruppe hat... Einige werden als Hobbykünstler ermutigt zu schreiben, in

Literaturwerkstätten und Cafés zu lesen. Aber im Grunde ist es keine ernste Unterstützung, nur zum Zeitvertreib. Nur eine kleine Zahl von Auserwählten darf Preise gewinnen und teure Bücher veröffentlichen, alle anderen können ihre kostenlosen Arbeiten im Internet vorstellen. Ist die Situation viel besser als damals? Sagen Sie mir. Rainer Maria Rilke war sein ganzes Leben in fremden Häusern von den Launen der Mäzenen und Aristokraten abhängig, und er starb arm. Aber heutzutage gibt es auch viele Rilkes, die nicht von der Literatur leben können. Es gibt viele wie mich, die alt wurden und nie als Autorin zu existieren schienen. Seien Sie nicht zu stolz auf Ihre Zeit, Prof. Mühlenstein, vieles ist nur Selbstbetrug und Bluff. Es gibt so viele Vorurteile! Der eine wird genommen, wenn es passt, weil er schwul ist und Aids hat, der andere, weil er die Folter der Konzentrationslager mit seiner jüdischen Frau ertragen musste, der eine, weil er ein rührendes Buch über Krebs und den Tod der Mutter schreiben kann; der andere, weil er aus Katalonien stammt und gegen die spanischen Stierkämpfe geschrieben hat. Und mich haben sie in letzter Minute in einem Seniorenwettbewerb genommen, weil ich eine ältere Dame von 61 Jahren bin. Aber es war ein Versehen der Jury, denn diesen Roman schrieb ich mit vierzig. 20 Jahre lang ruhte er bei Verlagen und Lektoren überall, ignoriert oder abgelehnt."

Ich beende meine Rede mit einem Seufzer, meine Kampflust ist bald verflogen und ich füge leise hinzu: „Doch ich möchte schon mit Ihnen versöhnen, auch damit keine Repressalien kommen und Sie mir den Preis nicht aberkennen. Aber ich kann nicht sonderlich dankbar sein. Ich bin sehr misstrauisch über Ihre Selektionskriterien. Trotzdem werde ich der Jury mit schwacher Stimme ‚Dankeschön' sagen und versuchen dabei nicht zu stottern, nicht zu stolpern, nicht zu zittern, nicht zu

weinen. Das sind natürlich Beweise für mein Alter, das ich nicht verstecken kann, für mein ermüdetes Herz und die langen zerfleischenden Anstrengungen. Trotzdem, ich hoffe, ich werde noch viele Bücher schreiben, jetzt da ich auf Ihre freigebige Unterstützung zählen kann."
Der Journalist sagt mit warnender Stimme: „Professor Mühlenstein wäre sehr beleidigt, wenn Sie so etwas sagen würden. Er ist sehr von unserer modernen Zeit angetan. Sie wären dann nicht nur alt in seinen Augen, sondern altmodisch und stink konservativ. Um ehrlich zu sein, er hat mich hierher geschickt, damit wir vor der Preisverleihung mit Ihnen sprechen. Ich soll viele Grüße bestellen. Wir werden ein Interview, eine schöne Sendung mit Ihnen machen, und er möchte gerne, dass Sie Ihre Dankesrede sorgfältig vorbereiten. Ein paar Zitate... Sie wissen schon, das kommt immer gut an. Und dann sagen Sie, dass Sie sich unendlich freuen, ein Mitglied unserer Gesellschaft zu sein. Sie fühlen sich angemessen behandelt, geborgen und verstanden, von so vielen Lesern und neuen Freunden überall verwöhnt. Sie hatten nie besonderen Wert auf Veröffentlichungen gelegt, und nur jetzt fanden Sie sich reif genug, um den Schritt in die Öffentlichkeit zu tun. Und wenn Sie gefragt werden, was Sie mit dem Geld des Preises zu tun beabsichtigen, rate ich Ihnen, großzügig und ohne Bitterkeit Folgendes zu antworten: Sie beabsichtigen den Betrag an eine Stiftung zur Förderung junger Autoren weiterzugeben. Das wird den besten Eindruck machen, und damit haben Sie Ihren Erfolg gesichert."
Ich seufze wieder ungeduldig und angewidert.
„Wie wagen Sie es, Bedingungen an mich zu stellen? Es klingt wie Kafkas ‚Blumfeld', und die zwei springenden Tischtennisbälle, diese mit einem eigenen Leben versehenen Kugeln verfolgen mich immer noch."

Verhasste Pflegerin - junger Verliebter

Manchmal kann man nur Stichworte geben und keine vollständigen Sätze. So geschieht es mit den Bildern, die uns jetzt umkreisen. Ich zittere vor dem ganzen Kontext des Gesprochenen und des Gedachten, wie ein feiges Kind vor der Öffentlichkeit eines Tribunals mit nur einer dünnen Unterhose und in einem sehr harten Winter.
Ach, die Adjektive tun ihre peinliche Arbeit: Dünn, hart, verliebt, verhasst, feige, peinlich.
Ein Zittern ohne Parkinson, ein Vergessen ohne Alzheimer. Nur die abgebrochenen Inhalte helfen ein wenig oder bringen uns noch mehr zur Verzweiflung.
„Ich finde es schön. Es gefällt mir. Der Kontakt mit dir gibt mir so viel!"
Jeder von uns bekommt eine bestimmte Rolle zugewiesen und die Regieanweisungen dafür.
„Du, verhasste Pflegerin, du musst dich verteidigen, wenn der alte Herr dich nur beschimpft und immer ärgerlicher wird."
„Natürlich, ich versuche ohne Schaden davon zu kommen. Ich bin tapfer und gar nicht sensibel, sonst könnte ich ja gar nicht leben. Wer hat diesen alten brummigen Herrn gebracht? Ich kenne ihn ja gar nicht."
Der arme Kranke erhält auch seine Anweisungen, die ihm manchmal schwer fallen, wie mir meine eigenen.
„Sag' dieser unmöglichen Frau, dass sie dich in Ruhe lassen soll. Sie darf dich nicht herumkommandieren und bevormunden. Noch bist du ein freier Mensch und bist voll berechtigt, als Patient deine letzten Entscheidungen zu treffen."
„Ja, ich sage es ihr tausend Mal, bis sie es kapiert."

Es ist wie eine Schlacht. Wer schießt gegen wen? Was ist schlimmer von allem? Die Krankheit, die gestaute Wut des Patienten? Die empörte Haltung der beleidigten Pflegerin, die sich sehr missverstanden und ungerecht behandelt fühlt?
„Wenn sie eine Fremde wäre, würde ich mich direkt über sie beschweren und sie abservieren. Das Problem ist aber, dass sie keine Fremde ist."
„Ja, ein schönes Glück ist es kein Fremder zu sein. Er scheint mich zu kennen, aber ich kenne ihn kaum."
Der junge Verliebte ist jetzt sozusagen aussortiert worden, er hat keine Rolle mehr und schwankt verwirrt und melancholisch durch den Raum auf der Suche nach seiner Angebeteten, die er verloren hat. Aber er will es nicht ganz zugeben und spricht noch stellenweise wie damals, wie mit einem Gespenst oder zu sich selbst. Doch meistens versteckt er sich hinter dem alten, irritierten Herrn, der immer mehr seinen Platz eingenommen hat.
Ich möchte keine Umwege mehr machen, und doch fällt mir das Erzählen schwer. Er ist Florian und ich bin Myriana. Ja, fangen wir mit den elementarsten Steinen, den Vornamen, an.
Der junge Florian war halb Versicherungsangestellter und zusätzlich Dozent für Französisch auf einer Privatschule. Er hatte seine Kindheit in Frankreich verbracht, und seine Mutter war Französin, deshalb hatte er dieses eine Gebiet im Leben, wo er sich hundert Prozent sicher, selbstbewusst und mir überlegen fühlte. Immer brachte er mir neue Vokabeln, phonetische und grammatikalische Regeln bei und freute sich über meine Schwierigkeiten, meine Fehler in dieser Sprache. Es war aber noch keine boshafte, bösartige Herabsetzung meiner Persönlichkeit dabei, ganz im Gegenteil, es war eine liebevolle Freude an meinen Schwächen und Unzulänglichkeiten, die er in einem Höhepunkt der Zärtlichkeit

auch geküsst hätte, wie er es mit meinen Händen und Haaren zu tun pflegte. War er irgendwann in einer schlechten Stimmung, genügte es schon, wenn ich ihn nach einem französischen Wort fragte, dann wurde er sofort stark, positiv, euphorisch und sehr stolz auf viele Einzelheiten, die ein gutherziges Lächeln in ihm auslösten, stolz auf seine Eltern, auf seine Bildung, sein unerschöpfliches Gedächtnis, auf unsere Kommunikation... Auf die Anerkennung, die ich ihm entgegenbrachte. Andere Begabungen, die man bei ihm loben konnte, waren seine musikalischen und geographischen Kenntnisse und auch sein Wissen über Versicherungen. So lobte und lobte ich ihn unaufhörlich in unserer Jugend in meiner selbstlosen, altruistischen Wärme der Liebe, bis er am Ende angesteckt wurde und mich auch als ein wunderbares Mädchen beschrieb, das ihn faszinierte und alles hässliche von seiner Existenz wegnahm.

Die junge Myriana ist von seinen Drohungen sehr abgeschreckt. Sie kann es nicht verstehen, dass er trotz seiner Schwäche so heftig und uferlos gewalttätig spricht. Er kann sein Gleichgewicht kaum halten und sie befürchtet, er könnte jede Minute umfallen. Trotzdem kämpft er mit wilder Entschlossenheit um seine Emanzipation.

Wir beide zittern am ganzen Leib, aber aus verschiedenen Gründen; ich aus Überraschung und Schreck, er aus Ohnmacht, Fieber und kraftloser Wut.

Myriana hatte damals auch die Rolle einer jungen Verliebten. Sie arbeitete in einer Bibliothek und alles stimmte in ihrem Leben. Sie strahlte eine besondere Ruhe aus, war die meiste Zeit verliebt, in Menschen, Bücher, Vögel, Mondlicht und Sonnenuntergänge, Pralinen, Blumen, in ihren jüdischen Glauben; verliebt in Schwester, Freundinnen und ihren zukünftigen Mann. Ihr Mund war für Kosenamen und

Wiegelieder gemacht, für Worte des Lobs, der Begeisterung und Bewunderung. An abfällige, erniedrigende Worte wie die jetzt so oft im Umlauf waren, hatte sie noch nie gedacht. Höchstens eine kleine Verstimmung gab es gelegentlich, die mit einer sehr konstruktiven und friedenstiftenden Auseinandersetzung endete.

Meine Vokabeln waren wie seine: „Ich finde es schön. Es gefällt mir. Der Kontakt mit dir gibt mir soviel! Ich mag die Anzüge, die du trägst. Dein Rasierwasser duftet gut. Deine Wärme, deine Stimme und Gestalt sind wohltuend für mich. Ganz darin vertieft und mit meiner Aufmerksamkeit voll auf dich fixiert, könnte ich den Rest meines Lebens verbringen. Deine Stärke, dein Sinn für Humor und vor allem die Temperatur deiner Haut, die wärmende Sonne in deinem Blick, schützen mich vor allem Übel."

Ich möchte keinen Kitsch verstreuen. Aber die damalige Myriana fühlte sich gelegentlich wie eine Priesterin oder eine Dichterin der Liebe. So hatte der Mann an ihrer Seite unerschöpfliche Reize und anziehende Eigenschaften für sie.

Florians Rauchen ist angenehm und nicht eindringlich. Seine Art zu sprechen ist anhänglich, direkt, die beste Waffe gegen Distanz und Kältegefühl. Er hat einen gesunden, freundlichen Atem nach Pfefferminz, nach guten Zähnen ohne Karies, und er schreitet immer selbstsicher voran, das heißt, er verliert die Richtung nicht, behält ein klares Ziel vor Augen, er schwankt nicht, stottert nicht, hört alles, lässt nichts unbeantwortet.

Der alte Herr ist in vielem das Gegenteil von Florian. Naja, stottern tut er noch nicht. Aber er hört kaum, und deshalb kann er keine Antwort geben, er bewegt sich orientierungslos, beschwerlich und seine Zähne verlangen dringend nach Ruhestand, nach einer Verabschiedung durch den Zahnarzt, obwohl einige sogar schon von selbst herausfallen. Aber mehr

als die äußeren Behinderungen ist der Zerfall seines Charakters sichtbar, die innere Bitterkeit und seine so schlechte Meinung von mir, was meine ehemalige Verliebtheit zu vernichten scheint. Ich erkalte, völlig abgestumpft, entnervt und depressiv.
Der alte Herr hat seine Rolle gut gelernt. Er sagt: „Ich kann dich nicht gut hören. Warum sprichst du so leise, unartikuliert und dunkel. Du bist sehr nachlässig in deiner Sprache geworden. Du sprichst, als wärest du betrunken, im Rausch, als hättest du den Mund voll oder als wäre deine Zunge eingeschlafen, durch eine Spritze betäubt. Keiner versteht, was du sagst."
Ich wehre mich stolz und unnachgiebig gegen die Behauptung: „Alle können mich gut verstehen, nur du nicht."
Wir werden uns ein paar Minuten am Thema unserer gegenseitigen Fähigkeiten festklammern: „Ich kann es. Du kannst es nicht. Es liegt an dir, nicht an mir." Alle können mich gut verstehen, nur du nicht. Und auch wenn ich den Satz in verschiedener Form und Lautstärke wiederhole, ist es umsonst. Jedes Mal bin ich über die Vergeblichkeit meiner Sprache zu dir überzeugter."
Der alte Florian hat sein Französisch vergessen, auch Geographisches und Musikalisches verwechselt er. Er ist taub, unbeholfen, kurzsichtig und gehbehindert. Nur an Schmerzen kann er klar denken, nicht mehr an Kenntnisse. Er kann mir nicht mehr imponieren und leidet unentwegt darunter. Mit einem hysterischen Selbstlob würde er sich am liebsten an die alten Verdienste herantasten: „Ich kann Französisch besser als du. Ich kann mich mit einer Landkarte besser orientieren."
Ich lasse meine müden Hände auf den Schoss fallen, er küsst sie nicht mehr. Er ist ernsthaft darauf bestrebt, nur unangenehme Seiten bei mir zu entdecken.

„Deine Füße stinken, Myriana. Ich habe es dir schon mehrmals gesagt. Du solltest das Fußspray benutzen, das ich neulich gekauft habe. Und du riechst aus dem Mund.. Bestimmt ist etwas mit deinem Magen nicht in Ordnung. Geh' um Gottes Willen so früh wie möglich zum Arzt, bevor es zu spät ist. Und dann die Blähungen, absichtlich von dir in meine Richtung gewandt."
Diese Erwähnungen über meine intimen Bereiche, aber jetzt ohne jede Spur von sexueller Ehrlichkeit und Erregung, die uns damals verband, lassen mich sprachlos und verletzt. Dieser Mensch, der alte Herr, ist ein taktloses Ungeheuer.
Und dann kommen die anderen Vorwürfe, schon bekannt, wie aus einem spuckenden Automaten für Kaugummi oder Colaflaschen, nur die wären viel schöner als seine kalten und mitleidslosen Worte. Es wäre eine Erleichterung auf Kaugummi zu beißen, während er das sagt: „Immer machst du alles falsch, prinzipiell alles verkehrt herum. Zum Beispiel das Zudecken im Bett, so kann man sich nicht wohl fühlen. Das Plumeau ist nicht richtig verteilt, zu viele Federn nach oben und zu wenige nach unten."
Warum hast du mir so viele Tabletten gegeben? Willst du mich eigentlich vergiften?
Du glaubst von allem zu verstehen, glaubst dich perfekt und erteilst deine medizinischen Ratschläge, aber im Grunde weißt du gar nichts. So etwas Dummes habe ich selten gesehen.
Ich warne dich: Rede nicht mehr dazwischen, wenn die Leute mit mir sprechen wollen. Wenn der Arzt, Pflegedienst oder Nachbarn kommen und mich fragen, halte dich raus. Ich weiß, du willst immer im Mittelpunkt stehen. Aber ich dulde deine Profilierungssucht nicht mehr. Ich antworte. Ich bin der Patient, nicht du. Dein Dazwischenreden macht mich wahnsinnig. Ich entscheide über mich selbst und nur ich, ob ich die Tabletten

nehme und wie viele... Ob ich Gymnastik mache, ob ich ins Krankenhaus gehe oder nicht. Ob der Arzt heute oder erst in einer Woche kommen soll, das entscheide ich und nicht Du."
„Du alter Herr. Seit wann sind Sie hier? Ich finde es so gemein, wie Sie mit mir reden. Ich bin auch alt geworden. Wenn du mich wenigstens als Schicksalsgenossin annehmen würdest. Aber nicht einmal als Pflegerin möchtest du mich bei dir haben."
„Nein, nein, die Rolle passt nicht zu dir. Eine Krankenschwester soll meine Tabletten sortieren, und nicht du. Ich vertraue dir nicht ganz. Du könntest in deiner chronischen Inkompetenz etwas verwechseln oder es in deinem Eifer für Pharmaka übertreiben."
„Ich kann es nicht begreifen. Und dabei hast du mich damals so sehr geliebt und wir haben 40 Jahre unseres Lebens geteilt. Kein Mensch kann dir näher sein als ich."
Ja... Kein Mensch kann näher sein als ich. So sagt der Rechtsanwalt zu seinem Klienten in Krisensituationen, der Verkäufer zu seinem Kunden, der Polizist zu seinem Dieb, der Pfleger zu seinem Patienten... Doch Nähe ist relativ, wie die herrliche Liebe des Anfangs, die sich unerklärlicherweise in böse Gedanken über Tabletten umwandelt. Manchmal denkt er, dass ich ihm zu viele gebe und in den letzten Tagen (das ist ganz neu), denkt er, dass ich einige vor ihm verstecke, damit er sie nicht finden kann, wenn er sie braucht.
Die abgöttisch geliebte Freundin von damals ist jetzt die verhasste Pflegerin. Ich finde die Rolle unverdaulich, grauenvoll. Ich mag mich selber nicht leiden, als hätte er einen Teil seines Gräuels und seine Missbilligung auch in mich eingepflanzt. Ich fühle mich wie eine Vogelseuche, eine Hexe zum Schrecken der Kinder. Vor Enttäuschung und Missklang mit mir selbst könnte ich mich übergeben. Gewöhnlich weint

man eher bei solchen Erfahrungen, doch wäre das Erbrechen besser als das Weinen.

Man möchte schon gelobt werden natürlich ist mein Stolz verletzt, ich bin beleidigt. Zu Beginn seiner Krankheit hatte ich alles so schön verklärt, jede Handlung wird würdevoll sein und uns noch mehr verbinden. Er wird mir jeden Tag dankbar sein, dass ich ihn nicht in ein Pflegeheim stecke und wir werden zusammen kämpfen, damit wir beide bis zuletzt im Paradies unseres Zuhauses bleiben können...

„Was ist, mein alter Herr, möchtest du lieber in ein Pflegeheim kommen? Wärest du dann zufriedener?"

Zweimal fragte ich ihn das, als er sich besonders gravierend über mich beschwerte. Aber diese Karte widerstrebt mir. Ich darf sie nicht zu oft verwenden, sonst verfällt ihre Wirkung und er lehnt sich noch mehr gegen mich auf. Er hat den ungebrochenen Willen der Verzweifelten, er kommt sich wie ein Held gegen Entmündigung vor. Haarsträubend! Er sagte sogar: „Lass mich in Ruhe. Wenn ich dir zur Last falle, dann kann ich gehen."

Der junge Florian hatte Zukunftspläne und Energien. Er spielte Fußball in einem Verein, sang in einem Chor und gründete eine kleine Band, in der er Gitarre spielte. Myriana sang mit ihm im Chor. Sie machten zusammen Weiterbildungskurse in Englisch und reisten viel. Sie verbrachten ein ganzes Jahr in Kanada und den Vereinigten Staaten. Weil sie keine eigenen Kinder hatten, adoptierten sie ein siebenjähriges Mädchen aus der Dominikanischen Republik, Gregoria Marcos.

Wann war der alte Herr genau gekommen, um Florian zu ersetzen? Bestimmt war es schon lange her, nicht erst durch seine schwere Erkrankung, sondern schon früher, vielleicht als er sich mit Gregoria und ihren leiblichen Eltern in Santiago

verkracht hatte oder mit seiner eigenen Mutter und Myrianas Verwandten. Vielleicht war es auch durch seine Pensionierung oder der allmähliche Verlust an Lebensfreuden, an Kontakten und Fähigkeiten.
Er ist jetzt völlig abgemagert, leidet an Schüttelfrost und manchmal an Atemnot, und er kann auf der Straße nicht mehr ohne Rollstuhl auskommen.
„Wir sind beide arme Menschen; ich noch ärmer als du, weil ich damals von dir geliebt wurde. Und jetzt bist du immer schwieriger und ungerechter. Auch ich habe mich mit einigen Menschen gestritten, aber mit wenigeren als du, denn ich bin kompromissbereit und feige."
Ich als alte Myriana und auch als junge Verliebte, versuche, unangenehme Bilder zu verdrängen. Ich weiß nur, dass ich, sollte ich auch sehr krank werden und einen Pfleger brauchen, dass ich sanft nach meinen Tabletten fragen würde und mich häufig für alle Dienste bedanken würde. Bei Florian hätte ich mich noch mehr bedankt und trotz Schmerzen alles mit Freude hingenommen, jedes Gespräch ausgekostet, keine Fehler an ihm gefunden. Oder verkläre ich alles zu sehr? Auf jeden Fall war ich wirklich bemüht zu helfen. Ich fühlte mich edel und zu Hohem bestimmt, aber nicht in eitler Selbstverherrlichung. Ich hätte ihm mein Blut gegeben, wenn er eine Transfusion gebraucht hätte.
„Nein, ich will kein Blut, ich kann so weiterleben."
„Das wissen die Ärzte besser als du."
„Immer diese ewige Leier mit den Ärzten! Ich bin dieser Sache schon sehr müde."
„Hast du immer noch so viele Schmerzen wie gestern?"
„Ja", sagt er hart und unnachgiebig, wie jemand, der an keine Wunder glaubt und meinen Hoffnungen keine Flügel geben will. Es ist sein subjektives Empfinden, aber auch teilweise

seine Rache gegen meinen Verdrängungswunsch. Ich leide mit in dem tiefsten Punkt meiner seelischen Niederlage, und sogar auch körperlich. Ich kann ihn nicht heilen, ich kann nichts für ihn tun.
„Ist es nicht etwas besser geworden?", wiederhole ich außer Atem.
Er bleibt passiv liegen und antwortet nicht mehr. Ach, törichter Mann. Du könntest mich so sehr erleichtern, ein Wort würde genügen.
Damals hatten Florian und Myriana keine Schmerzen und in diesem Zustand der Gesundheit und Jugend konnten sie sich wunderbar unterhalten und verständigen. Sie konnten sich gegenseitig streicheln, und das tat ihren Organen unendlich gut.
Aber jetzt kann ich ihn kaum anfassen. Alles tut ihm weh, auch wenn ich seine Füße vorsichtig halte, um ihm die Pantoffeln anzuziehen.
Wenn das Anfassen, das unser Vaterunser der Liebe war, nicht mehr hilft und das Fernbleiben nicht hilft, wenn das Reden und das Schweigen nichts mehr bewirken können...
Ich gebe es auf, guter Florian, als Pflegerin tauge ich nichts, und du entmutigst mich ständig. Als Geliebte bin ich nicht mehr aktuell. Das waren ganz andere Zeiten, als du meine Hand drücktest und sagtest: „Ich möchte, dass es dir gut geht. Ich möchte, dass du Freude am Leben hast. Ich möchte deine Träume und Sehnsüchte erfüllen. Ich möchte kämpfen und mich anstrengen, um dein Vertrauen zu gewinnen, damit du mich jeden Tag mehr magst und unsere Beziehung sich immer mehr festigt und intensiviert..."
Naja, vielleicht ist es nur eine vorübergehende Phase, denke ich manchmal. Sollte er irgendwann wieder gesund werden, dann würde er mich wieder lieb haben und um unser Glück

kämpfen. Das Buch unserer Gemeinschaft umfasst so viele Blätter, und bloß weil die letzten zwanzig nicht so gut waren... Vielleicht handle ich falsch, indem ich ihm die Wahrheit meiner Gefühle verschweige. Ich sollte ihn zur Rede stellen und mich meiner ewigen Feigheit entledigen, damit er sich in Zukunft einsichtiger zeigt.

„Dein Charakter gefällt mir immer weniger. Ich bekomme eine Gänsehaut bei einigen deiner Äußerungen. Deine schlechte Gesundheit ist nur teilweise eine Rechtfertigung. Andere leiden auch, aber sind besser als du."

Doch als Pflegerin darf man nicht schlecht von einem Patienten reden und ich hänge gewissermaßen an meiner Tätigkeit bei dem alten Herrn, ich möchte ihn nicht aufregen, seine Beschwerden verschlechtern und von den Angehörigen entlassen werden. Angehörige? Meine Güte! Ich stoße einen unterdrückten Schrei aus. Bin ich schon so weit, dass ich die zwei Identitäten verwechsle? Ich kann mich selbst nicht entlassen. Ich bin seine Frau, die unreife, kleine Myriana, die damals nur den jungen, gesunden Florian gesehen und nicht gefragt hatte, wie es sein könnte, wenn er eines Tages krank würde.

Die verhasste Pflegerin bleibt nicht wegen des Geldes, das wenigstens sollte er anerkennen.

Ich mache mir Sorgen um seine körperlichen Bequemlichkeiten, da die geistigen für mich schon unmöglich zu erreichen sind. Er soll baden. Ein Badewannenlifter wird bestellt und ich denke ständig an weitere Hilfsmittel für ihn. Dabei verhält er sich ziemlich passiv und boykottiert meistens meine Versuche. Er muss bald rausgehen und etwas frische Luft schnappen können. Aber das Haus, in dem wir wohnen, ist nicht barrierefrei und man kann die vielen Stufen nicht mit dem Rollstuhl bewältigen. Besessen von immer neuen

Versuchen wie ich bin, denke ich jetzt unaufhörlich an einen Personenlift als mögliche Lösung.
Vor ein paar Tagen rief ich eine Firma an und bat um eine Beratung. Sie sollten zu uns kommen, sich unsere Umgebung ansehen und uns geeignete Modelle vorschlagen. Sie wollten sich bald bei uns melden.
Heute sage ich mit einem Seufzer zu meinem Patienten: „Komischerweise melden sie sich nicht. Sie scheinen nicht besonders geschäftstüchtig und verkaufsinteressiert zu sein."
„Doch, sie meldeten sich vor ein paar Tagen, als du nicht in der Wohnung warst. Ich sagte ihnen, ich brauche keinen Personenlift."
Ich bin erstaunt, frustriert und ratlos, weil alles so vergeblich ist, weil meine kleine Initiative zunichte gemacht wurde.
„Gewöhnlich antwortest du gar nicht auf das Telefon."
„Aber diesmal konnte ich es gut hören."
„Und warum willst du keine Beratung über einen Personenlift?"
„Ich brauche ihn noch nicht. Ich schaffe die Treppe schon."
„Aber mit so vielen Mühen... Und für denjenigen, der den Rollstuhl schiebt, ist sehr schwierig. Aus dem Grund gehst du ja gar nie aus dem Haus."
„Bitte kümmere dich nicht um meine Angelegenheiten."
Ich fühle mich wie gelähmt, eine Pflegerin im Ruhestand, ohne Patienten. Zweimaliger Ruhestand, ich bin in einem doppelten Ruhestand.
Seine Stimme ist fast die gleiche wie damals, aber mit einem ganz anderen Ton und Inhalt. Es hatte damals unendlich hoffnungsvoll geklungen, als er zu verschiedenen Zeiten sagte: „Ich bringe dir Französisch bei, wenn du möchtest. Meine Stunden sind umsonst...
Wir werden ein ganzes Jahr in Kanada leben, was hältst du davon?"

Wir werden die süße Gregoria adoptieren...
Meinst du, ich sollte mich mehr mit Klavier oder Gitarre beschäftigen?
Soll ich einen Briefwechsel mit meinem Schwager beginnen?
Sollen wir uns die Wohnung kaufen, damit wir nie, nie in einem Pflegeheim landen müssen?"

Mein Orgasmus mit dem Leben

„Wenn du das Leben liebst, liebt es auch dich."
Arthur Rubinstein

Der Hausarzt, Dr. Merkel, ist schon weggegangen. Aber er kommt wieder; in ein paar Tagen, aus demselben Grund, weshalb er heute gekommen ist, wegen Krankheiten.
„Im Grunde solltest du sehr dankbar sein, denn die Ärzte besuchen die Patienten heutzutage kaum noch zu Hause."
Ja, ich spare mir viele langweilige Stunden im Warteraum und auch das ewige Schlange stehen in manchen Apotheken, denn die Leute von der Apotheke in meiner Nähe sind so nett, dass sie mir gelegentlich auch die Medikamente nach Hause bringen, wenn ich sie anrufe und sage, dass ich nicht kommen kann. Das macht mein Leben etwas leichter.
In letzter Zeit versuche ich alles so positiv wie eben möglich zu sehen und die Vorteile meiner Lage in den Vordergrund zu stellen. Ein großer Vorteil ist zum Beispiel, dass ich im Gegensatz zu meinen zwei Kranken, zu meinen armen Lieblingen in der Familie, völlig gesund bin und sie noch pflegen kann. Trotzdem, mir ist bewusst, dass ich Hilfe brauche. Deshalb bin ich heute Morgen von einem plötzlichen Einfall wach geworden . Nachdem der Arzt sich verabschiedet hat, setze ich mich hin und schreibe eine E-Mail an einen Ratgeber im Radio, der allen in Schwierigkeiten geratenen Zuhörern eine Beratung anbietet. Manchmal habe ich solche Einfälle, bei denen ich mir einbilde, den rettenden Ausweg gefunden zu haben und mir allerlei Lösungen erhoffe.
„Ein Geschäft kaufen, ich eröffne einen Süßigkeitenladen oder eine Buchhandlung und kündige meine jetzige Arbeit."

„Ich versuche es bei diesem chinesischen Heilpraktiker, von dem die Nachbarn Wunder erzählen. Vielleicht kann er etwas für meine kleine Noelie tun."

„Ich werde morgen die ganze Wohnung umräumen und aus dem Speiseraum ein größeres Schlaf- und Arbeitszimmer für mich machen. Wir essen ja kaum dort, seitdem der Großvater oft bettlägerig ist und Noelie im Krankenhaus liegt. Mein jetziges Schlafzimmer bereite ich mit schönen Dingen vor für die Zeit, wenn Noelie aus dem Krankenhaus kommt."

„Ich muss danach fragen, ob man nicht ein Sauerstoffgerät für den Opa bekommen könnte. Seine Atemnot in der Nacht ist so beunruhigend!"

„Von heute an hole ich mir weniger Sachen zum Anziehen, dafür aber von besserer Qualität. Die Boutique meiner Freundin Eva hat sehr schöne Modelle, und ich habe sie viel lieber als alle anderen Kaufhäuser."

„Ich möchte Klavier spielen lernen. Ich sehe mich nach einem Lehrer um und suche nach einem Klavier."

„Ich glaube, ich gehe heute zur Beichte, nach fast 20 Jahren, nur so, weil ich neue Kräfte nötig habe."

„Was wenn ich eine E-Mail an Mirelle Matieu, meine Lieblingssängerin, schreiben würde? Ob sie mir überhaupt eine Antwort zukommen lassen würde? Ich bin kein Teenager mehr, aber noch hätte ich Lust, an berühmte Menschen zu schreiben."

Die meisten meiner Unternehmungen enden jedoch mit einem Fiasko oder mit einem Null-Versuch. Normalerweise habe ich keine Zeit zum Abräumen, zum Klavierlernen oder um an Fürsten, Schauspieler und Sänger zu schreiben. Und gewisse Handlungen, die mir einige Sekunden lang vernünftig und zu meiner Situation besonders passend erscheinen, haben plötzlich keinen Bestand mehr, wie die Beichte, die mir sofort zu kompliziert und beinahe lächerlich vorkommt. Ich bin ziemlich wechselhaft und inkonsequent in letzter Zeit. Aber an diesen Herrn Lober vom Radio schreibe ich doch tatsächlich, obwohl ich mir wenig von ihm erwarte. Wahrscheinlich wird er mich auf einen Psychologen und eine Therapie verweisen. Es wird wenig nützen, wenn ich ihm sage, dass meine Psyche genauso gesund ist wie mein Körper. Auf der anderen Seite wird er Recht behalten, wenn er behauptet, dass etwas nicht ganz in Ordnung ist mit mir und dass es einige alarmierende Zeichen in meinem Verhalten gibt.

Ich tippe meine Zeilen schnell und ohne viel nachzudenken: Mein Name ist Urania Pastor, in Peru geboren, aber in Deutschland aufgewachsen. Die Eltern kehrten zurück und ich blieb hier bei meinem deutschen Großvater und seiner Lebensgefährtin, einer geduldigen und intelligenten Frau, einer sehr bekannten Malerin, die mir wenigstens Gesellschaft leistete und mit mir plauderte. Ohne sie wäre ich sehr einsam. Ich habe auch einen Lebensgefährten, Paulino Diaz aus Lima, von Beruf Architekt und Sohn deutscher Eltern. Aber bitte, erwähnen Sie keine Namen, denn es soll anonym, nur unter uns bleiben. Und im Radio will ich gar nicht sprechen. Sie dürfen höchstens meine Mail vortragen und Ihre Antwort darauf geben, aber wie gesagt, ohne Namen. Vor ungefähr elf Jahren hatte ich mit ihm eine wunderbare Tochter geschenkt, unsere kleine Noelie. Aber er lebt nicht mit mir zusammen. Nie hat er es getan, sondern darauf bestanden, seine unantastbare Freiheit zu genießen. Es ist eine sehr kalte und eigenartige Beziehung. Seine Taktlosigkeit macht mir Angst. Oft beklagt er sich darüber, dass ich ein zu starkes Parfüm trage, obwohl es eine ganz gute Marke und ein sehr teurer Duft ist, glauben Sie mir. Er kann mein Parfüm nicht leiden und auch keine anderen Marken, oder wenn ich ohne Parfüm, das heißt nur mit Seife, zu ihm gehe. Ich befürchte, dass er gegen den Duft meiner Haut allergisch geworden ist. Und ich fühle mich elend, wie eine in seinen Augen unangenehme, übelriechende Person.

Wenn ich ihn hin und wieder besuche und ein paar Tage in seiner Wohnung bleiben möchte, stellt er absichtlich die Heizung komplett ab, damit ich friere. Er weiß, dass ich wegen meines sehr niedrigen Blutdrucks warme Räume mit viel Heizung brauche. Er dagegen ist ein Anti-Heizungs-Mann, aus Geiz und auch weil er kalte Temperaturen mag. Einmal brachte ich einen kleinen Elektroofen mit, damit Noelie und ich es etwas wärmer haben konnten. Aber Paulino machte den Ofen absichtlich kaputt, während wir schliefen. Wirklich... Es war eindeutig. So ein Monster ist er. Ich weiß schon, was Sie mir raten werden, unter keinen Umständen den Kontakt mit so einem Menschen pflegen. Aber andererseits... Er ist der Vater des Mädchens, bezahlt noch regelmäßig, und ich habe als Ersatz keine andere Liebe gefunden. Naja, das ist auch keine Liebe, nicht einmal Freundschaft. Doch diese wenig erfreuliche Beziehung ist nicht so wichtig wie die Sackgasse, in der ich mich jetzt befinde. Meine schwierige Lage wird im Moment durch Krankheiten motiviert, die ich nicht heilen kann. Mein Großvater, der große und verständnisvolle Beschützer meiner Kindheit und Jugend, ist sehr krank und wird wahrscheinlich bald sterben. Bei Noelie haben die Ärzte nach langer Behandlung im Krankenhaus Beinkrebs diagnostiziert. In drei Wochen werden sie womöglich einen weiteren schmerzhaften Eingriff vornehmen müssen und, um ihr Leben zu retten, ihr rechtes Bein amputieren. Oh, grauenvolles Wort! Ich zittere erschrocken, während ich es schreibe. Amputieren... Mir geht die Luft aus, ich schwitze, ich muss zur

Toilette; mit Bauchschmerzen und Schwindelgefühl wie unter Migräneattacken. Wie kann es möglich sein, dass sie eines ihrer schönen, beinahe schon fraulich attraktiven Beine verliert, die bisher so tänzerisch graziös durch die Welt gegangen sind wie die Flügel einer Amsel, eines Schwans oder eines Engels? Wie würde die Veränderung ihres Zustandes ihren Charakter beeinflussen, dieses weitere immer Leidenmüssen, das Nicht-mehr-laufen-können, Rollstuhl, Prothesen, Operationen...? Was erwartet meine gute arme Tochter? Gerade das, was ich für sie nicht gewünscht hatte. Ach, wenn wir beide flüchten könnten vor Krankheit und der unwiderruflichen Amputation! Oder wenigstens, wenn ich es an ihrer Stelle erdulden könnte, was ihr vielleicht bevorsteht. Ich könnte es viel, viel besser ertragen, da ich nicht mehr ein Kind bin, nicht mehr so sensibel, zerbrechlich und jungfräulich lebendig. Aber was meinen Sie, Herr Lober? Vielleicht wird man es noch vermeiden können und sie wird ihre Beine behalten können. Bitte, geben Sie mir ein Mittel, damit ein heiliges Wunder geschieht. Ich weiß, sie werden sagen, dass nur Gott und die Ärzte so ein Wunder in die Tat umsetzen können. Ich kenne Ihre Ratschläge im Voraus: Viel Gebet und viel Hoffnung bis zur letzten Minute. Sie sind kein Heiler und empfehlen immer als Hilfestellung den Psychologen. Ich habe da meine gemischten Gefühle: Ich bin bisher ohne sie ausgekommen. Sie sind meistens so teuer, und mit einer Sitzung allein ist nicht getan; gewöhnlich muss man ein Leben lang dahin, wenn man damit anfängt. Aber sicher, es ist nicht auszuschließen, sollte ich irgendwann gänzlich zusammenbrechen.

Ich unterbreche mein Schreiben, denn der Großvater ruft und ich eile wie ein Pfeil in sein Zimmer. Ich bin meistens in einem permanenten Alarmzustand, auf einen Notfall eingestellt. Ich denke, dass gerade wenn ich es nicht mehr bin, wenn ich es locker angehe, mich entspanne und an sekundäre Dinge denke wie, ob ich zum Friseur gehen sollte oder nicht, dass gerade dann das Schlimmste geschehen kann. Nein, es ist nichts von Bedeutung. Er ist nur unruhig, weil er etwas verloren hat. Zuerst muss ich nach einer bestimmten Tablette suchen, die er verlegt hat, dann nach seinem Hörgerät und dann nach seinen Pantoffeln. Das Suchen nach Gegenständen auf seine Bitte hin ist für mich zu einer neuen Tätigkeit geworden. So vergeht die Zeit auch schneller und ich zerstreue mich.

„Ich habe es schon bald. Ich habe es schon gefunden, was du brauchst. Hier ist es... und jetzt sind wir beide erleichtert, wenigstens ein paar Sekunden. Wie geht es dir heute, Andreas?"

Warum will mein Großvater immer, dass ich ihn Andreas nenne? So fühlt er sich vermutlich weniger alt. Aber ich bin seine Enkelin und finde es nach wie vor unangemessen; so als wenn ich meine kleine Tochter „Frau Noelie" nennen müsste.

Andreas antwortet: „Es geht mir schlecht. Ich habe Schmerzen."

Und sollte eventuell ein Notfall auftreten, bin ich sowieso trotz meiner ständigen Spannung gänzlich unvorbereitet. Was sollte ich tun? Einen Krankenwagen, einen Arzt rufen? Er weigert sich sowieso eisern ins Krankenhaus zu gehen. Für Herzmassagen und andere Erste-Hilfe-Maßnahmen bin ich total ungeeignet, unbegabt. Es ist noch ein Glück für mich, dass Frieda Jansen, seine Lebensgefährtin, bei uns wohnt. Aber nachmittags, wenn ich nicht arbeite, ist sie oft unterwegs

bei ihren Kindern. Man kann nur ab und zu auf jemanden zählen. Sonst bin ich alleine mit dieser Krankheit.
„Die Schmerzen wechseln ihre Stelle, aber sie sind immer da, manchmal am Fuß, im Kopf, in den Händen, im Rücken oder im ganzen Körper."
„Es tut mir so leid, Andreas. Wenn ich die Schmerzen wenigstens mit irgendetwas erleichtern könnte!"
„Gib mir eine Schlaftablette. Ich werde versuchen zu schlafen."
Ob Noelie im Krankenhaus auch nach einer Schlaftablette verlangt? Vielleicht sollte ich bei ihr sein und nicht beim Großvater. Manchmal fühle ich mich wie gespalten, zwischen den beiden Kranken hin und her gerissen, als würde ich einen von den beiden verraten, wenn ich dem anderen zu viel Aufmerksamkeit schenke. Zweifellos verdient die Kleine viel mehr Stütze als Andreas, weil sie noch ein Kind ist. Aber im Krankenhaus kommt man sich so überflüssig vor, so verdrängt, verjagt und noch inkompetenter als zu Hause.

Ich schreibe weiter an Herrn Lober:
Mehr als um Ihren Rat zu fragen, betreibe ich Selbstanalyse, indem ich Ihnen meine Lage schildere. In diesem letzten Monat merke ich etwas Sonderbares, das in mir vorgeht. Es ist sehr extrem und grenzt schon an eine Sünde der Brutalität gegenüber mir selbst und den anderen. Statt deprimiert zu sein über meine kranken, geliebten Menschen, empfinde ich manchmal einen Rausch von Vitalität und Euphorie über das, was ich noch besitze. Meine Abhängigkeit von dem Leben ist so stark und ich fiebere zwischen Leid und Genuss wie eine Besessene. Können Sie das verstehen, Herr Lober? Das ist nicht normal, es ist schon zu viel... Ich bin in mein kleines Leben verliebt wie nie zuvor und genieße es doppelt und dreifach, als wüsste ich, dass ich es bald verlieren werde und

dass es ein großartiger Abschied ist. Ich springe von Aktivität zu Aktivität und sogar die einfachsten scheinen mir eine spannende Herausforderung. Ich ergötze mich an jeder Handlung wie ein Kind oder ein Tier ohne Vernunft. Ich bebe vor Rührung und antizipierter Freude bei jeder Einzelheit. Manchmal bin ich wie in einem sexuellen Orgasmus gefangen. Meine körperlichen und spirituellen Säfte fließen, fließen... besonders die körpelichen, mit denen ich besser vertraut bin. Hunger habe ich mehr als sonst, und esse in wollüstiger Sinnlichkeit und Gier. Alles tue ich unerklärlicherweise mit einem intensivierten Genuss: Einem Bettler Almosen geben, die Gegenstände für Andreas suchen, Ihnen diese E-Mail schreiben, die unvergleichlich schöne Stimme meiner Tochter am Telefon hören oder ihre Hände zärtlich drücken und ihre ganze Persönlichkeit einatmen, wenn ich sie besuche, mit Frieda ab und zu die Kranken vergessen, uns einige Schaufenster ansehen und viel kaufen, kaufen... um meine Kaufgier genauso wie meinen tierischen Hunger zu befriedigen. Alles verdient meine doppelte Hingebung und Aufmerksamkeit: Ein Gespräch mit den Kollegen im Büro, mit dem Hausarzt, das Waschen von Noelies und Andreas Wäsche, das Frühaufstehen und mich im Spiegel anschauen, alles führt zu einer Erweckung und Verschärfung meiner Erwartungen, Neigungen und Wahrnehmungen. Eine Siesta in meinem gemütlichen Bett zelebrieren, wenn ich sehr müde bin, die rituelle Fahrt mit der U-Bahn bejubeln, die Nässe der Straßen im Regen auf meine gierigen Knochen pochen lassen wie ein menschliches Herz - alles nehme ich dankbar und unkritisch auf, sogar der schnelle Sex mit meinem kalten Partner macht mir mehr Spaß als sonst und bereichert meine Wirklichkeit, nicht so sehr wie ein Gedicht es täte, aber doch wie nützliche Maschinen es können und uns in praktischer

Hinsicht durch Vereinfachung Vorteile bringen. Ich habe einen geheimen Orgasmus mit meiner Waschmaschine und mit vielerlei anderen Geräten.
Was sagen Sie dazu, Herr Lober? Bin ich nicht eine schlechte Person? Jetzt, da meine Lieblinge so krank sind, genieße ich das Leben noch mehr. Statt mich angewidert vom Leben abzukehren und keine Freuden mehr zu empfinden, nur den Wunsch mich von allem zu lösen und meine Ohren mit dicker Watte zuzudecken, damit ich die Leidensgeschreie meiner Lieblinge nicht höre... Statt vor Kummer auf alles zu verzichten, sodass ich abgemagert wie ein Schatten meiner selbst aussehe... Da bin ich trotzend vor Gesundheit und Arbeitswut mit vielen Plänen, faszinierenden inneren Regungen und mit diesem riesigen Hunger... und ich stopfe Reste von Leben in mich hinein wie ein Rabe.
Es ist absurd, nicht wahr? Ich verhalte mich barbarisch, prinzipienlos. Aber denken Sie nicht, dass ich eigensüchtig bin. Es ist die Angst, die mich erhält und diese Frist, die mir noch gegönnt ist. Es ist gerade, weil ich vor diesen zwei großen Gefahren schwebe, Andreas Sterben, Noelies Beinamputation, dass ich alles so intensiv, so eigenartig kannibalisch erlebe. Ich esse meine Tränen, meine eigene Substanz, wie ein zum Tode verurteilter, der seine letzte Frist genießt. Noch habe ich zwei Wochen bis sich etwas entscheidet, bis meine schöne Tochter... Jetzt darf ich noch alles haben, jetzt da Noelie über zwei Beine verfügt und normal und unbeschwert laufen kann, jetzt, da der alte Andreas noch lebt, sich im Bett umdreht und spricht, über Schmerzen klagt und unaufhörlich nach Gegenständen sucht.
Sollte in beiden Fällen das Schlimmste geschehen, kann ich mir kein weiteres Leben vorstellen. Alles wäre so düster und traurig! Deshalb muss ich meine Hand nach allem

ausstrecken, was ich noch bekommen kann in meinen letzten relativ hoffnungsverheißenden Tagen eines offenen Endes. Habe ich Sie von meiner Unschuld überzeugt? Ich weiß, Sie sind nicht da, um über moralische Qualitäten zu urteilen, sondern um einen Rat zu geben. Aber mir können Sie auch keinen Rat geben, denn es gibt nichts, was ich tun könnte, um meine Lage zu verändern. Der Fehler rührt von meiner Natur her. Ich bin zu verliebt in einige Menschen und in mein Leben, trotz allen Übels. Sie könnten höchstens aus Buddhas Lehre zitieren: „Jede Liebe erzeugt Leiden. Am besten lieben wir nicht." Und wieder ergibt sich keine Lösung daraus für mich, nur wenn ich ganz neu und befreit von meinen vergangenen Lieben zur Welt kommen könnte. Ja, es war falsch an Sie geschrieben zu haben, denn Sie sind auch nicht imstande, mir zu helfen.

Plötzlich bleibe ich still und unterschreibe nicht mit Urania Pastor, wie ich vor hatte. Auch Dankesworte und die Grüße fallen weg. Es ist sinnlos. Am besten sollte ich diese E-Mail an Gott schicken. Aber ich kenne seine E-Mail-Adresse nicht und auch nicht die der Ärzte meiner Tochter. Ich habe mich dazu entschlossen, mein dummes Schreiben nicht zu senden, und es wird sofort gelöscht. Da es nicht einmal ausgedruckt wurde, hinterlässt es keine Spuren. Es ist nur ein innerer Monolog gewesen, für einen, der mich nicht kennt.
Ich stehe vom Schreibtisch auf und überblicke etwas frivol die Bedürfnisse, die noch in mir verweilen und nach Genuss, Erfüllung verlangen. Meinen Hunger und meinen Durst habe ich bereits gestillt, auch meine Sehnsucht mit jemandem zu reden. Neulich habe ich mir einen Vibrator und eine ganze Ausrüstung zur Selbstbefriedigung für einsame Frauen gekauft. Ich setze mich in eine Ecke im Dunkeln und suche

ungeschickt nach einer Steckdose. Elektrische Geräusche und die mechanischen Bewegungen auf meinen Geschlechtsteile werden mich ein paar Minuten begleiten, das Summen der Maschinen und meine großen Gefühle einer erstaunten und danach enttäuschten Menschlichkeit. Es ist mein Orgasmus mit dem Leben; um jeden Preis noch einen kleinen Höhepunkt für mich buchen, jetzt, da ich - noch zwei Wochen vor der schrecklichen Stunde - ein wenig leben darf.

Das Kleid der Mutter

Meine gute Mutter, glaube nicht, dass ich dein Kleid trage, weil ich über keine anderen Kleidungsstücke in meiner Garderobe verfüge oder weil ich zu geizig oder arm bin, um mir neue zu kaufen. Beruhige dich, mir geht's finanziell ganz gut, ich habe viel zu viel zum Anziehen, wie du weißt. Meine Schränke sind voll und platzen schon vor lauter Wäsche, denn ich folge dem Familienbrauch: Nicht so sehr nach der Mode gehen und alles aufzubewahren, was noch im guten Zustand ist. Neulich habe ich sogar einiges in Wäschecontainer deponieren oder an Wohltätigkeitseinrichtungen weggeben müssen, um deine schönsten Sachen aufheben zu können. Ich wollte den Platz; unbedingt und in irgendeiner Form Platz für dich machen. In letzter Zeit trage ich alles Mögliche von dir, Pullis, Röcke, Hosen, Kleider. Manche Leute sagen zu mir, dass ich in diesem Kleid, das ich von dir trage, nicht besonders vorteilhaft aussehe, weil es altmodisch wirkt. Es ist guter Stoff, zweifelsohne, aber so von den 70er oder 80er Jahren, und das fällt sofort als nicht neu auf.

Es macht mich aus dem Grund nicht gerade jung. Aber ich bleibe hartnäckig dabei. Ich mache mir nicht viel aus der Meinung der anderen, und ich möchte nicht unter ihrem Einfluss mein Erbe verschmähen, sondern eher stolz darauf sein. Ich würde dich gerne in meiner Nähe haben und die einzige Möglichkeit ist jetzt, die von dir hinterlassene Wäsche nicht nur zu behalten, sondern oft dicht an meinem Körper zu tragen. Deine Gegenstände sollten wenigstens nicht so schnell verschwinden wie du selbst, und ich will ihnen zu einem weiteren Überleben verhelfen, damit auch du zum Teil bei mir bleibst.

Du hast sie ja kaum getragen. Einige haben Jahre lang in deinem Schrank auf ein bisschen Leben gewartet. Jetzt sind sie alle überrascht, deine blauen Blusen (blau war deine Lieblingsfarbe und wiederholt sich überall), deine armlosen Unterhemden und dünnen Pullis, die ich so unpraktisch finde; sie sind überrascht durch die peitschende Dynamik meines Waschens, Bügelns und Tragens. Und dann gehen sie zusammen mit mir zu Veranstaltungen, bei denen du auch gerne gewesen wärest, heute zu einer Bauchtanzvorführung, am nächsten Sonntag zu einem Tangoabend in einem Café. Es ist hauptsächlich, um dich bei mir zu erleben, dass ich dieses Kleid genommen habe. Wie hätte dir eine Oper gefallen? Wir gehen bald in die Oper. Wie kann eine Tochter anders ihre Liebe zeigen? Und dann tun mir die Kleidungsstücke um ihretwillen selbst leid, so unbenutzt, verpasst, gekauft und ereignislos eingesperrt.

Ich will sie eine Zeit lang vor dem Tod retten. Wie schade, dass man es nicht auch mit den Menschen tun kann! Sie gehören jetzt uns beiden. Ich bin teilweise froh, dass wir die gleiche Größe haben und dass ich dir darin ähnlich sehe, auch wenn ich etwas jünger bin.

Theodor sagt nichts dagegen, obwohl er es im Stillen missbilligt. Nur einmal sagte er verlegen: „Wieder trägst du ein Kleid deiner Mutter, als hättest du keine eigenen. Wie lange soll es so weiter gehen?"

Aber wie fast alle Menschen zeigt er einen gewissen Respekt vor dem Tod. Weißt du, dass kein Mensch mehr schlecht von dir redet, seitdem du nicht mehr bei uns bist? Deine Enkelinnen schwärmen von dir, unterstreichen nur die positiven Züge deines Charakters, und ich bin manchmal sogar eifersüchtig, weil es scheint, dass ich im Vergleich zu dir nie so viel für sie gemacht hätte und sie nicht so wie du unterstütze. Mein einziger Trost ist, dass sie dasselbe mit mir tun werden, wenn ich sterbe. Der Tod ist so ein starker Schock, dass wir ihn nur durch diesen Liebeskult, durch diese Stufe der Reinigung, der Harmonisierung aller Missklänge und der ehrfürchtigen Bewunderung überwinden können. Aber ich möchte dein Bild nicht durch zu viel Lob und Verklärung verfälschen. Ich erinnere mich, dass wir damals oft einige Seiten deiner Existenz, einige deiner Reaktionen und Eigenarten kritisiert hatten. Und doch... Du warst für mich eine der schönsten Erlebnisse. Du warst gütig, schwach, mitteilsam, intelligent, ehrlich und voller Liebe zu uns allen. Es ist kein Wunder, dass die Enkelinnen dich so sehr vermissen. Wir haben zu dritt viel geweint und uns gefragt, warum du nicht länger bei uns bleiben konntest, wo wir dich so gerne unter uns hatten.

Dass ich heute dein rosa Kleid angezogen habe, ist nicht nur, weil ich dich zu irgendeinem Vortrag, zu meiner Arbeitsstelle oder zum Kaffeetrinken irgendwohin mitnehmen möchte. Ich würde am liebsten noch eine tiefere Verbindung mit dir erreichen. Wie könnte man sich mit deinem Geist direkt verabreden, nicht nur mit den irdischen Resten eines Lebens? Wie könnte ich deinen Geist locken, rufen, feierlich zu einem tête-à-tête einladen?

Ich wühle zerstreut in unserer Garderobe, in der unsere Kleider nebeneinander zusammenstehen, wie so oft unsere Gestalten in einem Raum gestanden haben, im Begriff etwas zu tun oder zu sprechen, was unsere Lieblingsbeschäftigung war. Hier im Schrank stehen wir viel enger und dichter zusammen, da es kaum Platz gibt. Es ist gut, dass wir nicht mehr zu atmen brauchen. Ich habe das rosa Kleid genommen, weil du es selbst im Schweiße deines Angesichts genäht hast. Weiß du noch? Als Hobbyschneiderin fiel es dir schwer und du beklagtest dich oft über deine Fehler. denn du musstest die Arbeit drei oder vier Mal wiederholen, bis es gelang. Es war eine Qual, aber trotzdem schafftest du es am Ende; und dann warst du glücklich. Auch für deine Töchter und Enkelinnen hast du Kleider genäht, noch bis zuletzt, obwohl sehr langsam und mit großen Schwierigkeiten. Wir schimpften oft über deine Trägheit, wussten nicht genau, wie schlecht es dir ging.

Beim Anblick dieses Kleides wurdest du sehr fröhlich, so habe ich es in Erinnerung. Naja, im Laden war es noch kein Kleid, sondern nur Stoff. „So ein schöner Stoff", sagtest du, „und die Farbe ist auch schön. Noch dazu ist es ein Sonderangebot. Preiswert und qualitativ gut, was will man mehr? Ich mache mir etwas ganz Einfaches daraus, eine breite Tunika mit einem unkomplizierten Schnitt, der keine so große Arbeit macht." Deine Freude kannte keine Grenzen und den ganzen Weg sprachen wir nur noch von dem Kleid und wann du es anziehen würdest: „Für irgendeine große Feier, wenn eine in Aussicht steht, für eine Hochzeit oder Kommunion."

Aber danach, als du es nähen musstest, freutest du dich weniger. Du ließt den Stoff Monate lang liegen und fingst mit der Arbeit ein paar Mal an, ohne es vollenden zu können. Zum Schluss zweifelten schon alle in der Familie, Berta, Susana und meine Schwester, dass es irgendwann klappen würde. Zum Schluss jedoch war es so weit und das fertige Kleid blieb in deinem Schrank in Wartestellung, wie all die anderen, weil es keine Anlässe gab, so ein schönes Kleid in der Öffentlichkeit zu präsentieren. Jetzt tue ich es, und wenn es nur ist, um spazieren zu gehen und deinen Namen in der Einsamkeit des Waldes zu rufen.

Nein, der Wald ist nicht genau der Ort, an dem ich dich finden könnte. Meistens hattest du an unbewohnten Orten Angst vor Räubern. Wenn du überhaupt ganz kurz zu mir zurückkommen solltest, um mit mir zu sprechen, würdest du mitten in der Stadt mit vielen Geschäften, Cafés und Menschen erscheinen.

Ich muss natürlich nach einem Ort suchen, an dem du gemütlich und ohne Widerstreben verweilen kannst. Entschlossen und wie einer Inspiration folgend, nehme ich noch mehr Wäsche und Schmuck von dir; deinen Mantel und deinen Schal, eine deiner Perlenketten. Dann gehe ich zu der alten Wohnung, zu deiner letzten Wohnung, die ich eine Zeit lang mit dir geteilt habe. Nach fast zwei Jahren ist sie noch leer und wir suchen noch nach einem Käufer.

Ganz leer ist sie nicht; es bleiben ein paar Erinnerungen an dich, dein Porträt am Eingang, als du 18 oder 19 Jahre alt warst; dein Schaukelstuhl und der kleine Tisch, an dem du in letzter Zeit immer gegessen hast. Auch mein alter Fernseher ist da, den ich dir gegeben hatte, dein Gebetbuch, ein Kreuz aus Holz und das Fotoalbum der Familie, in dem wir alle erscheinen, als wir klein waren, als du klein warst. Es gibt so viele Reliquien in dieser Wohnung, so viel von dir... in den Wänden, am Fenster, in der Ecke, in der dein Bett war, sodass du unmöglich dieser Verabredung mit mir fernbleiben kannst. So habe ich es mir gedacht und ich habe alles extra und sorgfältig zusammengelegt, damit wir uns nicht verfehlen können.

Ich will dich festnageln, damit du mir nicht mehr ausweichst. Du kannst nicht anders, Mutter, als zu kommen und mit mir zu sprechen, wie in den alten Zeiten. Die ganzen Monate schon habe ich irgendwie auf ein Zeichen gewartet. Ich habe so viele Spukgeschichten gelesen und von Toten gehört, die den Lebenden erscheinen. Du selbst hattest erzählt, du hättest einmal deinen neulich verstorbenen Vater ganz deutlich gesehen; es war ganz plötzlich geschehen, gerade in einem

Augenblick, als du Kartoffeln schältest und nicht ausdrücklich an ihn dachtest.

Etwas ist bestimmt nicht in Ordnung mit mir, dass ich keine Kontakte mehr zu meinen lieben Menschen haben darf. Bin ich nicht spirituell genug? Es muss an mir liegen, denn du würdest mich aufsuchen, wenn du könntest. Dir war die Gesellschaft deiner Töchter und Enkelinnen immer erwünscht und du konntest nicht lange ohne uns sein. Es war wie eine Sucht. Und jetzt... Für mich ist es auch wie eine Sucht, dich zu finden. Ich habe keine Angst, sondern wünsche mir das Treffen. Es führt mich zur Verzweiflung, dass ich nicht Abschied von dir nehmen konnte und dass jetzt keine Kommunikation mehr möglich ist. Nicht einmal in Träumen sehe ich dich. Du bist spurlos verschwunden, obwohl meine Gedanken und Erinnerungen immer auf dich fixiert sind. Mein tägliches Gebet für euch drei, dich, meinen Vater und meine Großmutter, gilt an erster Stelle dir. Wie immer spielt deine starke Persönlichkeit eine führende Rolle, du nimmst Besitz von meiner vollen Aufmerksamkeit, und alle übrigen Menschen erscheinen in meinem Gedächtnis wie verblasst. Ob die anderen eifersüchtig auf dich sind? Ob du eine kleine Freude daran empfindest, im Moment die Erste für mich zu sein?

Wahrscheinlich geht es der Reihe nach und je mehr Zeit verstrichen ist, desto weniger präsent sind sie für mich. Es ist immer der letzte, der von uns geht, der uns am meisten fesselt. Und in zehn Jahren, wenn ein anderer geht, dann wirst du vielleicht diejenige sein, die fast vergessen wird. Aber auch wenn du die Königin meiner Erinnerungen bist, bleibt es nur mein Werk, meine vergebliche Anstrengung, und du erscheinst nirgendwo. Diese unerschütterliche Stille geht mir auf die Nerven. Es war doch besser damals, als angeblich die

Gespenster mit den Lebenden zusammen marschierten und sich mit ihnen verständigen wollten. Heutzutage sind die Gespenster so diskret und schweigsam, sie halten sich versteckt. Oder handelt es sich nur um meine eigenen Gespenster, die sich so mutlos und ohne Kampf haben vertreiben lassen?

Nichts Übernatürliches geschieht in meiner Nähe, keine Möbel bewegen sich und du erscheinst auch nicht an der Schwelle meines Schlafzimmers und sagst mit deiner lieben, himmlischen Stimme, die ich immer wegen ihrer Jugend bewundert habe: „Hallo Ingrid. Was ist mit euch allen passiert, seitdem ich weg bin?"

Eine Geisterseherin zu sein hätte gravierende Folgen, und natürlich bin ich dir dankbar, dass du nicht täglich und jede Minute an unserer Tür klopfst. Aber so still zu sein, Mutter, das hätte ich mir nicht von dir gedacht... Ausgerechnet du bist so reserviert und stumm für die Ewigkeit! Es verursacht mir Schmerz und Heimweh nach unseren verlorenen, langen Gesprächen. Es müssen sehr strenge Gesetze bei euch herrschen, dass dir jedes Wort, jeder kleine Ausruf untersagt wird, und du kannst sicherlich nichts gegen die Verbote tun. Es gäbe ja nur Unruhe, wenn du es versuchen würdest. Deshalb, achte nicht auf mich und bleib nur passiv, gehorsam und anpassungsfähig in deinem Kreis, um dir Schwierigkeiten zu sparen.

Und trotzdem bin ich sicher, dass du heute eine Ausnahme machen kannst und mir wenigstens ein Zeichen geben wirst. Schau', ich trage deine Uhr und deine braune Handtasche, und in der Wohnung sind noch weitere intime Sachen von dir, dein Löffel und dein Suppenteller.

Jetzt bin ich schon angekommen. Ich mache das Licht der Diele an. Es ist derselbe Schalter, den du so oft betätigt hast.

Ich bleibe vor deinem Porträt stehen und grüße dich melancholisch. Ich denke an das junge Mädchen, das du einmal warst, ein hübsches Fräulein Xenia Kramer ohne Kinder. Es ist schade, dass ich dich in diesem Alter nie kannte, so wie ich dich jetzt in deiner gegenwärtigen Form auch nicht kenne. Manchmal gerate ich in Versuchung, zu einer Astrologin, Wahrsagerin oder Kartenlegerin zu gehen und nach deinem Schicksal zu fragen: „Bist du schon im Himmel? Oder musst du noch etwas warten? Hast du dich in ein Baby verwandelt, um wieder geboren zu sein? Hast du schon mit Gott gefrühstückt und Gymnastik gemacht, um gelenkig zu bleiben und gut durch den Weltraum fliegen zu können?"
Doch ich kann mich nicht dazu entschließen, denn Theodor und alle Frauen der Familie sind dagegen. Und ich misstraue den meisten Professionellen, die einen Job daraus gemacht haben; es müsste auf jeden Fall ein besonders guter Mensch mit einem großen Einfühlungsvermögen mit den Toten sein, der deinen Frieden im Jenseits nicht gefährden könnte. Es ist bestimmt nicht einfach, jemanden solcher Qualitäten zu finden. Viele sind Betrüger oder Verrückte. Meine englische Freundin Lucy sagt, sie spricht jeden Tag mit den Engeln, besonders mit ihrem Wachengel, der ihr alle Botschaften des Jenseits übermittelt. Und eine andere Bekannte hat sich geweigert, jemanden zu treffen, weil sie sagte, Gott (mit dem sie alles bespreche) hätte sie ausdrücklich davor gewarnt, zu diesem Datum mit diesem Menschen etwas zu unternehmen. Da ich jedes Gespür für das Jenseits ermangele und in völliger geistiger Armut lebe, kann ich nur über ihr übermäßiges Gespür erstaunen. Manchmal denke ich aber, dass es nur Einbildung ist und schon an Wahnsinn grenzt. Was denkst du, Mutter? Naja, jetzt denkst du nicht, sondern weißt schon alles. Etwas hat sich grundsätzlich geändert: Damals waren wir zwei

Unwissende. Jetzt bist du in Besitz der Enthüllung aller Geheimnisse. Oder ist es auch eine falsche Annahme von mir zu vermuten, dass das Weggehen allein schon die Enträtselung des großen Mysteriums der Existenz mit sich bringt? Bist du endgültig am Ziel? Oder lediglich verlegt und zu immer neuen Rätseln weitergeleitet worden?

Den Wasserhahn hast du auch oft betätigt, so oft wie du den Lichtschalter genutzt und die Gardinen am Fenster zugezogen hast. Was meinst du, sollten wir diese Wohnung als eine Art Museum für dich beibehalten? Du bist uns hier viel näher als auf dem Friedhof. Andererseits hätten wir keine Verwendung für die Wohnung. Wir brauchen das Geld des Verkaufs und es sind schon ganz wenige Dinge, die hier noch bleiben. Dein kleines Vermögen wurde schon unter uns allen verteilt. Meine Garderobe ist wie dein zweites Zuhause geworden und meine Schwester hat deine Möbel und Elektrogeräte.

Im Grunde möchte ich dich wach machen, Mutter, an deinen Eigentumssinn appellieren. Vielleicht hast du als Eigentümerin dieser Wohnung noch einen Wunsch, den du mir mitteilen willst. Um ehrlich zu sein, wir haben einiges weggeworfen: die alten Lappen, die Plastikblumen, die nicht mehr essbaren Bonbons und so weiter. Sei uns nicht böse deshalb. Oder doch... Schimpfe mich aus. Bitte sag' etwas! Die Hauptsache ist, dass du sprichst, dass deine Stimme wieder lebendig klingt, in meinen Ohren wie in meinem Gedächtnis. Vielleicht erreicht die Wut, wenn schon nicht meine Tränen, dass du aus deinem Versteck kommst. Sieh, wenn du noch ein paar Befehle erteilen und Verfügungen treffen möchtest, ich höre ganz intensiv zu, ich nehme mir Papier zu schreiben und notiere alles, was du willst.

Das blaue Kleid habe ich noch und die rosa Tunika der 80er Jahre nutze ich für eine große Feier. Aber der großartige

Sweater, den du mir vor über 25 Jahren gestrickt hast, ist an mehreren Stellen plötzlich abgerissen und ich musste ihn aufgeben. Auch einige Gegenstände sind von kurzer Dauer und verschwinden wie die Menschen. Deine Missbilligung und Vorwürfe wären mir viel lieber als diese Leere, dieses beziehungslose Vegetieren und abgestumpft sein, als hättest du nie in meinem Leben existiert.

Damals hattest du dich zu sehr um mich gekümmert, hatte ich manchmal den Eindruck, aber jetzt bist du so radikal spurlos weggegangen! Doch ich weiß Bescheid, ich möchte dich zu nichts zwingen und dich vor allem nicht beunruhigen. Ich habe keine Ahnung, was für Gesetze da oben befolgt werden... Denn du bist bestimmt im Himmel und nicht in der Hölle. In der Hölle kannst du unmöglich sein, weil du immer eine herrliche Mutter warst, die sich zu jeder Zeit zartfühlend und verliebt Sorgen um die Kinder machte. Manchmal denke ich sogar, du bist wie eine Heilige und ich könnte dich als Fürsprecherin bemühen, um einige Wunder für die Familie zu erreichen; zum Beispiel, dass Bertha keine Depression und keine Suizidgedanken mehr hat, dass Susana endlich ihren Partner heiraten kann, dass Theodor von seinem Hautkrebs geheilt wird. Aber nein, das wäre zu bequem von mir und naiv gedacht, jetzt manipuliere ich meine Mutter zu einer Heiligen und so habe ich die Lösung für all meine furchtbaren, irdischen Probleme. Andererseits warst du auch nicht perfekt, vielleicht wird einiges in deiner Seele vom Schöpfer retouchiert und überarbeitet. In der großen Seelenfabrik muss deine Seele vervollständigt und noch einmal fertiggestellt werden. Meine Unwissenheit ist alarmierend. Ich verstehe sowieso nichts mehr, warum wir geboren werden und dann verschwinden... Und worin der ganze Plan der Schöpfung besteht.

Am Sonntag gehe ich in die Kirche, um für dich zu beten. Ich habe wieder eine Messe für dich bestellt, wie du es auch so oft für den Vater getan hast. In letzter Zeit ahme ich dich oft nach. Theodor sagt es schon ironisch: „Du siehst deiner Mutter immer ähnlicher."
Vielleicht liegt es an diesem Kleid, das wir beide tragen. Im Grunde ist mir völlig klar, dass die paar Euro, die die Messen kosten, keine Seelen retten können. Es ist nur ein symbolischer Akt, wie so viele, und ich habe es besonders gern, wenn dein für mich beeindruckender Name inmitten der anderen fremden Namen in der Feierlichkeit der Kirche genannt wird. Auch da antwortest du nicht, aber ich hoffe, dass du dich freust, öffentlich genannt zu werden; wie bei wichtigen Anlässen, wenn man etwas Markantes getan hat, wenn man ein Diplom erhält, heiratet oder einen Preis bekommt. Dein Preis sind meine Tränen und mein Gebet. Überall höre ich deinen Namen, fast wie am Tag deiner Taufe, deiner Beerdigung. Xenia Kramer ist die wichtigste Person der Welt für mich.
Als du lebtest, warst du oft im Mittelpunkt des gesellschaftlichen Treibens; du hast viel gesprochen... Und umso schwieriger ist es jetzt die Lücke zu füllen, die du hinterlassen hast. Manchmal glaube ich dich noch zu hören, aber ich erkenne, dass das nicht deine eigenen Worte sind, sondern innere Automatismen meines Gedächtnisses oder meine Fantasien von deinem Sprechen über das Grab hinaus.
„Ingrid, du bist hartnäckig, du quälst mich. Dir fällt nichts Besseres ein, als zu verlangen, dass die Toten sprechen sollen."
„Ja, ich bin neugierig auf das Jenseits, und vor allem auf dich und dein Weiterleben."
„Jeder muss warten, bis er an die Reihe kommt."

Nein, das ist nicht einmal deine Art zu reden; du hast nur selten unpersönliche Sätze benutzt. Es sind nur logische Argumentationsstücke, die zueinander passen. Neugier? Nein, du musst warten.

Sag' nicht, dass ich dich quäle, Mutter. Oder doch, sag' es, damit ich deine Stimme höre. Ich tue alles mit der besten Absicht, hier in deine Wohnung zu kommen, vor deinem Porträt zu stehen und dein Kleid zu tragen. Bitte nur einmal... gib mir deinen Segen für die Zukunft, wenigstens ein Zeichen, ganz direkt, ohne Wahrsager, Zigeuner oder Spiritisten, nur du und ich.

„Einmal würde dir nicht genügen. Du willst immer mehr."

Das ist wieder meine eigene Stimme, ich kann es schwören. Sich zu betrügen ist sehr leicht und die Bilder sind verschwommen und vermischt: Was wir wünschen, was wir fürchten, was du sagtest, als du noch lebtest, was du nicht mehr äußern konntest. Die Quellen der Gefühle sind sehr unsicher; nur die Gefühle sind da. Ich könnte zum Beispiel ein kleines Geräusch an deinem Tisch mit meinen Fingern machen und denken, dass du das Geräusch verursacht hast, so ein undefinierbares, stöhnendes „Oh", einen Meereswindlaut, auch wenn das Fenster zu ist. Das Geräusch ist entstanden, als du in das Zimmer hineingetreten bist und dein Kleid an mir siehst, das du sofort erkannt und zelebriert hast.

„Oh, es steht dir so gut, als wäre es extra für dich gemacht. Es war wirklich ein guter Kauf. Und wenn du alles andere wegschmeißen musst, behalte dieses in meinem Angedenken."

Ja, Mutter. Ich weiß natürlich nicht, ob du es tatsächlich gesagt hast. oder ob das nur meine Fantasie ist. Das Kleid und die ganze Verabredung waren mein Annäherungsversuch an dich, wie ein klassisches Flirten zwischen den Lebenden und den Toten. Ich verstehe immer noch nicht, warum es euch wie den Klausurnonnen verboten ist zu sprechen. Ich weiß, Christus spricht auch nicht bei der Kommunion; die Hostie bleibt ganz still und schweigsam; nur den Priester hört man und davor die schönen musikalischen Glocken der Konsagration. Es scheint die allgemeine Regel zu sein und dagegen kann ich nichts machen. Es ist schade, denn wir hätten uns so schön unterhalten können. Und ich bin traurig, dass ich dir damals zu wenig zugehört habe.

Ich bin sehr müde und niedergeschlagen, enttäuscht, denn alles hat mir nichts genützt, meine schlaue Methodik der verführerischen Wiederbegegnung zwischen Mutter und Tochter hat versagt. Alles war umsonst, dein Kleid, deine Uhr, deine Wohnung, deine Handtasche. Ich habe sogar eine Schallplatte mit deiner Lieblingsmusik, Charlestons, in meiner Hand. Ich habe ein paar Tage gierig danach gesucht und jetzt laufe ich mit der Platte herum. Aber wir haben keine Stereoanlage mehr in der Wohnung, und auch wenn wir sie hätten, leider können wir nicht mehr tanzen.

Ach, die junge Xenia auf dem Porträt! Vielleicht, weil sie ein Mädchen ist, wird sie ungeduldig und irgendwann die Stille mit einem Seufzer brechen.

Ich nehme meine kleinen Schätze wieder mit und gehe jetzt, Mutter. Es hat wenig Sinn, dich und mich weiter zu quälen.

Eine innere Stimme schließt das Kapitel meiner Sehnsucht ab und ich weiß natürlich nicht, ob sie meine eigene Trostantwort auf meine Fragen ist... tatsächlich mein Schutzengel... oder du selbst ...

„Deine Mutter darf nicht reden. Aber sie liebt dich sehr und freut sich, wann immer du an sie denkst. Sie hat sich viel verändern müssen, denn diese zwei Jahre waren sehr intensiv. Aber sie wird dich immer als Tochter erkennen, und du sie auch, überall wo du sie finden kannst."

Wie kann ich den Menschen gefallen?

Ein großer Schäferhund spricht mit einem Stern am Himmel.
„Was meinst du, kann ich den Menschen gefallen, so wie ich bin?"
„Natürlich, viele Menschen mögen Tiere. Sie haben ein weiches Herz, besonders für Katzen und Hunde, noch mehr als für Babys, denn die Kleinen stören sie mit ihrem Geschrei. Du solltest nur aufpassen, nicht zu viel zu bellen."
„Nein, ich belle ja nur, wenn ich jemanden vor Gefahren verteidigen will, vor Dieben und Fremden. Dafür sind Hunde da, um die Menschen zu schützen. Ich muss mich bemerkbar machen, damit man uns, meinen Herrn und mich, respektiert."
„Das ist toll, lieber Freund. Aber übertreib' nicht zu sehr, nicht, dass du jemandem mit deinem Lärm auf die Nerven gehst."
„Meinst du, sie hätten lieber eine harmlosere Rasse, so einen Zwergschnauzer oder Pekinesen, der nur zur Zierde, zum Spielen da ist?"
„Einige mögen so etwas in der Tat, andere nicht. Ich glaube, du hast die besseren Karten, weil du beides - mutig und zärtlich - sein kannst. Du könntest dich zum Beispiel zu einem Blindenführhund dressieren lassen. Hast du daran gedacht? Damit könntest du deinem armen blinden Herrn große Dienste erweisen und alle anderen Menschen würden dich besonders bewundern, deine Treue, deine guten Manieren und deine altruistischen Fähigkeiten, um einem benachteiligten Menschen zu helfen."
„Ja, das ist eine sehr gute Idee. Ich werde mir eine junge, blinde Dame aussuchen, die meine Qualitäten noch besser als ein Mann zu schätzen wissen wird. Einem Menschen das Augenlicht zu ersetzen ist bestimmt eine der schönsten

Aufgaben. Das Mädchen, das ich täglich führen und schützen werde, wird mich mehr als alle übrigen Geschöpfe der Erde lieb haben und mir dankbar sein. Aber auch die anderen werden mich als den schönsten und besten Hund wahrnehmen, angefangen damit, dass ich weniger Schmutz als die anderen Hunde machen werde und mich viel disziplinierter, klug und verständig, fast wie ein Mensch, verhalten werde."

„Gewiss, Schmutz und Ungehorsam könnten den Menschen missfallen. Das ist der Grund, warum viele Leute sich keine Tiere ins Haus holen wollen. Aber wenn du ein braver und imponierender Führhund bist, dann werden dich alle mit offenen Armen empfangen und dich nur loben."

„Das wäre sehr angenehm. Ich würde mich von meiner süßen Herrin verwöhnen lassen; sie würde mich streicheln und die anderen wären von meinem Betragen begeistert."

„Du würdest alles tun, um den Menschen zu gefallen, nicht wahr?"

„Ja. ich bin eitel, komplimentsüchtig. Ich will ihre Nähe und Anerkennung mehr als alles andere; deshalb meine vielen Verwandlungen. Doch Ich bin bisher nicht verwöhnt worden, nur kritisiert und ignoriert."

„Verwandlungen, sagst du. Dann warst du nicht immer ein Hund?"

„Nein. Ich wollte nur ein Mittel finden, um die Menschen auf mich aufmerksam zu machen. Ich ließ sogar einen Schmetterling und einen Pfau in einen tiefen Schlaf fallen, damit ich an deren Stelle treten konnte. Ich nahm die Form eines Schmetterlings an, damit die anderen meine Farben bewunderten."

„Du warst ein Schmetterling? Wann hast du es ausprobiert? Und warum hast du es aufgegeben?"

„Ich weiß es nicht genau. In meiner Ewigkeit sind die Zeitbegriffe etwas verschwommen. Es war auf jeden Fall umsonst. Nur ein paar Kinder schauten mich neugierig an, aber dann vergaßen sie mich wieder."
„Was warst du denn am Anfang der Schöpfung?"
„Ein Engel. Ob du es glaubst oder nicht. Und jetzt bin ich ein Hund. Aber ich schäme mich dessen nicht, es ist kein Abstieg, denn ein Führhund zu sein ist etwas Feines und Edles. Als Engel war ich mit meiner schönen Gestalt schon sehr zufrieden; ich war so sanft, harmonisch und leuchtend, ein Gott en Miniature, und ich war vor allem stolz auf meine Flügel, die ganz anders als die der Schmetterlinge waren. Als Hund bin ich jetzt so total irdisch, so sehr in der Erde verankert, dass ich keine Flügel mehr besitze. Ausschließlich nach diesen Flügeln habe ich noch manchmal Sehnsucht. Aber als Engel konnten die Menschen mich nicht sehen, nur mein flüchtiges, anonymes Abbild in alten Gemälden. So bezweifelten sie meine Existenz, sie fanden keine Verbindungspunkte zwischen sich selbst und dem Reich der Engel. Als Engel hatte ich keine Persönlichkeit, mein Stimmchen versank in dem himmlischen Chor unzähliger Stimmen. Ich bat Gott, mir ein paar Verwandlungen zu erlauben, damit ich die Menschen verlocken und für mich gewinnen könne, denn als Engel wäre ich für sie immer unerreichbar gewesen."
„Aber was fasziniert dich denn so an den Menschen?"
„Die Mischung aus Geist und Körper. Ich bin in ihre Literatur und Malerei verliebt, aber auch in ihre äußere Hülle, in ihre Herrenanzüge, Damenröcke, ihren Schmuck und ihre Düfte, ihre Feste und Rituale, in das, was sie essen und trinken, in die Musik, die aus ihren Radios, Fernsehern und Konzertsälen klingt. Als Engel hätte ich nie den Genuss des Trinkens

ausprobieren können, eine Tasse Kakao, wie die Kinder ihn lieben, einen starken Likör oder einfach klares Wasser, um meinen durch Jahrhunderte gesammelten Durst zu stillen."

„Ich kann mir vorstellen, als Hund hast du jetzt ein noch gesteigerteres Gefühl von Hunger und Durst. Es ist nicht nur das Bedürfnis zu essen, sondern zu fressen."

„Ja, lieber Stern, unbeschreiblich ist es... eine Art Höhepunkt, eine Leidenschaft. Aber trotzdem behalte ich immer meine Engelsnatur, sonst könnte ich jetzt nicht mit dir reden, nur bellen und auf meine kleine Herrin aufpassen. Verwandlung bedeutet nicht Verlust, sondern eher Erweiterung und Vielseitigkeit. Damit will ich nicht sagen, dass sie unbedingt notwendig ist. Du warst immer ein Stern, nicht wahr?"

„Ja. Wie du weißt, sind Verwandlungen nur in Ausnahmefällen erlaubt, nur bei sehr unruhigen Naturen wie du eine bist. Aber welche hast du sonst noch durchgemacht, erzähl mir davon."

„Drei verschiedene, alle auf meine Bitte hin, und ich habe sie mir selbst ausgesucht. Die Hundegestalt, die ich jetzt angenommen habe, ist bereits mein viertes Stadium, meine vierte Lebensform."

„Und warum so viel wechseln? Waren die anderen nicht gut genug?"

„Es ist gar nicht so leicht, den Menschen zu gefallen. Tatsächlich sind alle meine Versuche bisher fehlgeschlagen. Teilweise liegt es an den unverzeihlichen Launen der Menschen, die nicht genau wissen, was sie wollen, aber meistens an der Sterblichkeit aller Dinge, die ihnen am Ende die Freude und den Spaß verdirbt. Ich war zuerst eine Blume. Ich hatte immer die Blumen beneidet, weil sie so schön sind, die Menschen so davon schwärmen und sich so vernarrt in sie zeigen. Ich wurde zu einer duftenden und in voller Pracht blühenden Rose im wunderbaren Blumenstrauß einer Braut.

Das machte es noch schöner, die hoffnungsverheißende Hochzeit. Wir waren so viele Blumen in dem Strauß und wir sangen alle zusammen ein Lied für die Braut, die Margit Schirmer hieß, auch wenn sie uns nicht hören konnte, weil sie so sehr vom Hochzeitsmarsch in Anspruch genommen wurde. Die anderen Blumen, meine Gefährtinnen und ich, plauderten ununterbrochen über die Liebe und die Schönheit, und wir hatten eine großartige Zeit miteinander, auch nach dem Singen. Der Braut gefiel ich schon sehr, das konnte ich spüren. Sie liebkoste und küsste mich sogar, sie roch an mir und betrachtete mich verträumt von allen Seiten. Das war eine meiner wertvollsten Erfahrungen. Aber nach ein paar Tagen musste sie den verwelkten Blumenstrauß wegwerfen; er war Abfall, nicht mehr schön. Ihr Herz verhärtete sich durch diese Handlung. Sie wollte uns nur loswerden, ich gefiel ihr gar nicht mehr, oder besser gesagt: Ich missfiel ihr zutiefst und betrübte sie nur mit meinem Anblick. Daher wurde mir die Blumenparabel auch unangenehm, und trotz der Schönheit des Anfangs wollte ich die Geschichte nicht wiederholen.

Dann war ich ein Kanarienvogel im Käfig von zwei Kindern, die mich sehr lieb hatten. Es waren Zwillingsbrüder, Hans und Peter. Ich sang für sie die fröhlichsten Lieder, sie fütterten mich und reinigten meinen Käfig voller Liebe. Ich gefiel ihnen sogar besser als die Märchenlektüren ihrer Mutter in der Nacht. Aber nach einiger Zeit, als sie eingeschult wurden und viele Freunde bekamen, verloren sie ihr Interesse an mir. Ich wurde alt und einsam im Käfig, meistens vernachlässigt. Nur hin und wieder brachten mir die Eltern aus Mitleid etwas zu essen. Aber ich gefiel ihnen nicht, es war nur eine Pflicht, bis ich endlich durch Gottes Gnade meine Augen zumachte."

„Du hättest schon aus den Lektionen lernen sollen, lieber Engel. Warum setzt du dich immer solchen Strapazen aus?"

„Ja. Ich bin dumm und irre mich immer wieder. So habe ich wenigstens ein bisschen Kontakt mit den Menschen. Auch wenn sie schwer sind, ich mag sie so sehr... Ich könnte für sie sterben, wie Jesus. Mein drittes Stadium war auch sehr poetisch. Ich bat Gott darum, dass ich ein Stück der Sonne werden durfte. Ich hatte immer davon gehört, dass die Menschen sich nach Wärme und Sonnenschein sehnen. Millionen reisen in die Karibik und andere sonnige Länder. Blässe und Krankheit verschwinden. Die Menschen leben auf, freuen sich riesig unter den Strahlen der herrlich leuchtenden Kugel.

Ich suchte mir einen jungen Mann aus, der besonders gern in der Sonne lag, Gregor. Er war der geborene Tourist auf den Stränden der Kanarischen Inseln, Italiens und Lateinamerikas. Er streckte sich stundenlang im Sand aus und war stolz auf seine braungebrannte Haut, die seine Kollegen auf der Arbeit bewunderten. Ich - als Teil der Sonne - gefiel ihm sehr gut. Er atmete mich mit Genuss ein, wie eine Geliebte oder wie ein Raucher sein Nikotin. Er war ein wärmesüchtiger Mensch und ich war seine Sucht. Ich hatte eine wohltuende, beruhigende Wirkung auf ihn, seine Siestas in der Sonne wurden zu einem richtigen Hobby für ihn, der sonst keine besonderen Vergnügen im Leben hatte, keine Familie und keine engen Freundschaften. Er sprach sogar mit uns... mit der Sonne, als wäre er nicht ganz richtig im Kopf. Vielleicht hatte er zu viel von uns abgekriegt. Wir konnten zwar Gesundheit und Energie bringen, aber in einem zu hohen Maße dosiert, konnten wir auch Beschädigungen verursachen. Mit der Zeit ging es so weit, dass er die Hitze nicht mehr entbehren konnte und sich für die vielen Monate, in denen er keinen Urlaub hatte, ein Solarium in der Wohnung installieren ließ. Dort verbrachte er

zu viele Stunden, nach Meinung der alarmierten Ärzte, die seine verbrannte Haut untersuchten.
Es wurde Hautkrebs diagnostiziert, verusacht durch zu viel Sonne. Jetzt galt es mich strengstens zu meiden, unter keinen Umständen die stechende und schmerzhafte Sonne an sich heran zu lassen. Ich war wie ein Höllenfeuer für ihn geworden und er schrie schon angewidert und verängstigt auf, wenn er mich bloß aus der Ferne sah. Ist es nicht traurig? Nach diesem Abenteuer kam Ich mir wie ein bestrafter vor, bestraft, weil ich gerade zu viel Gefallen in einem Menschen ausgelöst hatte.
Der Genuss kehrte sich in eine Tortur um, und diesen Gegensatz konnte ich nicht ertragen. Auch bei Margit war Ähnliches passiert und ich missfiel ihr unendlich, obwohl sie wenigstens keine Schmerzen durch meine Berührung bekam. Wahrscheinlich wird sie irgendwann wieder Blumen kaufen. Die Gleichgültigkeit der Zwillinge über den armen Kanarienvogel, meine Person, war nicht genau als Missfallen zu bezeichnen. Aber trotzdem war auch der harte Gegensatz vorhanden: Zuerst Liebe, und dann... Leere. Und bei Gregor war es noch schlimmer: Zuerst Liebe und dann... Horror."
„An deiner Stelle hätte ich keine Lust mehr, Neues auszuprobieren."
„Ach Stern, das verstehst du nicht. Du bist zu bequem und träge geworden da oben. Jetzt werde ich Blindenführhund. Meine Herrin wartet auf mich, und ich werde wie ein Schutzengel für sie sein, keiner kann ihr etwas Schlechtes tun. Wie ein Lebensgefährte werde ich sie begleiten, sie zur Arbeit führen und die acht Stunden unter ihrem Schreibtisch zu ihren Füßen liegen, wenn sie mich nicht braucht. Dann werden wir in die U-Bahn ein- und aussteigen und ich werde ermöglichen, dass sie in ihrer Freizeit spazieren gehen und Einladungen

von Bekannten zum Restaurant oder ins Theater annehmen kann. Was würde sie sonst ohne mich machen. Sie ist hilflos und einsam ohne mich und braucht mich, meine Treue und Zuverlässigkeit. Im Theater werde ich mich gut verhalten und keinen stören. Ich werde allen Menschen gut gefallen, die mich mit Sympathie anschauen werden. Aber vor allem werde ich ihr gut gefallen. Mensch und Hund verstehen sich am allerbesten, denke ich. Was hat Heine über die Tiere gesagt, die durch das Leiden menschlich werden? ‚Ich glaube, sogar bei ihren Leidenskämpfen könnten die Tiere zu Menschen werden.' Wenn wir zu Hause alleine sind, wird sie auch mit mir über alles sprechen, wie Gregor mit der Sonne, aber nicht aus Verrücktheit, sondern weil wir auf gleichen Füßen stehen, dabei ist es unbedeutend, dass ich vier Beine und sie zwei hat."

„Naja, hoffentlich ist sie kein launenhaftes Wesen, das dich mit bösen und ungeduldigen Kommandos quält. Ich habe auch einige Blinde gesehen, die ihre Hunde nur beschimpfen und schikanieren."

„Nein. Gott wird mir schon helfen, eine gute Frau zu finden."

Es ist schon viel Zeit vergangen, vielleicht ein ganzes Jahrhundert. Ein älterer Mann mit einem zwei- oder dreijährigen Kind auf dem Arm spricht wieder mit dem Stern von damals.

„Ich bin Jakob Hoffmann und das hier ist mein Enkel Christoph."

„Sehr erfreut. Aber was führt Sie zu mir, Herr Hoffmann? Gewöhnlich sprechen die Menschen mich nicht an. Nur die Dichter... Doch sie sprechen meist lieber mit dem Mond. Wir, die Sterne, sind ihnen zu viele, ohne

Unterscheidungsmerkmale, und sie haben Angst uns zu verwechseln."

„Du erkennst mich wahrscheinlich nicht mehr. Ich bin der unruhige Engel, der sich in einen Hund verwandelte, und der einmal ein Schmetterling, eine Blume, ein Kanarienvogel und ein Stück von der Sonne war."

„Ja, ich erinnere mich gut an die Geschichte."

„Auch wenn Ihr so viele seid, bist du mir unverkennbar. Du bist immer so stabil und unveränderlich, dass man dich immer wieder finden kann. Ich dagegen - mit meinen vielen Verwandlungen - mache es dir schwer.

Ich möchte dir die Fortsetzung erzählen, wie sich alles zugetragen hat. Meine blinde Herrin aus Chile, María del Mar Cuevas, war wirklich ein gutes Mädchen und ich gefiel ihr sehr, wenigstens die ersten vier Jahre. Sie schätzte meinen Dienst und war dankbar, dass sie mich hatte, denn ich gehorchte ihren Wünschen immer ohne Widerrede: „Jetzt gehen wir einkaufen, jetzt gehen wir zum Zahnarzt, zum Friseur, zu einer Freundin, zur Post, mitten in der Nacht spazieren, einen Mann treffen; mehr oder weniger pünktlich zur Arbeit in der Telefonzentrale eines Hotels und manchmal ins Kino, obwohl sie die Filme nicht sehen konnte. Sie streichelte mich und weinte sogar, indem sie mich an sich drückte und sagte: ‚Was würde ich nur ohne dich machen? Ich wäre ja ganz alleine.'

Ja, es war die richtige Wahl gewesen, zumindest besser als die der Braut, die nur kurze Zeit ihre Blume lieben konnte. Auch die Zwillinge hatten sich nur kurz um den Vogel gekümmert, der junge Mann nur vorübergehend die Sonne verehrt. Bei María del Mar konnte ich länger glücklich sein und ich wurde mit Lob verwöhnt. Trotz alledem war ihre Beziehung zu mir etwas distanziert. Ich war und blieb eben nur ein Tier für sie und sie wollte lieber so viel wie möglich von Menschen umgeben sein. Bald begriff ich, dass ihr Lob ein Trick war, um mich zur Pflicht zu rufen. Sie wollte vor allem, dass ich meine Disziplin und meine guten Manieren weiter üben sollte. Ich war zum Arbeiten und nicht zum Spielen da. Nur hin und wieder, wenn wir allein zuhause saßen und sie keine Pläne hatte, erlaubte sie mir ein paar Stunden Freiheit. Diese untreue Seele! Sobald sie sehende Menschen um sich hatte, die sie führten, vergaß sie mich gänzlich. So geschah es jedes Jahr, wenn wir den Urlaub in einer anderen Stadt bei ihrer Familie verbrachten. Dann war sie immer mit ihren Nichten und Neffen unterwegs; mich beachtete sie kaum. In den paar Augenblicken, in denen wir noch zusammen waren, befahl sie mir nur, ich solle brav sein und keinen Schmutz machen. Die Befreiung von meinen täglichen Aufgaben, an die ich so gewöhnt war, verbitterte mich eher als dass sie mich erleichterte. Doch das waren nur drei Wochen im Jahr. Das war gar nichts im Vergleich mit dem, was später kam.

Im vierten Jahr heiratete sie einen sehenden Mann, auch aus Chile, der sie fast immer überall hin begleitete, weil er arbeitslos war und viel Zeit hatte. Ich wurde allmählich überflüssig, wie Heines Weber, die von den Maschinen brutal ersetzt wurden und verhungerten. Erschwerend kam noch hinzu, dass Pablo und seine Eltern keine Hunde mochten. Sie isolierten mich und ließen mich den großen Abstand spüren, der zwischen dem hohen Menschen und dem niedrigen Tier besteht. Meine Herrin behielt mich nur aus Mitleid, wie es die Eltern der Zwillinge taten, manchmal auch um der alten Erinnerungen wegen oder weil sie sich kurz mit ihrem Mann gezankt hatte. Dann gefiel ich ihr wieder und sie wollte mit mir spazieren gehen. Bei solchen Gelegenheiten wollte ich mich freuen, aber etwas war zwischen uns gebrochen und ich war

sehr ungeübt, ungeschickt im Führen geworden, was sie sehr traurig und wütend machte."
„Wollte sie dich am Ende einem anderen Blinden abgeben?"
„Ich weiß es nicht. Nach einem Jahr der Eifersucht und machtlosen Wut bekam ich Knochenkrebs und musste eingeschläfert werden."
„Es ist sehr schade. Dir wäre es besser ergangen, hättest du eine ganz alte Dame geführt, die nur dich auf der Welt gehabt hätte."
„Ja, aber das wusste ich damals nicht. Ich lerne immer neue Lektionen. Außerdem... Wenn ich mir eine alte Dame ausgesucht hätte, hätte ich sie womöglich sterben sehen müssen; davor hatte ich große Angst. Bei einem jungen Menschen war ich wenigstens der erste, der stirbt."
„Und welche war dann deine nächste Verwandlung?"
„Du siehst es schon. Da ich den Menschen gefallen will, musste ich einer von ihnen werden. Es ist das einzige Mittel, um mit ihnen zu kommunizieren."
„Bist du denn jetzt zufrieden? Hast du erreicht, was du wolltest?"
„Nur teilweise, muss ich gestehen... Wie immer... Ich ließ mich von den mannigfachen Möglichkeiten verblenden. Ich dachte, ich könnte in den verschiedensten Rollen triumphieren und den Menschen gefallen: Als Sohn, Bruder, Schüler, Angestellter, Kollege, Freund, Nachbar, Ehemann, Schwiegersohn, Vater, Großvater... Aber im Großen und Ganzen habe ich versagt. Ich mache alles falsch und die anderen missfallen mir durch ihre ablehnende Haltung auch. Nur kurze Zeit, nach bestimmten Phasen, scheint es zu klappen.
Als ich Kind war, gefiel ich meinen Eltern sehr gut, aber man kann nicht immer Kind bleiben, und als ich 14 wurde, hatten

sie mich, meine Ansichten und Gewohnheiten plötzlich nicht mehr so gerne. Mein Jugendfreund mochte mich am Anfang eine Zeit lang. Doch bald änderte er seine Meinung und fand mich unausstehlich. Nur meine Anfangsgespräche hatten ihn interessiert, aber später langweilten sie ihn zu Tode. Mit den Jahren fing er an auf mich neidisch zu sein, weil ich mehr verdiente als er und Kinder hatte. Alles fand er schlecht an mir, mein Rauchen, meine Scherze, meine zu langen Sprechpausen, den angeblichen Zynismus meiner Äußerungen. Am Ende bezüchtigte er mich des Vertrauensbruchs; ich hätte ihn verraten; ich hätte etwas, was er nur mir erzählt hatte, der breiteren Öffentlichkeit unserer Bekannten preisgegeben.

Die meisten Menschen verfolgten eine gewisse Motivation, und einmal diese nicht vorhanden war, brauchten sie mich nicht mehr zu mögen. So der junge, glänzende Politiker, der mich zweimal besuchte und viel Schönes über meine Wohnung und die Kinder sagte, und das nur, weil er unbedingt meine Stimme bei der Wahl haben wollte. Einmal ich für ihn gestimmt hatte, entfernte er sich gleichgültig und ausdruckslos von mir. Auch meine Frau Iris fand mich nur attraktiv, solange wir noch verlobt waren. Sie wollte vor den anderen Menschen mit ihrer Heirat angeben. Sie war schon 40 und ich zehn Jahre jünger als sie. Nachdem ihr kindischer Traum verwirklicht war, kamen ihr alle meine Unvollkommenheiten zu Bewusstsein: Dass ich zu wenig arbeitete, dass ich keinen glänzenden Schulabschluss hatte...

Und wie du siehst, Stern, bin ich kein schöner Mann. Gott hat mich wahrscheinlich bestraft. Gott hat mich sehr unbedeutend und hässlich gemacht, mit einem Buckel, einer missgestalteten Hand, schütterem Haar und einem Sprachfehler, der sich in meinem Alter noch intensiviert. Was für ein schöner Engel ich im Vergleich dazu gewesen bin! Und als Hund habe ich wenigstens nicht gestottert! Mein Bellen war immer akkurat, laut und mächtig. Während jetzt... Ich bin besonders unsicher und zum Teil ist es gerecht, dass Iris kaum noch meine Gegenwart registriert. Außerdem ist sie schon alt und krank nach den schweren Schwangerschaften und Fehlgeburten; sie ist so behindert wie ich selbst und kann sich für nichts mehr begeistern. Nur mein Enkelkind und davor mein Sohn und meine Tochter, als sie Kinder waren, fanden einige brauchbare Seiten an mir. Aber wie lange noch?"

„Ja, ich sehe schon die schweren Behinderungen bei dir. Als Hund warst du viel gesünder."

„Und ich hatte gehofft, dass ich so dem Menschen etwas näher kommen könnte, diesem so großartigen, aber komplexen und widersprüchlichen Werk Gottes! Von Gott mit so viel Mühe geschaffen und trotzdem nicht gelungen. Es ist wie ein Mikrofon mit Nachhall, das die Sprache verfälscht, anstatt sie deutlicher zu machen."

„Du scheinst immer traurig, mein Engel! Immer ist diese Melancholie in dir! Kannst du nicht den Augenblick mit vollem Herzen genießen, jetzt da dein Enkelkind, dein kleiner Christoph, dich noch so gerne hat und in deinen Armen mit so viel Vertrauen ruht, als wärest du sein Schutzengel?"

„Oh ja! Ich genieße es sehr und bin dankbar dafür. Ich habe nur Angst vor dem Zeitpunkt, wenn er mich nicht mehr mag, wenn er mich als lästig empfindet und mich von sich stößt. Dann muss ich wieder nach einer Verwandlung suchen, um dem zu entkommen."

„Nach noch einer Verwandlung? Bist du verrückt? Das Göttliche ist ein Höhepunkt und der Mensch, Menschsein, ist noch einer. Was willst du noch werden?"

„Etwas, das alles in sich vereinigt und mir erlaubt, meine Kräfte zu sammeln, mir das Leiden zu sparen. Ich will nicht mehr leiden, ich will nur den Menschen gefallen, immer wieder, ohne Unterbrechung, und es beobachten können. Das wäre mein wohlverdienter Trost, ich hätte sonst nur Unruhe."
„Aber wie kann so etwas möglich sein? Gefallen ohne Unterbrechung gibt es nicht. Du siehst, dass du den Menschen immer nur ein paar Sekunden gefällst und dann geht alles in Gewohnheit und Apathie über. Nichts ist von Dauer auf Erden."
„Ja. Manchmal möchte ich mich gerne in Schnee auf den Straßen der Menschen verwandeln, damit die Kinder sich riesig an meinem Anblick erfreuen könnten. Aber wenn der Schnee immer da wäre, dann würden die Kinder sich nicht mehr freuen. Manchmal möchte ich gerne Geld in den Taschen der Menschen werden, denn gerade das Geld gefällt ihnen besonders, damit sie sich alles kaufen können, was sie brauchen und sich alle Träume ermöglichen können. Stell dir vor, ich als ehemaliger Engel in einen 1.000-Euro-Schein verwandelt! Gott hat es mir verboten. Es käme einem Sakrileg gleich, sagt er, und ich darf unter keinen Umständen zur schmutzigen Materie werden. Doch ich glaube, wenn man eine Statistik über die Vorlieben der Menschen führen würde, würde das Geld den ersten Platz einnehmen. Das Geld ist letzten Endes sinnlos und leer, haarsträubend banal. Geld ist bloß eine Schöpfung der Menschen. Gott schuf den Menschen, und der Mensch schuf das Geld. Aber der Mensch schuf auch die Kunst und das könnte mein Ausweg sein. Ich könnte mich zum Beispiel in eine Statue der Venus von Botticelli verwandeln, die die Menschen in einem Museum unfehlbar anstarren und bewundern, und besonders den Männern würde meine Schönheit gefallen. Bisher habe ich

nach etwas Poetischem in der Natur gesucht. Ich erschien als Blume, weißt du noch? Vielleicht könnte ich mich in einen Berg oder einen Fluss verwandeln. Die leben viel länger als die Blumen."
„Eine gute Idee! Der Rhein wird zum Beispiel reichlich von Schiffen und Menschen besucht, und ab und zu könntest du auch die Selbstmörder vor dem Ertrinken retten. Bei unserem nächsten Gespräch werde ich vielleicht - ebenso wie die anderen Sterne und der Mond auch - in der Nacht deine Gewässer bescheinen und mit ihnen spielen."
„Das ist sehr freundlich von dir. Aber ich bin ziemlich müde. Ich glaube, das ist schon meine letzte oder vorletzte Verwandlung. Und als Fluss hätte ich nie so einen direkten Kontakt mit den Menschen wie ich ihn jetzt als Mensch habe. Ich drücke mein Enkelkind. Ich bin ein reicher Mann mit einem Schatz."

Als der Engel-Großvater Jakob mit 95 Jahren starb, verwandelte er sich in eine Kerze; nicht nur in eine, sondern in alle Kerzen der Welt. Seitdem kann unser Engel, immer wenn eine Kerze angezündet wird, die Menschen anlächeln und grüßen. Und alle Menschen mögen den Schein einer Kerze. Im Restaurant treffen sich die Verliebten bei Kerzenlicht in einer romantischen Atmosphäre. Zu Hause leuchten die Kerzen auf dem feierlichen Tischen von Geburtstagen, Taufen und Hochzeiten, in der Kirche zu Gebetstunden des Grübelns, zu Ostern bei der fröhlichen Wiederauferstehung, zu Weihnachten und zur Adventszeit in der Familie.
Das Kerzenlicht, von allen möglichen Händen angemacht, ist irgendwie mit dem Licht unseres bekannten Sterns verwandt; beide bekämpfen das Dunkle und beleuchten die Welt.
Sie treffen sich wieder, um miteinander zu sprechen.

„Erkennst du mich, Stern? Wir haben etwas Gemeinsames, wir beide leuchten. Nur dass ich ohne die Menschen kein Licht hervorbringen könnte. Ich bin ein Zwischenreich zwischen Natur und Kunst."

„Ich sehe schon. Du hast dir etwas Schönes ausgesucht: Du hast eintausend Lebensabläufe, denn wenn diese Kerzen zu Ende gehen, wirst du in anderen wieder zur Welt kommen, und auch dein partieller Tod ist viel tröstlicher als der der Blumen. Du wirst nicht Abfall, sondern nur respektvolle Asche."

„Ja, ich bin froh, dass ich uneingeschränkt und für immer den Menschen gefallen kann."

Die alten Trennungen - eine Fabel

Drei Frauen, die sich sehr liebten, eine Mutter und zwei Töchter, lebten wieder drei Tage sehr intensiv zusammen - wie in den alten Zeiten.
Der Vater war ein Lamm gewesen, aber die Lebensgefährten der Schwestern waren zwei Wölfe.
„Es ist ein Wunder, dass sie uns nicht getötet haben", sagte die eine.
„Wir haben es nicht sehr gut getroffen", sagte die andere. „Vielleicht wären wir doch lieber allein zusammen geblieben."
Eine alte Katze miaute gemütlich und sagte: „Wir Frauen verstehen einander besser."
Der Hund bellte begeistert: „Nach einer langen Trennungszeit seid ihr jetzt wieder zusammen."
Aber was wussten die Katze und der Hund nebenan über das Leben der drei Frauen?
Sie erfreuten sich wie immer am lang ersehnten Wiedersehen. Sie plauderten viel, lachten und weinten, fielen sich oft in die Arme wie temperamentvolle Italienerinnen, obwohl sie aus dem Norden kamen, aus einem Schneeland der Bären und Seehunde. Sie aßen mehr als sonst und erzählten sich in großzügiger Belustigung mehr als sonst, mit dem Wunsch, sich gegenseitig zu feiern und zu beschenken.
Die Mutter sagte befreit und erleichtert: „Jetzt bin ich nicht mehr einsam. Ich habe euch beide wieder."
Der Bär sagte mit theatralischer Zufriedenheit: „Ihr seid brave Kinder, ihr macht eure Mutter glücklich."
Das Huhn in der Küche gackerte ein melancholisches, aber süßes Lied: „Mir ist es recht. Wenigstens, dass ich für einen guten Zweck gebraten werde."

Der Fisch, den sie im Restaurant aßen, war aber weniger verständnisvoll und schimpfte gequält, nur dass man ihn nicht hören konnte, und besonders nicht in der Stunde der Freude.
Am zweiten Tag begann erneut die Angst für die Frauen, weil sie sich schon am nächsten Tag trennen mussten... oder in Versuchung geraten könnten, sich nie wieder zu trennen. Die alte Mutter hatte nur die erste Angst; die zwei Töchter hatten beide, denn manchmal erschien ihnen ein weiteres Zusammenbleiben wünschenswert, wenn auch unmöglich. Es wäre ein Widerspruch zu all dem, was sie im Leben erreicht hatten.
Der Kanarienvogel im Käfig sagte gedämpft: „Ihr geht morgen?"
„Ja, wir gehen morgen. Es war eine schöne Pause, aber wir müssen wieder zu den harten Wölfen gehen. Das Verbleiben hier wäre auch nicht weicher und wir können nicht wieder zurück."
„Als du damals den Käfig verlassen hast", sagte die eine Schwester zu der anderen, „da hast du mich auch gezwungen, meinen zu verlassen."
Die Fliegen sprachen nicht, sie summten nur.
Die zwei finnischen Schwestern besuchten nachmittags den Zoo und sprachen mit einigen Tieren.
Ein alter, müder Elefant, der nicht mehr viel Zeit zu leben hatte, sagte: „Trennungen sind sehr schwer. Sie schmerzen wie brennendes Wasser. Übermorgen werdet ihr drei in euren separaten Wohnungen sehr traurig sein."
Der junge Löwe sagte verächtlich: „So schlimm ist es nicht. Man trifft sich immer wieder und hat sich dann immer etwas zu erzählen."
Einer der Zoowächter sagte klagend:

„Seitdem die Tiere und die Gegenstände sprechen, haben wir keine Ruhe mehr."
Die Wohnungsschlüssel der beiden Schwestern schrien kreischend mit Kommandostimmen: „Vergesst uns nicht. Ihr müsst nach Hause. Das hier war nur ein Übergang."
Am dritten Tag ging es der Mutter schlecht - aus Nervosität und Trauer wegen der Trennung. Sie verlor immer mehr ihre würdige Haltung der Stärke. Sie sank in sich zusammen und wurde beinahe ohnmächtig. Sie sagte voller Sehnsucht und Abhängigkeit zu den Töchtern, wie eine Verliebte dem Geliebten oder ein schwaches Kind den Erwachsenen: „Bitte, geht nicht weg, bleibt bei mir. Ich brauche euch beide."
„Wir müssen nach Menschen suchen, die sie pflegen und ihre Einsamkeit mildern", sagte der Wohnzimmertisch, auf dem noch das Frühstücksgeschirr stand.
„Sie will aber nur uns", sagten die Schwestern. „Sie kann sich nicht an die Fremden gewöhnen."
Der Kanarienvogel sagte: „Ich weiß nicht, was die Menschen gegen einen Käfig haben. Es lässt sich ganz gut darin leben, und hier sind keine Wölfe."
Aber die Töchter wussten nicht, was sie tun wollten, und sie fragten alle Tiere und alle Gegenstände, die sie anfassten, danach. Doch jedes Geschöpf und jedes Ding gab eine andere Antwort als die jeweiligen Vorsprecher.
„Wir waren nur für drei Tage hier. Die Mutter wird sich wieder fangen und ohne uns weiter leben."
„Aber ihr könnt nicht so tun, als wenn nichts geschehen wäre und wieder verschwinden", sagten die Blumen in den zwei Vasen sehr streng. Es waren jene Blumen, die sie für die Mutter gekauft hatten.

Der Papagei eines Nachbarn, der schon ganz gut sprechen konnte, brüllte mürrisch: „Trotzdem würde ich nicht bleiben. Nachher ist es zu schwer, wieder herauszukommen."

Die fürsorgliche Tischdecke auf dem Tisch sagte: „Vielleicht sollte wenigstens eine von euch eine Zeit lang bleiben, damit der Schlag nicht zu hart für sie ist, damit sie sich allmählich daran gewöhnt, wieder ohne euch zu sein."

„Es war zu viel Glück für die arme Frau", sagte der Kühlschrank in der Küche. „Jetzt kann sie nicht so leicht wieder auf euch verzichten."

„Ich wollte sie superglücklich machen", sagte eine der Töchter reumütig, „aber ich habe ihr nur Schlechtes getan mit meinem Besuch. Immer diese schmerzhaften Trennungen!"

Eine der Töchter blieb ein paar Tage länger, bis es der Mutter gesundheitlich besser ging. Das war die Tochter, die sich immer geopfert hatte und sehr pflichtbewusst war. Die andere ging mit einem schlechten Gewissen und mit düsteren unruhigen, Gedanken in ihre selbstgewählte Verbahnung. Die Schwester hatte ihr in panischer Angst ein Zeichen gegeben: „Geh', bevor es zu spät ist, bevor wir uns nie wieder trennen können. Wir lieben uns sehr, aber wir wollen und können nicht mehr zurück."

Der alte Elefant stöhnte in der Ferne des Zoos und sagte: „Jedes Mal wird die Mutter mehr unter den Trennungen leiden."

Die vom schlechten Gewissen geplagte Tochter fragte die Schwester: „Was soll ich denn in der Zukunft tun? Schuldig bin ich, wenn ich sie nicht besuche, und ebenso schuldig, wenn ich sie besuche."

„Wir können uns nicht ganz lösen, aber du darfst nicht zu lange bleiben. Sonst würde sie Hoffnung schöpfen und noch mehr leiden."

„Wie lange darf ich denn bleiben?"
Welche Lehre kann man aus dieser Fabel ziehen? Sie wollten aber nicht lernen, die drei Frauen. Sie waren zum intensivsten Gefühl verurteilt und sie lebten weiter in ihren Gefühlen, in der Freude des Wiedersehens und in der Trauer der Trennung.

Die Wolken im Himmel sagten nachdenklich, bevor der nächste Sturm ausbrach: „Das alte Zuhause ist gefährlich geworden und zerbrechlich wie Glas, aber noch schön und lebenswert."

„Wie lange darf ich nächstes Mal bleiben?"

Was wurde aus der schönen Messalina?

Ferun Gustavson dachte plötzlich die Gedanken anderer Mütter vor und nach ihr im Laufe der Jahrhunderte und erschrak.

„Wie wird meine zukünftige Tochter sein? Ein Engel? Ein Teufel? Ein Mittelding zwischen gut und böse?"

Woran dachte Agrippina, wenn sie allmählich entdeckte, wie grausam und schlecht geraten ihr Sohn Nero geworden war? So viele Verbrechen hatte er begangen! Den großen Brand von Rom, die Christenverfolgung! Er ließ seine eigene Mutter von drei Soldaten töten und setzte später auch dem Leben seiner zwei Ehefrauen ein Ende. Die ersten fünf Jahre seiner Herrschaft waren noch friedlich und von Vernunft geleitet gewesen, aber schon damals (55 nach Christus) hatte er seinen Stiefbruder, Britannicus, vergiften lassen, und im Jahre 59 wurden - nach einem ersten fehlgeschlagenen Attentat - Agrippina ermordet sowie seine Tante, deren Reichtümer er haben wollte.

Agrippina dachte: „Nero, das ist zu viel... Zwar hast du einiges Schlechtes von mir gelernt. Ich war nicht besser, denn auch ich habe meinen Mann vergiften lassen und dem armen Britannicus das Leben schwer gemacht. Aber ich tat das alles deinetwegen, um dir die Macht zu ermöglichen. Du bist zu weit gegangen... Mir stehen die Haare zu Berge vor deinen Missetaten."

Agrippina war nur eine der vielen enttäuschten Mütter, die mit Entsetzen die Verbrechen der eigenen Kinder betrachteten. Was dachte Domitia Lepida zum Beispiel über das Verhalten ihrer Tochter Valeria Messalina? War es eine graduelle oder eine plötzliche Entdeckung, als sie schweren Herzens

erkennen musste, dass sie ein kleines Monster, ein grausames und unsittliches Geschöpf zur Welt gebracht hatte?
Es ist nicht nur, dass sie viele Liebhaber hatte, sondern sie war Nymphomanin. Sie nahm an zügellosen Orgien teil und unter dem Namen Licisca ging sie der Prostitution nach. Sie wurde allseits bekannt als die Kaiserin-Hure. Wie beschämend so eine Tochter zu haben! Sie erniedrigte sich ungemein, aber gleichzeitig war sie machtbesessen, herrschsüchtig und stolz. Sie schmiedete allerlei Intrigen schmutziger Art am Hof und zögerte nicht, Menschen töten zu lassen, wie zum Beispiel ihre Cousine Iulia Levilla, die sich angeblich nicht respektvoll genug ihr gegenüber benommen hatte.
„Immer diese Launen, diese Triebhaftigkeit ohne Loyalität und dieser böse Charakter... Schon als Kind warst du so, und ich habe es immer wieder gehasst. Wenn ich nach einer Rechtfertigung für dich suche, finde ich nur eine: Du warst sehr jung, erst 14, als du den viel, viel älteren Kaiser heiraten musstest. Aber auch das ist nicht ausreichend für eine Selbstverteidigung. Du bekamst zwei Kinder aus der Ehe und hättest sie und deinen Komfort und Reichtum genießen können. Du hättest eine gute und würdige Kaiserin sein können; stattdessen hast du wegen deiner Verrücktheit mit kaum 23 Jahren ein sehr schlechtes Ende gefunden. Wie leid es mir tut, liebe Messalina! Warum war es mir nicht gegeben, etwas für dich zu tun?"
Meistens quälten sich die Mütter (und die Väter wahrscheinlich auch) in Schweigsamkeit und halbeingestandenen Selbstvorwürfen: „Was hätte ich anders machen sollen, um es abzuwenden? Lag es teilweise an meiner Erziehung, dass mein am Anfang rührend schönes und himmlisches Kind zum

Kriminellen wurde, zu einem hässlichen, abstoßenden Menschen?"

„Frau Ferun Gustavson." Die Frauenärztin las ihren Namen aus der Kartei ab und gratulierte ihr überschwänglich. Aber sie freute sich nicht über die Nachricht ihrer Schwangerschaft. Sie hatte zu viele negative Bilder im Kopf, nicht nur Nero und Messalina, sondern viele mehr.
„Wir können noch nicht wissen, ob es ein Junge oder ein Mädchen wird, aber wenn es eine Tochter wird, werden Sie sie auch Ferun nennen? Es ist ein schöner Vorname."
Ja, vor allem nicht so gewöhnlich wie andere Namen, nordisch-germanischer Herkunft. Er bedeutet „die Freude Zaubernde".
Doch von Freude konnte jetzt gar nicht die Rede sein. Sie wollte es der Ärztin unbedingt ins Gesicht schreien: „Ich weiß noch nicht, wie er oder sie heißen wird. Es ist noch zu früh, um Namen zu geben. Vor ein paar Minuten wusste ich nicht einmal, dass ich schwanger bin."
„Ja, Sie haben Recht. Alles bedarf seiner Zeit. Auf den Gedanken der Mutterschaft muss man sich allmählich einstellen."
Ferun war noch nie in so einer Situation gewesen. Aber sie hatte das verschwommene Gefühl, dass man ihr etwas aufzwingen wollte. Die Ärztin wusste nichts von ihren privaten Verhältnissen, nur, dass sie verheiratet und 30 Jahre alt war, das heißt, im passenden Alter, um ein erstes Kind zu bekommen. Mit keiner Silbe erwog sie die Möglichkeit einer Schwangerschaftsunterbrechung, obwohl die Schwangerschaft noch ganz am Anfang war. Sie fühlte sich gedrängt und dringend aufgefordert, das charmante Überraschungspäckchen mit schönen Schleifen und gemalten

Blumen und in einem sehr delikaten rosa Papier entgegenzunehmen. Es könnte ein wunderbares Geschenk sein, aber genauso gut könnte es sich um eine böse Überraschung handeln, um etwas sehr Verletzendes und Dunkles, das jede Mutterschaftsliebe zum Erfrieren brachte. Sie wusste nicht, ob sie die Hand ausstrecken oder es ablehnen sollte.

Ferun dachte voller Unruhe und Panik in der Stille, die folgte: „Vielleicht wäre eine Tochter wenigstens weniger gefährlich als ein Nero. Frauen sind im Allgemeinen nicht so barbarisch. Oder irre ich mich da? Dieser Amokläufer aus der Zeitung, der so viele Lehrer und Mitschüler mit einer Bombe in einer amerikanischen Schule getötet hat... Die Amokläufer sind meistens Männer. Obwohl, es kann sich auch auf unser Geschlecht ausdehnen, genauso wie es sich mit der Zeit geographisch auf die deutschen Schulen übertragen hat. Vielleicht kommen wir Frauen in dieser Sache auf den Geschmack. Weibliche Aggressionen gibt es in allen Formen gegen Lehrer und Mitschüler. Wir trommeln Rache- und Todesgesänge mit unseren schussbereiten Pistolen und unterbrechen den Unterrichtsbetrieb genauso stürmisch wie die Männer. (Eine junge Frau geht in ihre ehemalige Schule und schießt wortlos und indiskriminierend auf alle in der Klasse versammelten und mit Büchern beschäftigten Menschen.) Aber trotzdem gibt es schon Unterschiede, denke ich. Messalina war nie so voll von Wut wie Nero. Sonst hätte sie keine Zeit gefunden, um sich so intensiv um Sex zu kümmern. Dadurch ließ sie sich etwas erweichen und ablenken. Grundsätzlich ist aber das Problem, dass ich nicht einmal das Geschlecht meines Kindes steuern darf. Es kann ein Sohn sein... und ich müsste es auch akzeptieren."

Sie war durch den Gedanken an diesen neuen Nero verängstigt, der aus ihrem Leib herausspringen würde, um nur Schlechtes anzurichten, Dieses Geschöpf, auf das sie so viele Hoffnungen gesetzt hätte, wie alle Mütter es tun, würde womöglich eine unerträgliche Last für die Menschheit darstellen; sie würde es immer bereuen, ihn zur Welt gebracht und damit seine Existenz ermöglicht zu haben.

„So weit hergeholt ist es nicht. Es gibt so viele Verbrecher... Und was empfinden die Mütter solcher Krimineller. Wie fühlte sich Hitlers Mutter? Und Sades Mutter? Und die Mütter von Judas und Robespière? Nein, wenn ich ein Kind habe, möchte ich, dass es eine Belohnung für mich bedeutet, etwas Schönes, eine Geburt der Freude und der Poesie. Aber wer kann mir dafür garantieren, dass es nicht gerade das Gegenteil sein könnte, ein Weltuntergang, ein Fluch - vor allem für die Eltern?"

Die Ärztin schien auf einmal zu begreifen, dass Ferun nicht sehr entzückt war. Sie fragte plötzlich: „Wollen Sie das Kind nicht haben?"

Ferun zögerte. Aber sie musste schnell zu einer Entscheidung kommen. Sonst hätte die Ärztin schon ein paar Geschenke für die Taufe vorbestellt, die rührende Wiege, Höschen und Stiefelchen. Sie war eine Mutterschaftsfanatikerin, das konnte man sehen.

Ferun begann mit zitternder Stimme: „Wissen Sie, wir hatten es nicht geplant, es war ein Versehen... Gerade in diesem Augenblick passt es gar nicht. Und es ist noch früh, keine zwei Monate. Es wäre keine richtige Abtreibung, nur Verhütung. Das Baby hat noch keine Form angenommen, ist eigentlich noch ein Nichts."

Die Ärztin war nicht überzeugt, aber auch nicht empört.

„Das scheinen mir schwache Argumente. Entweder haben Sie das Kind jetzt, wo es Gottes Fügung ist, oder nie. Stecken Sie vielleicht in finanziellen Schwierigkeiten? Verdient Ihr Mann zu wenig für eine Familie?"
„Ja, das ist auch noch ein Grund. Ich kann nicht aufhören zu arbeiten, mein Verdienst würde uns fehlen."
„Trotzdem, überlegen Sie es sich gut. Sprechen Sie mit Ihrem Mann darüber, denn er hat ein Wort mitzureden."
„Im Moment kann ich es nicht. Mein Mann sitzt im Gefängnis." Sie wurde rot und schämte sich. Die sehr romantische Episode einer Schwangerschaft war in diesem Fall mit sehr negativen Umständen verbunden. Sie fuhr aber mutig fort: „Er hatte sich sehr stark mit einem anderen Mann geprügelt. Es ging wirklich um keine so ernste Sache, um Fußball. Aber der Mann hat sehr schwere Verletzungen davon getragen und sitzt jetzt im Rollstuhl. Johannes war immer friedlich, aber jetzt, seit dieser unerklärlichen Tat, ist er in meinen Augen zu einem unberechenbaren Monster geworden. Und das ist noch ein Grund, Frau Doktor, und vielleicht der wichtigste... Ich habe Angst, dass seine Aggressionen sich auf unser Kind übertragen haben könnten."
„Aber meine Liebe, so könnte man nie Kinder in die Welt setzen, wenn alle so denken würden wie Sie. In vielen Familien gibt es einen Bösewicht, aber das heißt nicht, dass die Kinder gerade das Böse übernehmen sollen. Sie könnten dem Kind so vieles Schönes zeigen. Vielleicht ist Ihr Mann nur vorübergehend verantwortungslos gewesen und wird gerade durch den Anblick des Neugeborenen zu einem viel besseren Menschen. Seien Sie nicht so hart zu sich selbst. Warum glauben Sie sich dazu prädestiniert, ein schlechtes Kind zur Welt zu bringen?"

„Ich weiß es nicht. Ich habe so eine Vorahnung. Auf jeden Fall möchte ich das Risiko nicht eingehen. Dann bleibe ich lieber unfruchtbar."
„Dann wäre jede Frau unfruchtbar. Wir alle wissen nicht, was aus unseren Kindern wird."
„Ja, das ist mein Problem. Und ich kann es nicht ertragen."
Wie konnte sie es der Ärztin verständlich machen, dass es sich um eine individuelle und um keine allgemeine Schwangerschaft handelte? Sie sprach ja nur für sich.
Die Ärztin nahm die Selbstbezogenheit der Patientin etwas übel, aber mit Verständnis.
„Es ist unsinnig, alles so tragisch zu nehmen. Sie verpassen so viel, wenn Sie auf alles verzichten. Sie könnten genauso gut einen großartigen Menschen gebären, einen Goethe, ein Genie der Musik oder Malerei, einen Wissenschaftler oder einen Erfinder, der glänzende Leistungen für die Mitmenschen hervorbringen würde. Sie würden dann mit Stolz und Zufriedenheit auf Ihr eigenes Werk als Mutter zurückblicken können."
„Aber das andere schreckt mich zu sehr ab. Ich fühle mich nicht in der Lage, es zu probieren, und einmal ich das Kind hätte, würde ich nichts mehr daran ändern können. Die Chancen stehen ungefähr gleich; 50 Prozent, dass ich die Mutter eines Verbrechers werden könnte."
„Wer hat Ihnen so etwas Dummes eingeredet? Warum sollten Sie, gerade Sie ein Monster in sich tragen, wo Sie so hübsch und jung sind und so ein gutmütiges Gesicht haben?"
„Viele Mütter haben bestimmt auch gedacht: ,Uns kann so etwas nicht passieren.' Sie haben einfach an ihre Kinder geglaubt, und dann..."
„Es ist schon pathologisch bei Ihnen, Frau Gustavson. Sie sollten eigentlich zu einem Psychologen gehen."

Ferun widersprach nicht. Sie hatte nichts gegen einen Psychologen. Vielleicht könnte sie dann eine Bescheinigung dafür bekommen, dass sie als Mutter nicht geeignet sei. Und nur so sah sie einen Ausweg, um in Ruhe gelassen zu werden.

„Ich stecke in einer Krisensituation. Mein Mann sitzt noch im Gefängnis, verstehen Sie das nicht? Mir bleibt immer im Gedächtnis, wie er so wütend werden konnte, bloß wegen Fußball. Jetzt verdächtige ich jeden einer bösen Tat, sogar meine zukünftige Tochter."

„Wieso? Wir wissen noch nicht, ob es ein Mädchen oder ein Junger sein wird."

Ferun schwieg hartnäckig. Sie wollte kein Geheimnis mehr preisgeben und nichts mehr über ihre Gefühle und Vorahnungen in Bezug auf die Geburt des Kindes erzählen. Ferun wusste mit niederschlagender Gewissheit, dass sie recht hatte und dass es nicht unbegründete Ängste waren, die sie dazu trieben, ihr eigenes Kind hartherzig und unwiderruflich abzulehnen.

Vor zwei Nächten hatte sie davon geträumt und auch in der darauf folgenden Nacht, bevor sie zur Frauenärztin ging, um den Test machen zu lassen.

In ihrem Traum sah sie beide Male und unverkennbar die Gestalt einer jungen Frau, die um die 20 war und ihr sehr ähnlich sah. Ferun seufzte am Anfang mit Erleichterung, als sie feststellte, dass ihr Kind nicht der Amokläufer der amerikanischen Schule und auch nicht der deutschen Schule war. Sie nahm die Hand des Mädchens in ihre und lächelte sie an.

„Hallo meine kleine Ferun! Ich freue mich so auf dich und unsere Gespräche am Frühstückstisch. Du bist schön, viel schöner als ich, intelligenter, schneller und geschickter. Und ich gebe dir noch meine besten Eigenschaften: Meine Geduld, meine Liebe zu Gott, meine kräftigen Zähne, mein Sprachvermögen und meine klaren Ziele. Es ist schön, dass du niemanden getötet hast. Was bin ich froh! Ich wollte schon immer eine Tochter haben."

Aber Ferun, die jüngere, entzog sich der Umarmung ihrer Mutter mit einer gereizten, verachtenden Geste und schrie: „Komme mir nicht mit solchen Geschichten. Ich bin Messalina, Agrippina und Angela Borgia zusammen. Was sagst du dazu? Freust du dich noch? Ich werde Drogen nehmen, mich prostituieren, Papiere fälschen, ein Kind entführen und quälen, dich und den Vater vergiften."

„Aber warum? Was haben wir dir getan?"

„Ihr habt mich gezwungen, zur Welt zu kommen."

Der zweite Traum war wie eine Fortsetzung des ersten. Darin aber war die Mutter nicht mehr überrascht, sondern nur resigniert und unendlich traurig.

„Warum hast du den und den getötet? Was hast du davon, meine Tochter? Nur ein schlechtes Gewissen danach."

„Unsinn. Du hast gar keine Erfahrung im Töten. Du weißt nicht, wie viel Spaß es macht, besonders Männer zu töten, wenn sie mich nicht so lieben, wie ich geliebt werden will."

„Wie grausam du bist." Sollte ich vielleicht Anzeige gegen dich erstatten? Doch nein, ich könnte es nie fertig bringen, dich auszuliefern. Aber andererseits möchte ich keine Mittäterin werden."

„Ich bin die bekannteste Giftmischerin der Geschichte. Du solltest stolz auf mich sein."

„Oh, Albtraum! Ich will es nicht. Wir löschen alles, bitte! Wir machen alles rückgängig. Du kommst wieder in die Welt der Kindheit, der Puppen und der Harmlosigkeit zurück, als du den armen Hund deiner Freundin Lucille noch nicht getötet hattest."

„Das geht nicht mehr. Dafür ist es zu spät. Verbrechen folgt auf Verbrechen. Wenn Messalina länger als 23 Jahre gelebt hätte, hätte sie noch viel mehr Verbrechen begangen. Ich werde bis über 90 leben; somit ist mein Spielraum für weitere Verbrechen noch größer."

Die Tochter fing dann an wie eine Verrückte zu lachen. Ihr Gesicht wurde sehr hässlich, wie entstellt, wie ein weibliches Frankenstein-Monster oder Dorian Gray mitten im Horror der Senilität und des Zerfalls. Ferun, die ältere, drückte den Arm der Tochter gegen ihren Bauch und brüllte wie eine Besessene: „Geh' mal zurück in meinen Bauch hinein! Bleibe drin und bewege dich nicht mehr. Diesmal lasse ich dich nicht wieder hinaus."

„Das hättest du dir damals gut überlegen sollen. Jetzt geht es nicht mehr."

„Du bist so hässlich! Du bist nicht mehr unser schönes Baby von damals. Es ist, als wärest du ganz fremd und hättest keinerlei Beziehung mehr zu uns. Du bist nicht die Tochter, die dein Vater und ich aus Versehen, aber noch mit Liebe und noch vor seinem Wutanfall über den Fußball gezeugt hatten."

„Auch wenn du das sagst, komme ich nicht mehr in deinen Bauch zurück. Ich habe mein eigenes Leben und bleibe bis zum Ende draußen."

„Ja. Es ist wie gepflanztes Unkraut, das nicht mehr in die Erde zurückzuholen ist. Meine Unkraut-Tochter! Ich bin nicht schuld daran, dass du so geworden bist. Ich verabscheue, was du tust. Ich wünschte, ich könnte die Zeit zurückdrehen, als du noch nicht geboren warst."

„Genau. Freue dich über die Zeit vor meiner Geburt... Denn später - ich warne dich -, wenn ich schon zur Welt gekommen bin, dann wirst du etwas erleben."
„Eine gewalttätige Tochter zu haben ist gefährlich. Du bist mit Nero vergleichbar. Was hast du mit deinen zwei Ehemännern, deiner zweiten Schwiegermutter und der Freundin Lucilla gemacht?"
„Sie sind eines natürlichen Todes gestorben, keiner kann mir etwas nachweisen."
„Ich möchte deine Lügen nicht mehr hören, und ich möchte dich auch nicht mehr sehen. Entweder gehst du aus dem Hause und ich versuche alles über deine Geburt zu vergessen... Oder du tötest mich bald!"
Diese zwei Träume, die die schwangere Ferun gänzlich erschöpften und verwirrten, konnte sie nicht so gut der Frauenärztin erzählen. Sie fühlte, wie schon die alten Griechen und Römer, dass ein Traum noch viel mehr als nur ein Traum war; er enthielt Prophezeiungen, Enthüllungen und Vorausdeutungen des eigenen Schicksals, vor allem untergründige Ängste und Besessenheiten. Sie hätte der Frauenärztin gerne gesagt: „Ich weiß positiv, dass ich eine Tochter haben würde. Sie ist mir schon zweimal in einem Traum erschienen. Und ich glaube an diese Träume. Für mich besteht leider kein Zweifel, dass meine Tochter..."
Aber sie sagte lediglich: „Ich habe Albträume. Ja, vielleicht könnte mir ein Psychologe helfen."
„Ich werde Ihnen jemanden empfehlen, Frau Dr. Reif. Sie ist eine sehr gute Psychologin und könnte Sie während Ihrer Schwangerschaft seelisch betreuen."
„Aber ich will eine Schwangerschaftsunterbrechung, sofort", sagte die törichte Patientin dumpf und ausdruckslos. „Ich soll

schnell handeln. Vielleicht ist nicht einmal ein Eingriff notwendig, nur eine Pille oder eine Spritze, nicht wahr?"
„Ich bin dagegen, wie Sie wissen", sagte die Ärztin kalt. „Wann wird Ihr Mann aus dem Gefängnis entlassen?"
„In einem halben Jahr. Aber das ändert nichts an der Sache."
„Gehen Sie zuerst zu einer Beratungsstelle oder zu anderen Kollegen. Sie erzählen diese merkwürdige Geschichte über eine böse Tochter und begehen selbst eine Missetat, indem Sie ein höchst unsicheres gegen ein ganz sicheres Verbrechen eintauschen. Sie verweigern einem Menschen, einem süßen Baby, das vielleicht eine Heilige oder eine wunderbare Künstlerin werden könnte, den Eintritt in diese Welt. Die Verantwortung möchte ich nicht mittragen."
„Aber die andere würden Sie auch nicht übernehmen, wenn das Kind so werden sollte, wie ich befürchte. Dann wären Sie auch mitschuldig. Doch was hätte ich davon? Meine Mutterrolle würde mir dann kein Mensch abnehmen können. Glauben Sie mir. Ich bin mir leider so sicher, deshalb habe ich keine Bedenken in meiner Entscheidung."
Ferun dachte erneut: „Der Amokläufer aus der Zeitung war schlecht, aber meine Tochter würde ihn noch übertreffen. Deshalb fühle ich mich so erleichtert trotz meiner Trauer, wenn ich dieses große Übel abwenden kann. Irgendjemanden werde ich schon finden, der mir helfen wird. Nur diese Geburt nicht, die muss verhindert werden."
Ferun stand resolut auf und ging. Ihre Augen waren voller Tränen, und sie war wie hypnotisiert, wie unter einer Erleuchtung, die sie alles andere vergessen ließ. Die Ärztin schaute ihr jetzt mit Entsetzen nach und brummte: „Wie kann man so schlecht gegen das eigene Kind denken!"

Die unerledigte Aufgabe

Ich habe heute morgen meinen Rücktrittsgesuch bei dem „Verein der Freunde der Musik" eingereicht.
Natürlich bleibe ich noch als passives Mitglied, denn ich liebe die Musik wie eh und je, und ich könnte nicht ganz auf Konzerte, Chöre und die Oper verzichten. Aber meine Aufgaben im Vorstand sind wenigstens erledigt. Nach diesem brauche ich keine Briefe mehr zu schreiben, keine Begrüßungsreden zu halten, mich an keinen Intrigen zu beteiligen, keinen Förderern mehr mit Bitten und Fragen hinterher laufen und die Eitelkeit einiger Vorstandskollegen nicht mehr auszunutzen. Ich fühle mich erleichtert, gleichzeitig aber etwas ratlos und leer, wie, wenn man Papiere verbrannt hat, die sehr wichtig waren. Man hätte sie gerne gerettet, doch aus eigener Sicherheit ist ihr Verschwinden unerlässlich. Ich will unbedingt weg und habe keine Freude mehr daran. Ich bin dieser ganzen Angelegenheit der Spaltung im Verein langsam überdrüssig geworden. Die einen kritisieren immer den Vorstand und wollen hartnäckig einen Kollegen vertreiben; die anderen im Vorstand verteidigen den Kollegen mit dem gleichen ungebrochenen Eifer, und sie kleben an ihren Posten fest, sie wollen unter keinen Umständen zurücktreten. Die vielen E-Mails, die sie sich gegenseitig schicken, sind nicht schön anzusehen, denn trotz ihres „musikalischen" Wesens geben sie sich die härtesten Namen und beleidigen sich unentwegt. Doch ich ziehe mich nicht aus dem Grund zurück, weil es Streit gibt, sondern weil ich meine Aufgaben, so viele wie möglich, abrunden und zu Ende führen möchte, damit sie nicht unerledigt, unabgeschlossen in der Luft bleiben, was katastrophal für meine Nerven wäre.

Heute morgen habe ich mit Gott gesprochen und ihm gesagt: „Jesus, wenn ich sterbe, und das kann ja sehr bald und plötzlich geschehen, möchte ich keine unerledigten Aufgaben hinterlassen, die mich dann in der Ewigkeit quälen könnten, denn ich war ja immer sehr pflichtbewusst und von anstehenden Arbeiten besessen."
Ich glaube, Gott hat mir zugestimmt und geantwortet: „Gut Teresa, dann sieh dich um, welche Aufgaben du noch zu einem guten Abschluss bringen könntest, damit du deine Ruhe bekommst. Mir sind all diese irdischen Sachen weniger wichtig, aber ich verstehe, dass du immer noch daran hängst."
Danach sprach ich mit der heiligen Cecilia und verkündigte ihr mit einem verlegenen Lächeln: „Ich werde mich vom Chor zurückziehen. So schön es auch war, aber es gab auch Intrigen, Neid und Konkurrenzkämpfe. Ich werde doch dreimal singen, und dann ist Schluss... Ich werde jetzt einen Brief verfassen, indem ich erkläre, dass ich aus gesundheitlichen Gründen nicht mehr kommen kann."
Die heilige Cecilia war etwas verstimmt und sagte: „Warum hast du es so eilig, mit allem abzuschließen? Du weißt nicht genau, wann du sterben wirst. Es kann vielleicht in fünf oder zehn Jahren passieren. Was machst du denn solange, ohne zu singen?"
„Aber ich muss schon jetzt beginnen, mich von gewissen Pflichten loszureißen, sonst wäre ich zu sehr in das Leben vertieft und der Tod würde mich so schmerzhaft überraschen mitten in meinen nur zur Hälfte vollbrachten Aufgaben. Eine Menge Leute würden auf mich warten und, und... So können sie jetzt schon nach einem Ersatz für mich suchen und ich kann befreit aufatmen."

Die Heilige ist aber überhaupt nicht überzeugt, sondern etwas pikiert und beleidigt: „Wieso kannst du die Musik fallen lassen? Bis zu deiner letzten Minute solltest du noch singen."
„Ich kann es zu Hause machen, da, wo mich keiner braucht und hört. Aber du kannst dir nicht vorstellen, wie viel ich noch zu tun habe. Es sind so viele Verpflichtungen, und das kann man nicht an einem Tag erledigen. Ich habe für die nächsten Wochen und Monate Arbeit. Es müssen doch Fristen eingehalten werden, zum Beispiel, die drei Auftritte, die ich im Chor noch zu singen plane. Und dazu gehören noch viele andere Sachen: Sich das Datum der Proben merken, die Lieder einstudieren, kleine lustige Karten vorbereiten, um mich von den Kollegen zu verabschieden, mehrere Kuchensorten backen, um einen süßen und keinen harten Eindruck zu hinterlassen. Und jetzt muss ich diesen dummen Brief über meine Gesundheit schreiben. Aber viel mehr schaffe ich heute nicht. Der Rücktrittsgesuch hat mich schon sehr müde gemacht."
Ich habe einiges vor, aber natürlich an verschiedenen Tagen. Sich von Aufgaben zu lösen erfordert auch viele Anstrengungen und Besorgungen. Ich sollte mir vielleicht ein Tagebuch zulegen, in das ich schreibe, wovon ich mich lösen will und die verschiedenen Termine und Stadien oder Verfahren der Auflösung."
Ich habe gerade mit meinem Hund Robby und meinen zwei Kanarienvögeln gesprochen und ihnen die Lage erklärt: „Ich muss euch bald abgeben. Es bricht mir das Herz, aber es ist besser jetzt mit mehr Zeit, um die richtigen Betreuer für euch zu suchen."
„An wen hast du genau gedacht?", fragen sie mich unruhig. „Du musst sehr vorsichtig in deiner Wahl sein."

„Ich weiß. Eine sehr nette, junge und tierliebe Dame wird sich um euch kümmern".
Aber so klar und einfach ist alles nicht. Viele in der Nachbarschaft mögen keine Tiere. Ich muss wohl eine Annonce in die Zeitung der Gemeinde setzen, damit sie mir eine zuverlässige Person schicken. Und damit ist es auch noch nicht getan. Ich muss unter mehreren vergleichen und beobachten können, wie sie sich zu meinen Tieren verhalten. Es ist, wie wenn man ein Kind in die Adoption gibt, man sucht auch nach den besten Adoptiveltern.
Später spreche ich mit der heiligen Teresa von Avila, meiner Patronin. „Du bist so intelligent, Mutter Oberin, du hast Kloster gegründet und Bücher geschrieben. Wirst du mir verraten, wie ich alles am besten und ohne Zeitverschwendung erledigen kann?"
„Alles mit der Ruhe. Lass dich nicht nervös machen. Gott wird dir doch den Tod nicht eher schicken, als du ganz fertig bist."
„Doch, das tut er manchmal... Viele sind noch mit ihren Aufgaben beschäftigt, haben keine Ahnung vom Ende, und am nächsten Tag wachen sie nicht mehr auf."
„Aber du bist noch relativ jung und gesund, lass dir Zeit. Da du deine drei Gefährten so gerne magst, solltest du vielleicht bis kurz vor Schluss warten und sie in der Zwischenzeit noch genießen."
„Ja. Wahrscheinlich hast du Recht. Zuerst die dringendsten Aufgaben erledigen und diejenigen, die mir etwas lästig geworden sind."
Jetzt habe ich ein echtes Problem: Welche Aufgaben mag ich und welche mag ich nicht? Im Grunde tue ich alles mit großem Engagement und bin so gewissenhaft, dass ich den Gedanken nicht ertrage, ich müsste alle unvermittelt im Stich lassen. Wenigstens möchte ich die Leute vorzeitig warnen und sogar

nach einem Ersatz für mich selbst suchen. Naja, im Vorstand brauche ich es nicht, sie suchen schon nach einem anderen. Die Tiere können es aber nicht, ebenso meine alte Mutti, mein Mann und meine Töchter. Und mein Arbeitgeber, der die meiste Arbeit der Firma mir überlassen hat, würde auch in der ersten Zeit ohne mich viele Probleme haben.

Ich schreibe ins Tagebuch die an mich selbst gerichteten Befehle:

„Eine gute Pflegerin für meine Mutter finden; ein junges, gesundes Mädchen mit viel Verständnis für ältere Menschen. Es braucht nicht unbedingt sofort zu sein, aber doch für den Fall, dass mir etwas passiert. Sie könnte jetzt schon ein paar Stunden probeweise bei uns arbeiten. Noch dazu: Essen auf Rädern, Pflegedienste, Rollstuhl; alles schon einfädeln für den Fall, dass ich nicht mehr... Das ist das aller Dringendste, die Betreuung für meine Mutter, denn die anderen können sich schon eher selbst helfen. Trotzdem... Auch Sie sind sehr unbeholfen, trotzig und einfallslos. Eine Frau für meinen Mann finden, zwei Männer für meine Töchter. Mit meinem Arbeitgeber sprechen, damit sie die Arbeit besser unter mehreren teilen können und dadurch meinen Verlust weniger merken, wenn es soweit ist."

Doch die Suche nach Menschen stelle ich mir ziemlich kompliziert vor. Viel leichter war das andere, das ich ganz alleine machen kann, wie zum Beispiel die Rücktrittserklärung zu verfassen. Am besten widme ich mich einer Aufgabe, die ausschließlich von mir abhängt, und einer langfristige, die aber zu jeder Zeit wichtige Wirkung hat.

Ich schreibe triumphierend ins Tagebuch:

„Heute, am 25. Oktober 2003, beginne ich mit meiner dritten Aufgabe nach meinem Rücktritt aus dem Vorstand des Musikvereins und meinem angekündigten Abgang vom Chor.

Diese wird mich Monate in Anspruch nehmen, denn sie muss ja kontinuierlich und mit Beständigkeit stattfinden. Ich fange an, meine ganzen Papiere, alte Kleidungsbestände und allerlei persönliche Gegenstände aufzuräumen, in Ordnung zu bringen und viele davon loszuwerden. Das meiste muss ja weg, denn sonst wären meine Angehörigen unnötig überlastet mit dem alten, sentimentalen Plunder von so vielen Jahren, mit dem unbrauchbaren Stoff von halbzerdrückten Ketten, die sofort kaputt gehen werden, von unzähligen Postkarten und Bildern sowie aus der Mode gekommenen Kleidern, staubigen Gitarren, Flöten und so weiter. Das wäre ein Scherz, das darf man den armen Töchtern nicht antun. Und den Freunden und Bekannten könnte ich es noch weniger zumuten. Nur die wertvollsten Sachen werden mit Vorsicht und in einer logischen Reihenfolge für die Erben aufgehoben.
„Meine Güte! Was dürfen wir oder dürfen wir nicht mitnehmen?"
Ich vermute, dass meine älteste Tochter Lorena sich um alles kümmern wird, aber sie könnte sich trotz ihres klaren Verstandes nicht im ganzen Chaos zurechtfinden, und sie wüsste vor allem nicht, was ich meiner Jugendfreundin Gabriele geben will. In den nächsten Tagen muss ich mit Gaby sprechen und ihr unbedingt sagen: „Ich habe ein Päckchen für dich gemacht. Wenn mir etwas passiert, mussz du meine arme Lorena daran erinnern, dass die Sachen in der roten Schachtel mit den vielen Schleifen und dem Weihnachtspapier für dich sind."
Auch dem alten Herrn Gomez möchte ich etwas hinterlassen, unser Nachbar, für den ich hin und wieder einkaufen gehe oder Zeitungen und Prospekte vorlese, denn er ist ja sehr kurzsichtig geworden. Im Grunde müsste ich ihn auch darauf vorbereiten, dass er zu gegebener Zeit seinen Erbteil

reklamieren sollte; und es ist kein geringer. Wenn er meine Gabe sieht, wird er sehr überrascht sein. Ich habe ein paar Geldscheine an der schönen Spieldose meiner Erstkommunion befestigt - das Praktische und das Poetische zusammen. Aber nein, lieber sage ich ihm nichts, genauso wenig wie meiner Mutter. Ich weiß ganz genau, wie die Alten reagieren würden: „Ich sterbe doch viel früher als du. Lieber gibst du es mir jetzt."

„Nein, das hätte doch keinen Wert. Mir fällt etwas ein, ich werde in aller Feierlichkeit mein Testament verfassen. Das gehört auch zu den unvermeidlichen Aufgaben, um sich von allen Übrigen loszusagen."

Aber vor meiner Aufstellung in diesem komischen Dokument muss ich noch so viel ordnen, selektieren, wegschmeißen...

Die Hände tun mir schon weh; aber nicht nur die Hände, sondern das Gehirn und das Herz vor lauter Anfassen, Meditieren, Abstauben, Entsorgen. Diese schmerzhafte Aufgabe ist ein wenig wie eine raffinierte Tortur, wenn man etwas geliebt hat und sich dann davon trennen muss.

Ich spreche mutig mit meiner Großmutter Lea und meinem Onkel, dem bekannten jüdischen Musiker, die beide schon längst im Jenseits sind: „Es tut mir leid. Seid nicht beleidigt. Ich weiß, wie stolz ihr wart, als ihr mir das alles gegeben habt. Es waren eure Schätze... Aber jetzt kann man sie nicht mehr gebrauchen. Sie sind in einem kläglichen Zustand, und ich kann sie nicht weiter vererben, wie verwelkte Blumen, die man nicht mehr... Auch wenn sie am Anfang so duftend und großartig waren. Ich kann kranke Blätter nicht mehr heil machen, noch kann ich zerrissene Stoffe mit tausend Löchern wieder zusammennähen. Da würden wir uns nur schämen und uns damit blamieren. Aber ich werde delikat und einfühlsam sein, als wäre es ein altes Kunstwerk. Ich lasse sie ganz

vorsichtig in die Tiefe des Abfalleimers und später eines riesigen Containers verschwinden."
Lea und Onkel Juan sind nicht besonders begeistert, aber sie lassen es geschehen. Was sonst hätten sie tun können? Genauso wenig wie ich.
Zum Anziehen habe ich super viel, meine Schränke sind voll. Ich schrecke davor zurück, alles zu sehen, besonders weil die ganze Wäsche sauber, aber ohne richtige Ordnung, ohne System, aufeinander gestapelt ist. Alles behalten ist bisher das Motto meiner Existenz gewesen. Sogar drei Kostüme von meiner Großmutter behalte ich noch. Aber es ist Unsinn. Mein Mann kann meine Wäsche nicht tragen, wenn überhaupt dann nur meine Töchter. Doch ich bin viel dicker als meine Töchter, deshalb werden sie sie auch nicht tragen können. Am besten sortiere ich sehr kritisch und behalte noch die Sachen, die nicht überflüssig sind, die ich in meinen paar Jährchen Leben noch gebrauchen könnte. Die Stimme der alten Sparsamkeit protestiert noch in mir: „Stell dir vor, du lebst noch 100 Jahre, und dann wirst du frieren, weil du all deine Mäntel weggeworfen oder einer Wohltätigkeitsorganisation gegeben hast."
Gut, ich behalte sicherheitshalber noch zwei Mäntel in einem gesonderten Paket, falls ich länger leben sollte. Ich nenne es: Das Langes-Leben-Paket.
Ich glaube, die vielen Bücher und Familienfotos werden meine Kinder nicht so sehr stören, der Schmuck und das schöne Geschirr, sie werden mir sogar dafür dankbar sein. Aber alles andere... Alte Rechnungen und Quittungen, Kontoauszüge, Briefe, Einladungen zu Konzerten und Ausstellungen, ungültige Ausweise, meine schon verjährten Terminkalender von 1988, 1992 und 2000, mein nicht mehr erneuerter Führerschein von 1999, denn ich fahre jetzt nicht mehr Auto,

seitdem ich so viele Tabletten gegen Schlafstörungen nehmen muss. Reizend und spannend ist es schon für mich diesen Führerschein zu sehen, voller Erinnerungen, und auch den Terminkalender von 1992, als ich so oft Zahnarzttermine hatte, weil ich durch einen Unfall einige Zähne verloren hatte. Aber für die anderen wäre es wirklich nicht so interessant.

Den ersten Reisepass, den ich hatte, müsste ich auch wegwerfen, die vielen Zeitungsabschnitte über Musik, die Flugtickets zu den Malediven von 1991, als die Kleinen noch den Urlaub mit uns verbrachten. Theaterkarten, Menüs, Werbung von Hotels und Reisen nebst anderer Werbung von Sprachkursen, als ich noch Griechisch für den Urlaub lernen wollte; damals neue Adressen, und jetzt alte... von Restaurants, Friseursalons und noch mehr Zahnärzten. Meine gute Brille hatte 1990 so und so viel gekostet... Jetzt existiert sie aber nicht mehr. Ich habe viele Produktbeschreibungen über eine französische Seife und einen Lippenstift, die ich 1995 eine Zeit lang unter meinen Bekannten vertrieben hatte. Hinweise auf Sonderangebote in einer Lebensmittelkette vom Jahre 1988, wie lächerlich! Arztverordnungen für José, meinen Mann, als er operiert wurde, ganz viele... aber vor allem Rehaanträge, einen Bescheid der Kostenübernahme vom Rechtsanwalt bei meinem Unfall damals. Operationstermine für die ganze Familie auf kleinen, aber beängstigenden Zettelchen. Bei mir wurde die Gebärmutter entfernt, bei Lorena die Mandeln, bei Teresita der Blinddarm. Es hatte damals seine Wichtigkeit, doch jetzt...

Das Schriftliche ist auch vergänglich, obwohl es so einen feierlichen Anschein von betrügerischer Dauer hat. Ich denke, dass Papiere mein Feind Nummer eins sind, denn die wachsen wie Pilze und nehmen kein Ende mehr. Danach kommt die Wäsche, die man einigermaßen noch in Grenzen halten kann, wenn man aufpasst. Noch mehr Papier... Griechische Übungen und Hausaufgaben, alles Mist jetzt, kaum noch verständlich, alles verlernt. Meine Notizen über Handlungen und auch Gedanken, eine seelische Krisie, die ich hatte, als ich sehr jung war und meine Eltern nicht mochte. Parfümwerbung, Einkaufszettel... Und daneben finde ich einen Essay meines Onkels über jüdische Komponisten und Interpreten und die Einsiedlung der Safarditen in Spanien. Halt, den Essay muss ich gut aufheben, denke ich, er sieht imponierend aus. Und es ist auch als meine Wiedergutmachung gedacht, weil ich schon so viele Handtücher und Laken vom alten Haushalt der Großeltern weggeworfen habe.

Kostenvoranschläge, Gebrauchsanleitungen von Geräten. Der Anrufbeantworter jener Marke existiert nicht mehr, das Handy auch nicht. Kühlschrank und Waschmaschine sind schon längst ersetzt worden. Also weg damit. Nur der Digitalreceiver ist noch aktuell und kann vielleicht ein paar Jahre überleben. Rezept für einen leckeren Käsesahnekuchen. Danke, Diät ist für uns schon seit zwei Jahren angesagt. Reisekatalog, Preisliste von Büchern, was noch weiter? Was ist noch zu lesen? Meine Augen werden müde.

Ich habe schon einige Säcke voll mit Papieren und Textilien zum Wegwerfen. Und morgen werde ich weitermachen. Die Entsorgungsaufgabe hat viele Gesichter: Alte Dekorationsfiguren, zu oft abgewaschene Plastikblumen, die keine Schönheit mehr bringen, veraltete Disketten und Versionen von Software, die der neue Computer nicht mehr annimmt, kein Diskettenlaufwerk mehr zum Lesen von alten Daten. Eine Häufung von unnützen Geräten, die heutzutage weder produziert, noch repariert werden und daher zum Tode verurteilt sind. Mein altes Tonbandgerät von 1978, unser

Plattenspieler und der Kassettenrekorder. Und die armen Kinder dieser Geräte sind auch so gut wie ausgestorben: Tonbänder, Kassetten, Schallplatten. Diese Letzteren behalte ich noch als Erinnerung, aber wie lange noch? Wenn der Plattenspieler kaputtgeht, dann ist alles vorbei.

So viele Ruinen, kann man sagen, von unsicheren Gebäuden, die bald zerbröckeln werden, weil sie nicht aus solidem Material gebaut wurden. Wegwerffeuerzeuge... Sie werden schon so genannt, damit man sich nicht an der Idee festklammert, sie für lange Zeit zu benutzen. Tabletten und Dosen, die schon längst ihr Verfallsdatum überschritten haben, nein, nein, sie sind nicht mehr aktuell. Sie müssten auch in den Müll oder nein... lieber zur Apotheke, um die Umwelt zu schonen.

Ich schreibe: „Zur Apotheke gehen, das hätten wir schon längst machen sollen."

Was steckt in diesen zwei so schön verpackten Umschlägen? Ich erstaune, denn ich hatte es nicht erwartet. Es sind menschliche Haare, zwei Geflechten von einem sehr jungen, kräftigen blonden Haar. Es sind meine eigenen und wahrscheinlich die meiner Mutti, als sie mit 20 noch langes, offenes Haar trug. Unglaublich! Ich wusste gar nicht, dass wir das noch hatten. Ich lache über meine eigene Inkompetenz und Unordnung. Aber was würden die Töchter damit machen? Vielleicht verkaufe ich sie einfach. Haare für Perücken und dergleichen werden gut bezahlt, und mit dem Geld kaufe ich Blumen für das Grab der Großmutter und des Onkels. So habe ich sie auch aus den Füßen. Was sollte ich jetzt mit vergangenen Haaren anfangen? Meine Mutter hat alles aufgehoben, noch mehr als ich. Oh Schreck! Jetzt fällt mir etwas ein. Es reicht ja nicht, dass ich in meinen Schränken suche. Ich muss auch in die kleine Wohnung meiner Mutter

gehen, die bald vor unnötigem Ballast platzen wird, und vieles wegwerfen. Sie wird mich zwar verfluchen, aber es lässt sich nicht ändern. Sonst würden die Töchter so eine Unmenge Zeug bei ihr finden, wenn ich und sie nicht mehr da sind.
Mit verzweifelter Entschlossenheit gehe ich zu ihr und mache ihre Schränke und Schubladen auf. Diese Aufgabe ist mir sehr unangenehm, noch schlimmer als die, zum Friseur zu gehen und unsere Haare zu verkaufen.
Meine Mutter flüstert aber nur mit einem Lächeln: „Du kleine Diebin! Was willst du jetzt von mir haben?"
„Ja, bitte, deinen Pelzmantel, die vier Handtaschen... und dein komisches, schönes Nachthemd ohne Knöpfe."
„Gut. Aber du musst sehr vorsichtig sein, nicht dass sie kaputt gehen."
Ich verspreche es ihr besorgt und nehme die Sachen mit in die andere Wohnung nebenan. Aber weil ich ein schlechtes Gewissen habe, werfe ich diese Gegenstände nicht weg, sondern verwahre sie in dem Langes-Leben-Paket. Erst wenn ich meine Mutter überlebe, werde ich das tun, und wenn nicht, dann werden meine Töchter das Paket sowieso wegschmeißen mit allem drum und dran, von ihr und vor mir. Manchmal verlagere ich die Gegenstände mehr, als dass ich sie endgültig abschreibe und abmelde. Ein Teil der Aufgabe bleibt noch offen.
Ja, warum gehe ich nicht direkt zum alten Nachbarn und gebe ihm schon jetzt meine Spieldose und meine Scheine? Er hat Recht. Im Grunde bin ich zu geizig und will alles bis zuletzt noch für mich behalten. Ich werde sofort zu ihm gehen und sage aufmunternd zu ihm: „Sie haben eine Überraschung, Don Matías. Aber ich weiß nicht genau, woher sie kommt."

Wenigstens wird das Geld noch nicht mehr entwertet sein. Noch sind 200 Euro 200 Euro, jetzt nach der DM-Periode, und die Spieldose brauche ich nicht mehr.

So, ich notiere voller Ungeduld mit mir selbst, während des Sortierens meiner Wäsche: „Zur Mutti gehen und dann zum behinderten Nachbarn. Ich gebe ihm schon jetzt seinen Teil, und so ist noch eine Aufgabe erledigt und ich brauche mich nicht mehr zu quälen, wer und ob jemand es ihm aushändigt."

Doch die Angelegenheit mit Gaby ist komplizierter. Sie würde nie die rote Kiste in Weihnachtspapier mit meiner Lieblingspuppe von mir annehmen, solange ich lebe. Das muss schon Lorena machen: „Ein paar Zeilen an Lorena diesbezüglich schreiben, damit sie das nicht vergisst. Und ich darf auch nicht vergessen, wo ich das Päckchen und die Zeilen für Lorena hinlege."

„Schild mit großen Buchstaben anbringen". Plötzlich fällt mir etwas sehr Beunruhigendes ein: Hoffentlich wird Lorena nicht eifersüchtig, denn sie hatte die Puppe als Kind auch gern. Aber nein, sie hat keine Zeit für Puppen und ich hinterlasse ihr und Teresita sowieso schon genug Kitsch und unnötiges Zeug. Sie sind dankbar für jede Reduzierung meines chaotischen Vermögens. Meine zahlreichen Musikinstrumente wie Gitarren und Flöten sollte ich vielleicht auch verkaufen, wie unsere Haare. Ich schreibe eifrig: „Versuchen, meine Instrumente zu verkaufen, dafür in einen Secondhand-Musikladen gehen und fragen, wie viel sie mir geben würden." Sie sind mir immer sehr wertvoll gewesen und nicht nur von sentimentalem Wert. Immerhin habe ich einiges dafür bezahlt. Es war mein Luxus, so wie für José das Reisen; er reiste immer irgendwohin, und ich kaufte mir Flöten, Gitarren, ein Keyboard, sogar eine Geige, obwohl ich keine Geige spielen kann, nur so zum Betrachten und Anfühlen. Mein Gott! Nie hatte ich so viele Aufgaben wie jetzt, da ich sie beenden möchte. Mein Stress geht ins Unendliche.

Ein sehr wichtiger Punkt ist natürlich die Zeitangabe, ob ich die Aufgabe schon jetzt oder später erledige. Jetzt habe ich schon einiges getan und bin stolz auf meine Leistung. Ich habe mehrere Wege zu den Papier-, Wäsche- und Glascontainern gemacht; auch sehr altes, abgebrauchtes Porzellan habe ich weggeworfen, denn wir haben genug von allem im Haushalt. Drei Pakete habe ich vorbereitet. Das Langleben-Paket und das Geschenk für Gaby bleiben für eine noch ungeklärte Zukunftsspanne im Schrank, aber die Überraschung für Don Matías läuft schon jetzt und der kleine Diebstahl im Schrank meiner Mutti ebenfalls.

Mit dem Vorstand des Vereins habe ich nach meinem Rücktritt noch einiges zu besprechen, die ganze Korrespondenz für meinen Nachfolger liefern, etwas Geld reklamieren, das ich vorbezahlt hatte. Aber in einer absehbarer Zukunft habe ich nichts mehr damit zu tun, genauso wie mit dem Chor.

Ach, wenn ich endlich weniger Aufgaben habe und die meisten schon erledigt sind, dann werde ich beruhigenden Schlaftee anstatt Kaffee trinken.

Bevor ich zu meinem Arbeitgeber gehe, spreche ich kurz mit der Mutter Gottes, mit der ich mich von all den religiösen Figuren am meisten identifizieren kann.

„Oh Maria, du hast so viele Aufgaben als Mutter der Menschheit! Uns trösten, streicheln, füttern, zudecken, wenn es uns kalt ist. Ist es dir manchmal nicht zu viel Arbeit?"

„Nein. Ich tue es sehr gerne. Und im Gegensatz zu dir habe ich eine ganze Ewigkeit für meine Aufgaben, während du nur ein paar Jahre hast, um deine Irdischen zu erledigen. Deshalb bist du so gedrückt und mutlos. Aber ich werde dir helfen, meine gute, immer so von Aufgaben gefesselte und vermutlich

bald sterbende Teresa. Ich werde dich vor der harten Stimme des Arbeitgebers schützen wie vor einer Klausur oder einem Vorstellungsgespräch. Jetzt ist es zwar kein Vorstellungsgespräch, sondern eher das Gegenteil, ein halber Abschied, aber es gehört auch viel Mut dazu.
Ich gehe mit der leisen und versteckten Maria in meinem Herzen zu Pancracio Granados, unserem Personalchef. Unsere ist eine kleine Firma, ein Familienbetrieb mit nur 11 Angestellten, aber es gibt viel zu tun, gerade weil wir so wenige sind. Unsere speziellen Möbelstücke werden überall gut verkauft, sogar im Ausland. Wir haben Aufträge einzurichten, neue Kundenkarteien anzulegen, die Anschaffung von neuen Möbeln zu organisieren und so weiter.
Herr Granados schaut mich neugierig an, denn in den ganzen zwanzig Jahren meiner Tätigkeit habe ich ihn nicht mit Fragen oder Anforderungen belästigt.
Ich fange langsam wie eine träge Nachtwandlerin an: „Wie Sie wissen, haben wir viel zu tun."
Er unterbricht mich schnell: „Möchten Sie schon jetzt im Februar Ihren Jahresurlaub beantragen? Ich habe gehört, dass es Ihnen in letzter Zeit nicht so gut geht. Das wird uns in große Schwierigkeiten bringen, Frau Olivares."
„Nein. Urlaub bedeutet keine endgültige Lösung. Wie Sie wissen, mache ich die Arbeit von zwei Leuten in der Verwaltung, seitdem vor fünf Jahren Ihre Cusine Marta heiratete."
„Möchten Sie kündigen? Oder wollen Sie eine Gehaltserhöhung von uns erzwingen?"
„Das zweite wäre mir lieber, aber ohne Vorwürfe, sondern mit Lobesworten und Anerkennung. Schon lange fühle ich, dass die Firma mich nicht genug schätzt, obwohl ich arbeitsmäßig

ständig überfordert werde. Aber ich komme nicht, um mich zu beschweren, sondern..."
„Sagen Sie es ruhig", seufzt er mit mehr Freundlichkeit und Entgegenkommen. „Wie viel möchten Sie? Die Wahrheit ist, dass Sie uns unentbehrlich geworden sind und wir werden uns schon irgendwie einigen."
„Ich wollte nur eine Warnung aussprechen. Ich bin mir unsicher, wie lange ich noch imstande sein werde zu arbeiten. Ich weiß nicht, ob so etwas im Arbeitsleben existiert, es ist eine Art Vorkündigung, damit Sie schon in etwa vorbereitet sind."
„Möchten Sie schon Ihre Rente einreichen?"
„Nicht wirklich. Ich bin ja noch zu jung, nur 52, und ich liebe meine Aufgaben im Büro."
„Ich verstehe Sie nicht ganz. So etwas wie eine Vorkündigung gibt es nicht. Ab wann aufhören? Ab wann sollen wir Ihre Stelle besetzen?"
„Ich weiß es selbst nicht. Man bekommt es nicht gesagt, wann man nicht mehr da sein wird und die ganzen Aufgaben unerledigt bleiben müssen. In meiner Naivität habe ich mir nur überlegt, dass Sie doch noch jemanden anstellen sollten. Da ich die Arbeit für zwei Menschen verrichte, könnte diese zusätzliche Kraft mir helfen, alles besser zu bewältigen, solange ich noch lebe, und dann meine ganzen Aufgaben fortführen, wenn ich nicht mehr da bin, so wie ein Erbe... aber in der Firma, auf beruflicher Ebene."
Herr Granados hustet verlegen. „Sie möchten weiterhin bei uns beschäftigt sein, aber eine Assistentin bekommen, habe ich es richtig verstanden?"
„Ja, so ungefähr. Dabei ändert sich finanziell nichts für mich, nur dass ich jemanden habe, dem ich alles weitergeben kann."

„Wir hatten es an sich nicht vor, noch jemanden anzustellen, und es passt gar nicht in unser Sparmaßnahmenprogramm. Aber wir werden es uns überlegen."
Bevor ich aus seinem Büro hinausgehe, fragt er plötzlich:
„Hat Ihnen der Arzt gesagt, dass Sie unheilbar krank sind?"
„Nein. Es ist nur so eine Angst, die ich habe."
„Dann sollten Sie am besten zu einem Psychologen gehen."
Er ist etwas zornig wegen der Finanzen und gänzlich unberührt. Aber es macht nichts. Irgendjemanden werden sie schon für mich finden, und wenn es nur eine Auszubildende ist, die halbwegs lesen und schreiben kann. Wenigstens sind sie jetzt schon vorbereitet und gewarnt. Und eines Tages werde ich vielleicht die schweren Blätter auf meinem Schreibtisch dem Mädchen geben und sagen: „Machen Sie das für mich zu Ende."

Ich habe keine Frau für meinen Mann finden können, und im Grunde bin ich froh, denn ich wäre ja sehr eifersüchtig gewesen. Auch wenn wir kaum noch miteinander schlafen, bleibt sein Körper mein Zufluchtsort der Ruhe und Geborgenheit, mein kleiner Himmel, in dem ich am besten schaukeln und mich ausstrecken kann. Wahrscheinlich hätte ich aus Bequemlichkeit meine Assistentin in der Firma, die Pflegerin meiner Mutter, die neue Herrin meiner Tiere oder meine Nachfolgerin im Chor genommen, immer dieses hypothetische junge und gesunde Mädchen meiner Vorstellungen. Aber der Schatten einer Frau an seiner Seite hätte meine letzten Monate (oder vielleicht Jahre) verdorben. Doch habe ich zufälligerweise einen sehr guten Freund für meinen Mann gefunden, Gregorio Lopez, und das ist genauso viel Wert. Sie sind unzertrennlich, sie machen vieles zusammen, und ich bin praktisch abgeschrieben, was

Freizeitaktivitäten betrifft, was auch gut ist, denn so bin ich viel freier. Gregorios Familie ist ebenfalls wunderbar; Sohn, Schwiegertochter und Enkelkinder; sie leisten uns Gesellschaft, auch unseren Töchtern, meistens sonntagsnachmittags. Für Lorena und Teresita gibt es noch keine Männer im Moment. Aber die beiden wissen sich zu beschäftigen, seit vorigem Monat geben sie eine Zeitschrift über Frauen spezifische Themen im Internet heraus, und abends sitzen sie immer an ihrem Computer oder an ihren Handys.

Heute spreche ich zur Abwechslung mit meinem Wachengel.

„Es ist verwunderlich, wie viel Freiheit ich in letzter Zeit habe. Chor abgeschlossen, Vorstand abgeschlossen, weniger Arbeit in der Firma, Testament geschrieben, die Wohnung etwas leichter und übersichtlicher gestaltet ohne den alten, unnötigen Kram, Gregorios Familie wird wahrscheinlich Roby und die Kanarienvögel übernehmen; sie sind gutherzig und aufmerksam genug. Und wir haben noch das Glück, dass die Schwiegertochter Krankenschwester ist, so dass sie ab und zu auf meine Mutti aufpassen kann. Ihr habt es sehr gut gemacht da oben. Ihr hab mir sehr geholfen, so dass ich jetzt keine Aufgaben mehr habe."

„Freust du dich denn? Bist du jetzt glücklich?", fragt mein Wachengel - wie mir scheint - ironisch.

„Naja. Ich weiß das Datum immer noch nicht. Ich bin so in der Schwebe... In den ersten Tagen war ich zwar sehr erleichtert. Aber jetzt fange ich schon an, mich zu fragen, was ich noch hier soll, wenn ich keine Aufgaben mehr habe."

„Aber deine größte Angst war ja immer, mitten in deinen vielen Aufgaben vom Tod überrascht zu werden. Das haben wir von dir abgewendet, hast du durch deinen ständigen Kampf der

letzten Wochen selbst getan, und jetzt solltest du dankbar sein, dass du es erreicht hast."
„Ich weiß. Ich hatte so ein inneres Bedürfnis, mit allem zu brechen; den buddhistischen Drang nach Befreiung von Ketten und leidenschaftlichen Gefühlen. Ich wollte nur, dass mein müder Geist, nicht mehr mit der Materie verbunden, unbetrübt durch die Luft fliegen und sich von allen Seiten ausdehnen kann. Ich wollte für mich die östliche Passivität und Gleichgültigkeit gegenüber trügerischer, irdischer Strömungen. Aber jetzt frage ich mich, wie lange man noch ohne Aufgaben leben kann. Das Stadium des utopischen Loslassens und nur in die Ferne Schauens ist hin. Irgendwie liegt es nicht in meiner Natur dieses Nichtstun und teilnahmslos in der Welt herumsitzen..."
„Was willst du denn jetzt anfangen?"
„Wenn ich wüsste, dass es bald sein wird, morgen oder übermorgen... dann würde ich die letzten Handlungen erledigen: Ich würde ein sehr schönes Paket für Gregorios Familie machen und ihnen einen Teil meiner Ersparnisse hinterlassen, damit sie die Gräber von uns allen (auch von meiner Großmutter und meinem Onkel) nicht ganz aus den Augen verlieren. Die Grabpflege ist auch wichtig, und ich hätte sie beinahe vergessen. Mit dem Friedhofsgärtner könnten sie sich diese Arbeit dann teilen. Und ich würde als Letztes einen Brief schreiben, eine Liebeserklärung an meine schönen Töchter, die zwei Menschen, die ich auf Erden am meisten geliebt habe und noch liebe."
Der Wachtengel nickt vertraulich: „Ich bin über deine Natur schon ganz gut informiert, liebe Teresa. Du bist immer für Handlungen und Entscheidungen. Doch es bleibt eine Tatsache: Wir können nicht den genauen Zeitpunkt deines Ablebens wissen, es sei denn, du begehst Selbstmord."

„Nein, nein. Ich möchte Gott nicht vorgreifen, ich war ja immer religiös. Ich möchte lieber warten, bis es soweit ist."
„Wenn du Langeweile hast, kannst du irgendeine Aufgabe beginnen, wenn möglich eine kurze, kleine, damit du nicht mitten drin unterbrochen wirst."
Dieser Rat scheint mir nicht sachlich genug.
„Du hast gut Reden. Welche Aufgaben sind kurz und klein? Meistens bringt jede eine Kette von anderen mit sich." Ich schaue traurig in den Raum und stöhne: „Aber ich glaube schon, dass ich doch etwas beginne... Es wird mir mehr Freude bringen, als nur hier zu sitzen und zu warten. Die Heiligen Cecilia und Teresa haben Recht gehabt, dass ich zu voreilig in meinen Entscheidungen war."
Der Wachengel küsst mich auf die Stirn und lässt mich dann alleine zum Grübeln über meine zukünftigen Aufgaben.
Ich grüble weiter. Was soll ich jetzt dann tun? Auf jeden Fall nicht die alten Verpflichtungen herausholen, sondern ganz neue Tätigkeitsfelder, die mich nicht mehr daran erinnern, wie verschwitzt, alarmiert und halluziniert ich in den letzten Monaten von 2003 vor meinen Aufgaben stand und sie so früh wie möglich erledigen wollte, bevor ich starb. Doch eine gewisse und im Grunde tiefe Verbindung mit mir sollen sie schon haben. Ich schreibe energisch in mein Tagebuch: „Tod noch nicht abzusehen. Sofort eine Aufgabe beginnen."
Während ich schreibe, wird es mir klar, dass ich zwei Ausdrucksmöglichkeiten habe, die mich besonders reizen und beleben. Ich könnte zum Beispiel eine Symphonie komponieren. Frauen werden zwar keine besonders bekannten Komponistinnen, aber es gibt schon einige, und ich habe ja Musik studiert. Die Sprache der Noten ist schon seit Jahren meine Sprache. Und wenn nicht eine ganze

Symphonie, vielleicht könnte ich ein paar Kirchenlieder komponieren.
Aber das Schreiben kommt mir noch faszinierender vor, wenigstens in diesem Augenblick. Ich würde so gern dieses Tagebuch erweitern, das ich bisher nur mit Befehlen über meine Aufgaben voll gemacht habe. Ich nehme mir vor, meine Biographie zu schreiben und zumindest Teile meiner Vergangenheit zu verlebendigen, die sonst für die ganze Welt tot wären. Die Musik bewundere ich nach wie vor unendlich, aber sie ist weniger persönlich als meine eigenen Erfahrungen. Ja, es wird wie ein sprachliches Foto mit viel Bewegung und Inspiration sein, wie ein Tintenfilm auf Papier. Ich möchte alles noch einmal erleben; ich als Kind, wie ich in der Schule lernte und spielte, als meine Tochter Teresita als 12-Jährige die ersten Klavierstunden bei mir nahm und wir beide zusammen gesungen haben, und wie unsere humorvolle Lorena trotz ihres Ernstes als Jurastudentin so lustige Witze erzählen konnte, immer wenn sie ein bisschen Sherry getrunken hatte... Und wie meine Mutti, die noch keinen Pflegedienst brauchte, so wunderbar durch die Straßen laufen konnte... Ich würde wiedererleben, wie wir uns in der Küche mit der Großmutter unterhielten, wie mein Mann als pharmazeutischer Berater viel arbeitete und viel verdiente, sodass wir uns sogar ein Sommerhäuschen am Meer an der Costa Brava kaufen konnten. Braungebrannt von der Sonne, warmes Wasser... Mein Gedächtnis kann vieles umfassen - von optischen oder taktilen Einflüssen bis hin zu Gerüchen, obwohl auch viele Lücken von verdrängten Geschichten da sind.
Ich werde viel schreiben. Ach, so eine schöne Aufgabe! Die Freude daran ist nur mit der vergleichbar, die man in den ersten Minuten spürt, wenn man von allen Aufgaben befreit

worden ist. Das Schreiben wird mein monotheistischer Gott sein. Ich werde keine Kette von ähnlich gelagerten Aufgaben übernehmen, keine Verlagssuche, keine Lesungen, keine Literaturseminare. Ich werde nur schreiben, meine Biographie wachsen lassen wie ein Neugeborenes oder eine Blume. Hoffentlich kann ich die ganzen Figuren so wiedergeben, wie sie wirklich waren, wie sie noch sind.

Ob es in derselben Nacht passiert ist oder einige Wochen später, weiß ich kaum. Die Zeit vergeht schnell, wenn man so eine Aufgabe hat. Aber plötzlich höre ich die Stimme Gottes in meinem Stereoradio, oder ist es in meiner Herzkammer in meiner linken Brust? Er sagt mit betroffener Miene, sehr schüchtern und nachdenklich (und er stottert dabei sogar): „Es tut mir leid, Teresa, ich wollte dich nicht beim Schreiben unterbrechen. Aber deine Stunde hat soeben geschlagen."
Er entschuldigt sich tausendmal, will mich wenigstens den Satz zu Ende schreiben lassen, damit ich... damit ich nicht meine ganze Ewigkeit mitten drin stecken bleibe.
„Gerade jetzt!", rufe ich aus, „wo ich so eine schöne Aufgabe gefunden hatte... Ich weiß, es ist meine Schuld. Ich hätte viel früher damit anfangen sollen. Und jetzt kann ich es nicht mehr zu Ende führen. Die Beschreibung meines Lebens, meiner Menschen und der Tiere bleibt unvollendet, unabgeschlossen wie ein Zeugnis ohne Unterschrift."
Am nächsten Tag werden die Meinigen mich am Boden neben dem Schreibtisch finden, mein Gesicht noch von ein paar vollgeschriebenen Blättern zugedeckt.
Gott sagt tröstend zu mir: „Wir unterschreiben beide zusammen. Du wirst sehen. Es gibt noch so viele wichtigere Aufgaben für dich!"

Die vierte Frau

Alexander Germer, ein reicher Geschäftsmann, Abenteurer und Weltreisender, machte seiner Sekretärin, der schönen jungen Mitarbeiterin Camilla Husenberg, eine Liebeserklärung. Es war eigentlich nichts Ungewöhnliches darin. Es fing damit an, dass er sie fragte, ob sie zufrieden mit ihrer Arbeit wäre, ob sie sich ein helleres und größeres Büro wünschte, ob sie eine Gehaltserhöhung für richtig hielt und ob sie selbst eine Assistentin haben wollte, um sich von den vielen Extraaufgaben, den Vorlagen, ein wenig zu entlasten, oder einfach weil sie den Genuss vermisste, auch jemandem Kommandos geben zu können. Sie verneinte stets seine großzügigen Angebote mit der Begründung, sie wolle keine Privilegien aus einer unmotiviert begünstigten Lage für sich gewinnen und keineswegs den Neid der Kollegen auf sich ziehen.

Nach einer kurzen Einleitung von Halbversprechungen, Zurückweisungen und Missverständnissen, die ungefähr einen Monat andauerte, intensivierte sich die Beziehung der beiden zum Positiven. Er vergaß seine Machtposition und sie ihre hochmütige Haltung. Es wurde nicht mehr über „sexual harrassment" gesprochen, sondern über Sympathie und großartige Kommunikation.

An ihrem dreißigsten Geburtstag, nachdem sie gemeinsam einige Stunden bei einem Konzertbesuch und einem köstlichen Abendessen in einem Luxusrestaurant verbracht hatten, bekam Camilla einen gefühlsstarken, unmissverständlichen Heiratsantrag von ihrem Chef.

„Der Altersunterschied zwischen uns ist sehr groß. Ich bin schon 66 Jahre alt. Aber als Ausgleich für dieses Manko kann ich dir vieles anderes bieten."
Seine Selbstsicherheit und das direkte Auftreten ermutigten sie. Sie nickte, hielt seine Hand und überlegte laut:„Du hast Recht. Deine Reife und Intelligenz faszinieren mich, auch dein langes Leben, das so viele Erfahrungen enthält, so viele Reisen und Begegnungen mit Menschen, sogar Erfindungen. In der Firma sagt jeder, dass du ein Erfinder bist, dass du schon drei verschiedene Maschinen entworfen hast. Was ist mein kleines Leben im Vergleich mit deinem unendlich reichen und abenteuerlichen Leben? Ja, du bist nicht nur an Geld reich, sondern auch an Ereignissen, Perspektiven und Jahresabläufen. Und dein Geld darf man auch nicht verachten, denn es ermöglicht den materiellen und den geistigen Komfort. Trotzdem... eine Garantie für all das habe ich nicht, und ich zögere noch."
Er wurde ungeduldig und konnte einen leichten Fluch nicht unterdrücken. Aber sie setzte ihren Monolog fort: „Es gibt zum Beispiel viele Menschen, die trotz ihres Reichtums sehr geizig sind; ich hoffe, dass du nicht in diese Kategorie gehörst. Auf den ersten Blick scheinst du freigiebig, sogar verschwenderisch, aber wie lange wird es anhalten, wenn wir verheiratet sind? Und dass du ein interessantes Leben geführt hast, heißt nicht, dass du mir davon erzählen wirst. Viele Menschen bleiben sehr still, wie eine gepanzerte Mauer, selbst wenn sie einen Haufen zu erzählen hätten und die Zuhörer mit aufregenden Geschichten glücklich machen könnten. Bisher hast du meine Neugier befriedigt, und wie ein unerschöpflicher Anekdotenerzähler hast du mich immer mit Worten gefüttert, damit ich mich nicht langweile. Auf der Speisekarte meiner Fragen finde ich immer deine

ausführlichen und ausdrucksvollen Antworten wie einen schönen Teppich verstreut. Aber wird es immer so sein?"
Alexander war etwas beleidigt durch ihr so ehrliches Misstrauen, durch ihre Rede, die so analytisch und unromantisch klang.
Er sagte mürrisch: „Man kann nie eine Garantie geben, ich war schon dreimal verheiratet. Ich kann dir nur versprechen, dass ich nicht geizig bin und dass ich dich - Tag und Nacht - wie ein durchgehend laufendes Radio mit immer neuen Abenteuern unterhalten werde, wenn du es möchtest. Aber ob mein Gehirn nach ein paar Jahren immer noch so fit bleiben wird und ob ich mit achtzig noch etwas erfinden kann, das weiß ich nicht. Alzheimer ist immer mein Albtraum gewesen. Und doch - bevor es soweit wäre - würde ich mich töten, dann hättest du sowieso keine Last mehr damit."
Sie war von seiner Härte und Geradlinigkeit beeindruckt. Das war ein Mann der Tat, ein Mann, der, sobald er spüren würde, dass er verblödete, sich einen Revolver holen und verschwinden würde. Als Untergebene hatte sie ihn schon bewundert, seinen Fleiß, sein begabtes und gesundes Gehirn, und jetzt empfand sie in ihrem Frauendasein die Vorstellung angenehm und reizvoll, sein Begehren zu erwecken, ihn sexuell zu stimulieren und ihn durch die Macht der Leidenschaft in einen starken, jungen Mann zu verwandeln. Die Angst ihn zu verlieren, ergriff sie plötzlich. Würde er nicht einen Rückzieher machen und sich nach einer anderen Frau umsehen? Atemlos und voller Reue strengte sie sich an, die romantische Atmosphäre einer Liebesbeziehung wiederherzustellen, die sie in ihrer taktlosen Nüchternheit beinahe gefährdet hatte. Sie fiel in seine Arme und küsste ihn hingebungsvoll, bis er all seine Bedenken vergaß.

„Ja, ich will deine Frau werden," sagte sie überzeugt und wie mit einem Freudenschrei, der den ganzen Raum mit ihrer Jugend und Schönheit füllte. Aber dann, leise und zögernd, fügte sie hinzu: „Nur unter einer kleinen Bedingung, wenn ich eine stellen darf... Wirst du auch gut zu meinem Peter, zu meinem kleinen Sohn sein?"

„Da sehe ich keine Schwierigkeiten", antwortete er resolut. „Wie du weißt, habe ich viele eigene und Adoptivkinder auf der Welt. Ich habe ein offenes Herz für Kinder."

Die hübsche Camilla war noch nicht verheiratet gewesen, aber sie hatte schon Erfahrungen in der Liebe, wofür die Existenz ihres fünfjährigen Sohnes den Nachweis lieferte. Sie kannte sich gut in den Künsten der körperlichen Genüsse aus... und bald konnte Alexander, wie verzaubert, alles nur noch durch ihre Augen sehen. Die platonische Zuneigung des Anfangs änderte sich in ihm zu einem übermächtigen Sturm von süßer und lebensbejahender sexueller Abhängigkeit von seiner „vierten Frau".

Nach zwei Wochen fand die Hochzeit statt und die vierte Frau zog mit ihrem Sohn in die prächtige Villa des reichen Mannes, ein großartiges Zuhause mit vielen Bediensteten, mit Bar, Schwimmbad, Bibliothek und einem riesigen Garten voller Blumen, Bäume, Schaukeln, Fische in einem idyllischen Teich und sogar mit karibischer Fauna, Vögeln aller Art, Flamingos und Pfauen und andere.

Das Einzige, was für Camilla weniger erfreulich schien, war, dass niemand von seiner Familie zur Hochzeit kam. Alle waren beleidigt über diese späte Ehe und, ohne sie kennen gelernt zu haben, hielten alle Familienmitglieder diese fremde Frau für ihre Feindin, einen Eindringling ohne Prinzipien, womöglich die neu eingesetzte Universalerbin des väterlichen Vermögens.

Veronika Germer, die älteste Tochter von Alexander, ging auch nicht zur Hochzeit. Sie kritisierte nicht, aber sie war in ihrem Brief ziemlich kalt und abweisend: „Meine Zwillinge haben die Pocken, ich kann sie unmöglich alleine lassen. Und du solltest ihretwegen die Hochzeit verschieben, bis sie gesund sind."
Im Grunde war sie des häufigen Heiratens ihres Vaters schon überdrüssig.
„Er ist ein Sexbesessener, dabei ist er schon zu alt. Aber er kann das Heiraten nicht lassen. Für die paar lächerlich kleinen Liebesnächte... hätte er zu anderen Frauen gehen können, die es professionell gelernt haben und die uns viel weniger gestört hätten als diese gesetzlichen Konkubinen, die ihn seiner Sinne berauben und ihn beinahe verrückt machen. Jedes Mal ist es das gleiche, obwohl immer alarmierender, weil die Intensität bei ihm im Alter steigt. Hätte er all diese Frauen nicht gekannt, dann hätte er sich um seine Großfamilie kümmern können, seine Kinder, Enkelkinder, alte Geschwister, Tanten und Neffen."
Veronika Germer erzählte häufig ihren Bekannten die Geschichte ihres reichen, aber unerträglichen Vaters, der sie nie geschlagen hatte, aber ihre Nerven mit der unzumutbaren Präsenz von so vielen Ehefrauen und Verlobten im Laufe der Jahre belastet hatte.
„Meine Mutter starb sehr jung. Und dann kamen all die anderen Mütter... Seine zweite Frau war die treueste, gehorsamste und genügsamste von den Nachfolgerinnen meiner armen Mutter. Sie gebar ihm sechs Kinder und lebte über 20 Jahre mit ihm, bis er eines Tages die unwiderrufliche Entscheidung mitteilte, dass er sich scheiden lassen wollte, einfach weil sie zu alt, verbraucht und krank aussah. Obwohl

ich meine Stiefmutter nicht besonders liebte, hielten wir alle zu ihr und fanden sein Benehmen ihr gegenüber sehr unloyal, rücksichtslos und kleinlich.

Damals fing eine Art erotischen Wahnsinns bei ihm an. Er verliebte sich in seine eigene Nichte, Rachel, die nur 22 Jahre alt war. Er wollte sie zu seiner Frau machen. Das ganze wurde zu einem Familienskandal, welcher damit endete, dass das Mädchen sich vor ihm in ein Kloster flüchtete. Dann hatte er eine fünfjährige Beziehung zu einer französischen Baronin, die verheiratet war und sich nicht von ihrem kranken Mann trennen wollte. Wenigstens bewies sie viel mehr Noblesse als er. Sie war eine vornehme Aristokratin und ich mochte sie einigermaßen. Es war ein großer Vorteil, dass sie nur hin und wieder zu uns kam. Doch die dritte Frau war schon viel gefährlicher, denn sie war immer an der Seite unseres Vaters und beanspruchte alle Rechte. Sie war sehr launisch, autoritär und hysterisch und griff - wie ein gieriger Vampir - zu sehr in unser Leben ein, denn sie hatte selbst keine Kinder. Ich glaube, das Gefühl, plötzlich eine Großfamilie zu besitzen, war ihr zu Kopf gestiegen.

Besonders zu uns, den vier Töchtern des Hauses, verhielt sie sich ausgesprochen belehrend, humorlos und unfreundlich. Nur körperliche Schönheit zählte für sie, deshalb war ihr unser Intellekt, meine naturwissenschaftlichen Talente und die künstlerischen Begabungen meiner Halbschwestern wie eine Beleidigung. Im Grunde beneidete sie uns um unsere geistigen Fähigkeiten. Sie selbst war eine Schauspielerin von wenig Verstand und Gedächtnisvermögen. Sie vergaß ständig ihre einstudierten Rollen und schimpfte immer wieder über ihre arme Cousine, die Souffleuse im Theater, die nicht schnell genug die Lücken im Text für sie aussprechen und ihr aus ihrer Amnesie helfen konnte. Die beiden ergaben ein köstlich komisches Paar-; ich lachte schon boshaft, wenn ich sie aus der Ferne kommen sah.

Ich verstehe immer noch nicht, warum sie darauf bestand, weiterhin als Schauspielerin zu arbeiten, denn das Geld brauchte sie nicht. Aber ihre Eitelkeit kannte keine Grenzen, und sie glaubte sich zu schön, als dass sie plötzlich aufhören sollte, in der Öffentlichkeit zu erscheinen. Doch Schönheit alleine machte kein echtes, intelligentes Schauspielen, und deshalb scheiterte sie öfters, obwohl mein Vater die teuersten Inszenierungen und Theaterschulungen für sie bezahlte.

Die Tyrannei dieser Frau dauerte ungefähr sechs Jahre, bis unser Vater eine neue Frau kennen lernte, eine taubstumme Fotografin, die er auch gern geheiratet hätte, doch sie hatte schon einen Ehemann in ihrer Heimat, Kolumbien, und zu diesem ging sie am Ende zurück. Von ihr sahen wir sowieso wenig, denn wir waren zu diesem Zeitpunkt schon alle aus dem Haus. Danach hatten wir um die fünf Jahre Ruhe und wir dachten, es wäre schon zu Ende mit den Frauen, er hätte genug davon gehabt. Er konzentrierte sich vollständig auf seine Arbeit und genoss besonders die Spaziergänge mit seinen Enkelkindern. Aber jetzt haben wir es wieder, Die vierte Frau ist da."

Die ganze Familie konnte ihre bittere Enttäuschung nicht verheimlichen. Diese plötzliche Hochzeit mit einer armen Sekretärin, die noch dazu 36 Jahre jünger war als er, stieß sie ab und empörte sie zutiefst. Wenigstens waren die anderen drei Frauen ungefähr in der gleichen Altersklasse gewesen wie er. Aber diese „vierte Frau" erinnerte sie an die wahnsinnige Geschichte mit der Nichte vor 15 Jahren, mit dem einen gravierenden Unterschied jedoch, dass die Nichte nichts dafür konnte und gänzlich unschuldig gewesen war, während diese Frau sich als eine rücksichtslose und geldgierige Verführerin gezeigt hatte.

Alle tauschten vergiftete Briefe gegen die Neue aus: Die älteren Geschwister, die sieben Kinder, die eingeheirateten Schwiegersöhne und Schwiegertöchter, die Tanten und Cousinen. Sogar die Enkel und Enkelinnen sagten zu den anderen Kindern: „Unser Opa ist verrückt geworden. Er hat eine neue Frau, seine vierte."

Die Erwachsenen schrieben sich gegenseitig voller Wut Briefe: „Sie nutzt seinen Wahnsinn aus. Sie hat einen Sohn und bestimmt noch viele Verwandte, die sich allerlei Privilegien von dieser Heirat erhoffen. Sie ist ehrgeizig, eine manipulative Intrigantin. Sie ist eindeutig hinter seinem Geld her."

Auch seine ehemaligen Frauen schrieben Briefe, vor allem die zweite, die immer wieder voller Tränen ihr Klagelied hören ließ - wie damals, als wäre die Scheidung gerade noch gestern frisch passiert, eine unheilbare Wunde, die nie verging.

„Damals war er so unloyal zu mir! Und dafür hatte ich ihm sechs Kinder geboren und die schlimmsten Jahre voller Arbeit und Enge mit ihm geteilt, als er noch nicht so reich war. Erst die letzten sieben Jahre wurden besser: Er gründete seine große Firma mit mehreren Nebenstellen im Ausland. Und das war sein Dank. Nur das, was mir gesetzlich zusteht, hat er mir gegeben. Keine Hommage, keine einzige Erwähnung meiner Person in seinen Reden, als hätte ich überhaupt nicht existiert."

Die Baronin schrieb hochmütig und distanziert:

„Er ist letzten Endes ein dummer Mensch. Er hätte eine Gräfin verdient, doch stattdessen bekommt er so etwas ..."

Die Nichte schrieb kritisch: „Mein Onkel kann es nicht sein lassen. Er braucht immer neue Gesichter und Körper zu sehen. Im Grunde bräuchte er einen Harem von Frauen."
Nur die dritte Frau und die Taubstumme schrieben nicht, weil sie irgendwo im Ausland waren und keinen Kontakt mehr mit der Familie hatten.
Alle versuchten mit Telefonaten und persönlichen Gesprächen heftig, Alexander zu überreden Camilla nicht zu heiraten. Da er aber stur und unnachgiebig blieb und nicht einmal einen Aufschub duldete, um zuerst seine Verlobte den Angehörigen zur Begutachtung vorzustellen, beschlossen alle gemeinsam als einzige ihnen verbleibende Vergeltungsaktion, der Hochzeit fernzubleiben. 34 geladene Gäste entschuldigten sich mit einer gereizten, beleidigten Miene.

Nach einiger Zeit vermehrten sich die Gerüchte, dass das Ehepaar sehr glücklich lebte. Alexander war bei bester Gesundheit und lebte auf. Er wurde in der Öffentlichkeit öfter als je zuvor gesehen, auf Konzerten, politischen Veranstaltungen, in Cafés und sogar in Discos. Er schien offener und gesprächiger als sonst und viel weniger auf die Geschäfte fixiert, die er immer mehr an die Mitarbeiter delegierte. In der Firma waren die Angestellten von seiner Veränderung begeistert, denn er war großzügiger geworden, und das erste, was er nach seiner Hochzeit veranlasste, war tatsächlich eine freiwillige Gehaltserhöhung für alle zu bestimmen. Stolz und strahlend schaute er auf seine junge Frau, die seine ständige Begleiterin war. Auch sein Stiefsohn, Peter, hatte sein Herz gewonnen, und nicht weniger Zuneigung empfand er gegenüber Camillas Mutter, die ausgezeichnet kochen konnte und eine sehr weise, diskrete Ratgeberin war.

„Nicht nur meine erotischen Genüsse teile ich mit Camilla", schrieb er an seinen Vetter Ludwig, „sondern auch geistige Beschäftigungen. Seit voriger Woche diktiere ich ihr meine Memoiren und sie tippt alles immer so sorgfältig, fröhlich und geduldig! Sie freut sich, dass sie ihre frühere Tätigkeit nicht gänzlich aufzugeben braucht. Sie ist eine entzückende Mischung aus Herrin und Dienerin für mich, und ich bin ihr Diener, ihr Ritter."

Die verschiedenen Familienmitglieder sahen allmählich ein, dass sie einen großen Fehler begangen hatten, indem sie sich in die Isolation getrieben und sich selbst jeder Möglichkeit entzogen hatten, den schwachen und labilen Alexander zu beeinflussen. Unbeabsichtigt und in rasender Idiotie hatten sie ihn dem Einfluss dieser fremden Frau vollkommen ausgeliefert.

„Wir können ihn nicht so einfach aufgeben. Es ist zu viel, was wir riskieren. Versteht ihr das nicht?", sagte die kluge Veronika. „Eines Tages könnte er ein neues Testament machen und uns enterben, weil wir seinem Willen nicht folgen und ihm nicht sympathisch genug sind. Und da wir den Kontakt mit ihm nicht mehr pflegen, würden wir gar nichts davon erfahren, bis es so weit ist. Wir dürfen es nicht zulassen. Durch unsere Abwesenheit würde Camillas Familie nur um so mächtiger, und sie würden gegen uns intrigieren können."

Sophie, die jüngste Tochter und Bevorzugte des Vaters - weil sie eine kleine Behinderung am rechten Bein hatte und charakterlich besonders sanft und zärtlich war - wurde von der ganzen Familie beauftragt, einen versöhnlichen Brief an Alexander mit ein paar schmeichelnde Zeilen an die „vierte Frau" zu schreiben.

„Unsere erste Reaktion war sehr schlecht", schrieb sie in ihrer braven und naiven Art, „aber sei uns gnädig und verzeih' uns, Papa. Wir waren am Anfang sehr überrascht und in einem Chaos unerklärlicher Empfindungen gefangen. Wir haben es im Nachhinein begriffen und bitten euch demütig um Entschuldigung. Dein Glück, Vater, ist uns das wichtigste. Wir sehen es jetzt ein, dass du mit Camilla sehr glücklich bist. Wir freuen uns, wir gratulieren euch herzlich. Wir würden gern häufiger Kontakt mit euch haben. Wenn es eure Pläne nicht durcheinander wirft, könnten wir vielleicht das Weihnachtsfest bei euch erleben und so unser neues Mütterlein kennen lernen."

Die zweite Frau war sehr sauer und empört über diesen Brief der Tochter.

„Wie kannst du so etwas schreiben? Dein Vater war undankbar, verräterisch, sein unsolides Verhalten ist mit nichts auf der Welt zu rechtfertigen und jetzt bittest du noch um Entschuldigung! Ich gab ihm die besten Jahre meines Lebens, alles vergeblich."

Sophie war natürlich voll und ganz auf ihrer Seite, wandte aber diplomatisch und süß ein, dass Weihnachten ein Fest des Friedens sei und dass man wenigstens eine Annäherung versuchen solle.

„Du wärest die erste, die es nicht ertragen könnte, wenn er alles an die andere und ihre Familie gibt und uns nichts hinterlässt. Wir müssen unsere Rechte verteidigen und irgendwie dafür kämpfen."

Von dieser Perspektive aus betrachtet, sah sich Frau Germer, die zweite, gezwungen zu nicken und ließ sich mit Widerwillen auf diesen Kompromiss ein. Die Kinder würden ihr schon berichten, wie die neue Rivalin aussah und wie viele Jahre sie schätzten, dass diese Ehe noch halten könnte. Wahrscheinlich war es wieder so eine vorübergehende Laune des Alten.

Als Camilla den Brief las, wunderte sie sich darüber, wie viele Menschen dieses „Wir" implizieren sollte, wie viele wollten überhaupt zum Weihnachtsfest kommen? Waren es nur zwei oder drei, Sophie selbst mit ihrem Mann und ihrem Kind vielleicht? Oder waren es die 34 Familienmitglieder, die damals nicht zur Hochzeit gekommen waren?

Lange war sie unschlüssig und zwischen zwei gegensätzlichen Gefühlen hin- und hergerissen: Eine starke Abneigung auf der einen Seite und ein eitles Jubilieren über ihren eigenen Sieg auf der anderen Seite. Eine innere Stimme sagte ihr, dass sie bisher ganz glücklich ohne die Familie gelebt hatten. Warum sollten sie jetzt diese plötzliche Invasion über sich ergehen lassen, wo ihr Mann keinen besonderen Wunsch geäußert hatte, sie alle zu sehen? Wenn überhaupt, dann würden zwei oder drei für den Anfang schon reichen als Vertreter einer nur geduldeten Unterkategorie von sich einschleichenden, graduellen Botschaftern für weitere Kontakte, aber immer innerhalb eines sehr begrenzten Rahmens. Man sollte alles vorsichtig dosieren und nichts überstürzen.

Andererseits aber wollte sie sich nicht die Gelegenheit entgehen lassen, ein Superfest zu organisieren, auf dem sie triumphieren und ihren Großmut, der Familie zu verzeihen, in grellen Farben präsentieren würde. Dafür wären natürlich 34 Menschen viel geeigneter als nur der unbedeutende, diskrete Besuch der jüngsten Tochter. Außerdem... Sophie hatte ja im Namen der ganzen Familie geschrieben... Wenn nur sie eingeladen wäre, dann würden alle anderen wieder beleidigt sein.

Am Ende entschloss sie sich für die zweite Möglichkeit - aus Profilierungsgründen und aus Neugier. Aber zuerst fragte sie noch Alexander: „Wie viele sollen denn kommen?"
„Alle. Sie sollen dich achten und sich Mühe geben, alles wieder gutzumachen, was sie damals versäumt haben."
Aus Taktgründen wurden die ehemaligen Frauen des Harems natürlich nicht eingeladen, weder die Ehefrauen, noch die Baronin, die Fotografin oder die Nichte. Aber sonst kam die ganze Familie ohne Ausnahmen. Alle waren bereit, ihr bestes Gesicht voller Geschenke, Lob und warmer Reden für „die vierte Frau" zu zeigen.
An Heiligabend fand die große Feier der Versöhnung statt, und zwar in dem großen Haus von Alexander. Camilla war unbestritten die Königin des Abends, in einem sehr eleganten weißen Kleid aus Seide, das ihre schlanke und graziöse Figur betonte. Auch der kleine Peter und Camillas Mutter waren königliche Figuren, vornehm angezogen und mit erstaunlich guten Tischmanieren und höflichen Floskeln im Gespräch, als hätten die beiden eine englische Governess gehabt.
Der große Weihnachtsbaum war wunderbar geschmückt und voller Überraschungen für alle, besonders für die Bediensteten - drei Dienstmädchen, der Fahrer und der Koch -, die die besten Sachen bekamen (zur Freude der Betroffenen, die viel lachten und sich immer wieder überschwänglich bedankten, und zum irritierten Befremden der Familie). Aber die Besucher ließen sich nichts von ihrer Missbilligung anmerken. Sie marschierten mit begeisterten Ausrufen der Bewunderung für die Gastgeberin durch die Räume. Sie applaudierten und gratulierten, applaudierten wieder zu jedem Anlass, um ihren kollektiven guten Willen zu zeigen. Als Camilla und Alexander vor dem Abendessen zwei Weihnachtslieder sangen, erhob sich eine Welle der Komplimente und ermunternden

Zustimmung. Alexander hatte eine Neuigkeit verkündet: „Meine Frau und ich singen in einem Chor. Das ist auch eine unserer neuen Aktivitäten."
Daraufhin rief Albert, Alexanders jüngster Sohn, mit gekünsteltem Eifer aus: „Das ist schön, sehr schön! Nicht nur Memoiren schreiben, sondern auch noch singen."
„Sie sind alle Erbschleicher", dachte Wilhelm, der ältere Sohn, der seinen Groll kaum unterdrücken konnte. „Sie sollten sich schämen. Aber ich gehöre auch zu ihnen und teile ihr dummes Schicksal."
„Die vierte Frau ist anziehend und hat einen guten Geschmack", dachte Friedrich, der Neffe, mit einem anzüglichen Lächeln. „Ob der Onkel etwas nimmt, um Jugend vorzutäuschen? Sie hätte einen jüngeren Liebhaber nötig, obwohl er im Moment so blendend aussieht wie nie zuvor. Aber wie lange wird es halten?"
„Die vierte Frau ist hübsch und klug", dachte Elisabeth, die ältere Schwester Alexanders. „Doch sie verwöhnt die Bediensteten zu sehr, erlaubt ihnen sogar, sie zu duzen. Bald wird sie Probleme mit dem Personal bekommen, und dann sollte sie am besten mich anrufen und um meine Hilfe bitten. Ich könnte eventuell ein paar Tage hier verbringen, ihr die passenden Ratschläge erteilen, die notwendigen Absprachen mit dem Personal treffen und andere häusliche Angelegenheiten für sie regeln, wie zum Beispiel ihren Umgang mit dem Geld. Ist sie sparsam genug?"
Sophie, die immer darauf programmiert war, Positives zu sagen, ließ es so weit gehen, dass sie Camillas Wange küsste und mit der Miene einer Verführten behauptete: „Es ist eine Freude, dich zu sehen und mit dir zu sprechen. Du bist die Beste aller Mütter, die ich gehabt habe."

Sie hatte aber das Pech, dass Veronika es mithörte und sehr pikiert dazwischenrief: „Meine Mutter hast du nie kennen gelernt, nur ihr Foto gesehen, und über deine eigene Mutter solltest du wenigstens nichts Schlechtes sagen."
Sophie, die sich mitten in ihren süßen Beteuerungen ertappt und bloßgestellt fühlte, erwiderte weinerlich: „Ich habe nichts Schlechtes über sie gesagt, ich habe nur von den späteren Frauen gesprochen. Die vierte ist mir lieber als die anderen."
Die vierte Frau umarmte die beiden in einer sehr friedlichen, gütigen Geste, die richtig weihnachtlich sentimental, wie für die Zeitung gemacht, aussah. Sie fühlte, dass die beiden sich wie Kinder benahmen, obwohl sie nicht viel jünger waren als sie.
Veronika ließ sich nicht erweichen und dachte mürrisch: „Meine Schwester denkt immer, sie kann sich leicht einen Weg in die Herzen der anderen bahnen. Sie denkt womöglich, dass Camilla sie adoptieren oder sie als ihre beste Freundin nehmen wird. Aber Camilla hat schon ihre eigene Familie und ihre Kreise, die sie bevorzugt. Wir sind ihr nicht wichtig. Im Grunde weiß ich nicht, warum wir uns so sehr anstrengen. Letzten Endes werden wir bloß unseren Erbpflichtteil bekommen, und bei so vielen Geschwistern, die wir sind, wird nicht viel Geld übrig bleiben. Bevor die vierte Frau kam, hatten wir bessere Chancen, aber jetzt ... Doch es könnte natürlich sein, dass er sein Testament noch nicht geändert hat, wonach ich als Älteste die meisten Rechte habe. Als ich heute das Dienstmädchen fragte, ob schon ein Notar im Hause war, sagte sie sehr sicher: „Nein, keiner im Personal hat einen Notar gesehen." Und ich kann mir nicht vorstellen, dass die beiden zu ihm gefahren sind. Dafür ist mein Vater zu bequem, er hat seinen Freund, den Notar, immer zu sich rufen lassen und hier empfangen, wenn er etwas ändern wollte. Vielleicht

hat er in seiner Kopflosigkeit sogar vergessen, eine Klausel zugunsten seiner vierten Frau eintragen zu lassen und alles ist unverändert geblieben. Wir wollen die Sache optimistisch angehen. Wer weiß? In zwei oder drei Jahren wird vielleicht noch eine Scheidung kommen ... und dann ist die vierte Frau nur ein böser Traum gewesen."

Unter den Gästen war auch eine Freundin von Camilla, Lolita, eine spanische Malerin, die dem Paar am Tag der Hochzeit ein sehr schönes Porträt der Mutter Gottes in Begleitung der heiligen Anna geschenkt hatte. Maria hielt die winzige Gestalt Jesus in ihren Armen und ihre Mutter, die heilige Anna, betrachtete die beiden sehr erschüttert und liebevoll. Anna hatte als Hebamme bei der Niederkunft der Tochter geholfen und freute sich jetzt, dass alles gut gelaufen war.

„Es ist eine poetische Freiheit", sagte die Malerin etwas verlegen. „Es gibt zwar viele Bilder von Anna Selbdritt mit Maria und dem Christkind, wie das Gemälde von Leonardo da Vinci, aber sie verkörpern eine spätere Zeit, nicht Weihnachten. Die Großmutter war nicht bei der Geburt Jesu dabei und ich fand es schade."

Die vierte Frau verkündete mit Stolz: „Nach dem Abendessen werden meine Mutter und ich uns verkleiden und uns genau so wie auf dem Porträt zeigen. Somit werden die Figuren noch lebendiger."

Keiner achtete viel darauf, denn die Familie war zu sehr mit dem Essen, den Geschenken und den eigenen Gedanken beschäftigt. Aber schon als der Nachtisch serviert wurde, verschwanden die vierte Frau und ihre Mutter und erschienen erst nach dem Kaffee wieder. Sie waren genau so angezogen wie auf dem Bild und Camilla trug eine Puppe, ein Christkind, in ihren Armen, das sie schaukelte und zärtlich streichelte. Die beiden standen vor dem Weihnachtsbaum – vollbeleuchtet in

einer Großaufnahme, wie für einen Film. Ein Kameramann, der wahrscheinlich von Alexander engagiert worden war, machte viele Fotos. Die Familie war wie versteinert, überrascht. Aber dann applaudierten sie wieder, denn alles musste ja passend zu dem so künstlerischen arrangierten und geschmackvoll vorbereiteten Film der Heiligen Weihnacht sein. Es war eine sehr moderne Fassung von Weihnachten, eine des 21. Jahrhunderts, mit Show-Charakter, mit der Großmutter-Hebamme als Erneuerung. Es war wirklich eine Neuschöpfung, sehr originell. Als Überschrift des Bildes sah man in großen Buchstaben die Worte: „Die heilige Anna als Hebamme... Sie hilft ihrer Tochter bei der Geburt Christi."
Die eigentliche Niederkunft wurde natürlich nicht gezeigt, das wäre ja zu skandalös gewesen. Es war ein paar Minuten danach. Maria erschien auf einem Sessel, müde und abgekämpft, sehr verschwitzt, aber mit einem erleichterten und glücklichen Ausdruck nach der schweren Arbeit. Die heilige Anna lachte, war sehr fröhlich und noch jung, sie spielte immer wieder mit dem Christkind, das sie aus einer Badewanne geholt hatte und übergab es Maria. Camillas Mutter machte alles wie auf dem Bild. Sie hielt zwei Kerzen in einer Hand und in der anderen ein Päckchen, das sie halb unter ihrem Mantel versteckt hatte, aber schließlich dem Kleinen überreichte. War es ein Spielzeug, eine Blume, eine Flasche Milch zur Nahrung? Maria schaute verträumt um sich herum. Plötzlich drückte sie die Puppe sehr stark gegen ihre Brust, als hätte sie Angst vor dem, was später geschehen würde, vor den großen Aufgaben und Spannungen der Außenwelt. Dann küsste sie spielerisch zweimal den kleinen Fuß, wie auf dem Bild.
Nach dem übertriebenen Applaus der Familie sagte die vierte Frau mit zitternder, aber sehr lauter Stimme: „Ich muss Euch

etwas mitteilen, meine liebe Familie. Ich bin schwanger. In einem Jahr werden wir wieder diesen Auftritt inszenieren, aber dann mit einer lebenden Puppe, mit einem lebenden Jesus in meinen Armen. Ob das ein Sohn oder eine Tochter sein wird... macht doch keinen Unterschied. Wir werden jedes Jahr am Heiligen Abend dieses Ritual wie auf dem Bild zelebrieren, Anna, Maria und das Kind, egal ob weiblich oder männlich. Poetische Freiheit nennt sich das."

Die Familie war wieder wie versteinert, doch jetzt völlig unfähig zu applaudieren; die Nachricht hatte sie alarmiert, konsterniert und sprachlos gemacht.

Und ich... Ich bewegte mich unruhig im Bauch meiner triumphierenden Mutter. Ja, es ist nicht üblich, dass eine Figur in der letzten Zeile einer Geschichte zum ersten Mal erscheint. Nichtsdestotrotz muss ich es tun. Ich bin der versteckte Erzähler, auch von den vorbereitenden Szenen, als meine Eltern sich kennen lernten. Ich habe aber keine Lust mehr weiterhin über die Reaktionen der Familie in jenem Augenblick und später zu erzählen. Ich wurde nach sechs Monaten als Christkind, als Sohn von Alexander und der vierten Frau in diese Welt des Unfriedens und des Hasses hineingeboren. Wie würde man mich empfangen?

Nach dem Trennungsjahr

Barbara und Hans

Sie

"Wir sind Fetischisten. Wir betrachten mit Stolz und Erleichterung unsere Gegenstände, die noch heil geblieben sind, die alles überlebt haben: Unsere Videos, CDs, Schallplatten, Handtücher, Kaffeeservice, Bettwäsche und so weiter. Umso schmerzhafter war damals die Trennung, als wir entscheiden mussten, wem was gehörte. Jeder von uns musste lernen, ohne die eine Hälfte des Vermögens zu leben. Aber jetzt denken wir nicht mehr daran, jetzt sind wir wieder zusammen."
Nach einem langen Jahr der Trennung ist Hans wieder bei mir. Hoffentlich klappt es diesmal. Ich bin mir nicht so ganz sicher... Mein Herz und mein Verstand sprechen gegeneinander. Der Verstand sagt nein, das Herz sagt ja. Es ist gewissermaßen eine zweite Hochzeit, die wir jetzt eingehen.
„Fetischist ist nicht das richtige Wort, Barbara. Wir sind doch nicht wieder zusammen, bloß um die Hälfte unseres Hab und Guts wieder zu bekommen. Ich hatte schon gänzlich auf deine CDs und auf meine alte Stereoanlage verzichtet. Du hattest sie behalten, ich kaufte mir eine neue. In meinem kleinen Zimmer brauchte ich kaum Bettwäsche und Handtücher. Kochtöpfe, Tischwäsche und Gardinenstoffe waren überflüssig geworden. Ich war ja meistens bei Freunden."
„Das ist wahr, Hans. Ich beging einen Fehler, oder handelte vielleicht ganz klug, indem ich die alte Wohnung behielt, denn

das verband mich immer mit dir. Die ganzen Gegenstände erinnerten mich so sehr an dich, dass ich mir immer deine Rückkehr wünschte und nachts von dir träumte."

„Gut, gut, ich muss den Gegenständen besonders dankbar sein, die so eine starke Wirkung auf dich haben. Es gibt bestimmt so etwas wie ‚Idealistischen Materialismus'. Das materielle verkörpert den Geist, ohne unseren Kühlschrank hättest du bestimmt viel weniger an mich gedacht."

„Sicherlich, der Kühlschrank war eines der wichtigsten Symbole unserer Ehe. Essbares sammeln und Vorbereiten war so wichtig wie die Messe für die Gläubigen. Abends Musikhören oder Videos sehen war fast so wichtig wie die frischen, nach Seife riechenden Laken unseres Bettes für unseren Liebesakt. Ich wollte dir damals schon den Kühlschrank geben, aber du hattest lieber Geld."

„Ja, ich war schlau, so konntest du dich nicht ganz von mir lösen. Die Wohnungsgöttinnen müssen dafür leiden, dass sie die gemeinsamen Güter von damals behalten haben. Unser Kapital hat sich um einiges vermehrt: Es kommen die CDs von deiner und von meiner Seite hinzu, jetzt haben wir zwei Stereoanlagen, das Klavier, das du dir für dieses Jahr gemietet hast, meinen Diaprojektor, den ich mir an meinem Geburtstag kaufte; dann haben wir auch zwei Fernseher und zwei Videorecorder. Dafür sind wir um einiges ärmer geworden: Das Ehebett verschwand damals, das wolltest du auch nicht behalten. Jetzt haben wir zwei kleine Betten, die sehr unbequem sind und der Farbe nach nicht zueinander passen. Die erste dringende Entscheidung in unserem neuen Zusammenleben ist, dass wir diese zwei Betten verschwinden lassen. Ich habe einen guten Freund, der sie sofort nehmen wird."

Ich bin einverstanden. Mein Herz springt vor Freude. Er wird wieder zusammen mit mir schlafen und nicht mehr weiter in seinem kleinen Junggesellenzimmer leben. Die zwei Betten erinnern uns an das Trennungsjahr, und diese Erinnerung wollen wir so früh wie möglich löschen.

Es ging immer mehr bergab mit uns beiden: Ich wurde sehr krank und er trank zu viel, dann verlor er seine Stelle. Jetzt ist er arbeitslos.

„Eine Zeit lang wird es uns finanziell nicht sehr gut gehen, zumindest bis ich eine neue Stelle gefunden habe. Aber wenigstens ist die richtige Motivation da: Du hast mich immer zum Arbeiten gebracht. Jetzt musst du leider mit deinem Geld das Bett besorgen, denn ich habe sehr wenig, ich habe sogar einige Schulden."

Happy ending, happy ending, happy ending.

Er

Es ist gut wieder zu Hause zu sein! Nicht einmal für Zigaretten habe ich Geld. Es ist ein Wunder, dass ich noch den Fernseher und die neue Stereoanlage behalten habe. Mein Fahrrad und meine Briefmarkensammlung von so vielen Jahren habe ich verkauft; auch mein Auto ist weg. Ich muss es Ihr noch erzählen, dass ich einen Unfall hatte und dass wir jetzt über kein Auto mehr verfügen. Naja, Sie ist immer mit der Straßenbahn gefahren, von daher wird das für Sie keine Umstellung bedeuten. Für mich aber war es sehr ärgerlich und schränkte mein Leben ein. Mein Zimmer war so weit weg von allem und ein Taxi zu nehmen war auf die Dauer zu teuer.

Ich bin noch sehr zornig auf Tom, der mir meine letzten hundert Euro vorgestern geklaut hat. Ich werde mich nie wieder so einem Menschen anvertrauen, ich bin froh, dass ich mich jetzt von diesen Kumpeln befreit habe. In meiner Ehe ist es mir nie so schlecht gegangen. Wir hatten immer etwas auf dem Konto, um eine kleine Reise zu machen. Ich werde es ihr natürlich nicht sagen, damit sie das nicht gegen mich verwendet und mich nicht zu sehr unterdrückt. Ich weiß ja, wie herrschsüchtig sie sein kann. Die Trinkerei bringt mir nichts Gutes, da hat sie Recht. Ach, was war ich kaputt vorige Woche. Jetzt fühle ich mich wieder wohl, wie neugeboren.

Es ist mir zwar peinlich, dass ich in der ersten Zeit von ihrem Verdienst leben muss, aber das ist ja nur vorübergehend, und es gibt viele Männer heutzutage, die darauf angewiesen sind, dass die Partnerin für sie arbeitet, entweder weil sie ihr Studium noch nicht fertig haben oder weil sie Ausländer sind und keinen Job finden können. Wir kennen so viele Paare von der Sorte: Odilia und ihren kubanischen Ehemann, der mit 37 immer noch studiert; Ewald Schmitz und seine Freundin: Er ist sehr stark sprachbehindert, noch dazu äußerst unbeholfen und dumm, und nach drei Umschulungen findet er noch immer keine Arbeit wie vor zehn Jahren; und dann die Müllers: Angeblich unterrichtet er privat und macht zu Hause Übersetzungen, aber wir alle wissen, dass da kaum etwas dran ist, dass er nur die Kinder betreut und Besorgungen für den Großvater erledigt, in der Hoffnung, diesen bald zu beerben. Ohne das Geld der Frau würden sie alle verhungern. Ja, die Zeiten haben sich geändert. Die Frauen sind jetzt gleichberechtigt und können genauso gut den Mann ernähren, wie wir Männer es im Laufe der Geschichte für sie getan haben.

So ganz mittellos stehe ich nicht da. Ich bekomme noch ein paar Monate Arbeitslosengeld, und ich kann auch ein bisschen im Haushalt helfen. Ich habe einen guten Willen und bringe die besten Vorsätze mit. Sie war sowieso so krank, dass sie

keinen anderen Mann gefunden hätte. Bei mir wird sie wieder gesund werden. Ein paar Monate mehr und sie hätte vielleicht auch ihre Arbeitsstelle verloren und sich das Leben genommen oder sich ständig in Nervenkliniken aufhalten müssen. Ich habe uns beide rechtzeitig gerettet.
„Du warst sehr krank, nicht wahr, Barbara?"

Sie

„Ja, Hans. Es waren keine Schmerzen im eigentlichen Sinne, sondern eine plötzliche Müdigkeit meines Gehirns, weißt du? Ich machte vieles verkehrt, aber nicht so, wie in der Zeit, als wir noch zusammen waren, da lief auch vieles schief mit meinem Gedächtnis. Das hier war noch schlimmer, ich machte alles falsch. Ich war vergesslich, schwach und unkontrolliert. Alles schien mir sehr kompliziert, sogar eine Verabredung mit einer Freundin zu organisieren, einen Anruf zu erledigen, meinen Weg mit der Straßenbahn zu finden. Alle Dinge, die mir bisher Freude bereitet hatten, wurden so schwierig, dass ich sie aufgeben wollte, so die Gespräche mit meiner Mutter und Miriam, die bisher für mich immer einen besonderen geistigen Wert gehabt haben, oder die Klavierstunden bei der finnischen Lehrerin, die mich am Anfang unserer Trennung so sehr beruhigten und mir schöne Impulse für meine Freizeit gaben. Alles kostete mich so viel Mühe, dass ich nur schlafen wollte. Mein Pflichtgefühl trieb mich weiter, die Stunden fortzusetzen, aber es war nur Selbstquälerei und keine Freude mehr. Eines Tages vergaß ich ganz plötzlich die Notenschrift. Das war alarmierend, ich saß idiotisch da und konnte die Zeichen nicht entziffern. Das hast du noch nie erlebt, Hans, etwas gelernt zu haben und plötzlich nichts mehr davon zu wissen."

Ob er das verstehen kann, was ich erzähle?
Es war schrecklich, diese partielle Lähmung meines Gehirns, und es war ja kein isoliertes Phänomen. Einmal vergaß ich wie man strickt, und ein anderes Mal vergaß ich, wie ich die Tasten am Computer zu bedienen hatte. Es waren ja nur kurze Augenblicke, nachher kam es alles wieder. Aber was nützt es? Diese Erfahrung des Verlustes, des Verwickeltseins in einem Labyrinth von Nicht-mehr-wissen ist unvergesslich und verfolgt mich noch immer.
„Gut, meine Liebe, ich versuche es schon nachzuvollziehen, aber du musst auch versuchen nicht zu übertreiben. Du hast es überwunden und damit basta."
„Ich erzähle dir nur das Wichtigste, damit du mich besser verstehen kannst."
Die Gespräche mit meiner Familie machten mich so apathisch und müde, dass ich am liebsten nur geschlafen hätte, während sie redeten. Ich vergaß auch die Antwort zu geben, die sie von mir erwarteten, und zwei Mal beleidigte ich sie, ohne es zu beabsichtigen. Am Ende setzte ich die Klavierstunden ab und begrenzte die Familiengespräche auf das Mindeste.
Eines Tages beschloß ich, mit einer Freundin nach Griechenland zu fliegen, um mich ein bisschen abzulenken.
Aber am festgelegten Reisetag vergaß ich plötzlich die Verabredung mit meiner Freundin am Flughafen und natürlich auch meinen Ausweis und meine Flugkarte. Ich ging zwar aus dem Haus, wie von einer geheimen Kraft getrieben, aber ich setzte mich auf eine Bank im Rheinpark und zählte zerstreut mein Kleingeld.
Wie konnte so etwas geschehen? Es war an einem Sonntag, deswegen ging ich nicht arbeiten, ich ging spazieren. Ich saß auf der Bank und wollte mir ein Eis holen, deswegen zählte ich mein Kleingeld mit einer automatischen Freude darüber, dass

ich mein Portemonnaie nicht zu Hause hatte liegen lassen. Der Gedanke an das Eis erinnerte mich plötzlich an Griechenland, und dass ich gerade an diesem Tag um elf Uhr etwas Besonderes zu tun hatte. Es war aber schon nach elf... und sowieso hätte es wenig Sinn gehabt, ohne Flugkarte, Ausweis und Gepäck das Flugzeug zu nehmen. Ich wollte auch nicht nach Hause rennen und nach diesen Gegenständen suchen. Ich blieb dort passiv sitzen. Die Nacht zuvor hatte ich noch alles für die Reise vorbereitet und mich gedanklich in Griechenland gesehen, und jetzt...

Danach verwandelte sich meine Apathie in Entsetzen, als mir einfiel, dass ich über zweihundert Euro, den Betrag meiner Flugkarte, verloren hatte, dass meine Familie, sollte sie es erfahren, ein ungeheures Theater machen würde, dass ich nicht mehr nach Griechenland fliegen konnte, dass meine Freundin umsonst auf mich warten würde und dass ich nicht wusste, was ich mit mir selbst während dieser zwei Wochen meines Urlaubs anfangen sollte.

„Kannst du es dir vorstellen? Ich versteckte mich in unserer Wohnung und schlief den ganzen Tag, bis meine Freundin aus Griechenland anrief, um zu fragen, warum ich nicht mitgeflogen war. Die Wirklichkeit erschien mir wieder vor Augen, aber es war eine verfälschte Wirklichkeit: Ich dachte plötzlich an dich, und dass du mich sehr heftig ausschimpfen würdest, weil ich das Reise- und Hotelgeld so sinnlos, so ohne Grund weggeworfen hatte. Dann erinnerte ich mich daran, dass wir nicht mehr zusammen waren und empfand eine große Erleichterung, weil du es überhaupt nicht erfahren würdest und mich deshalb nicht kritisieren konntest. Mutter und Miriam konnte ich leicht belügen, ich würde ihnen sagen, dass ich es mir in letzter Minute anders überlegt und die Reise

storniert hatte, dass ich wenigstens einen Teil des Geldes zurückbekommen würde."
„Es ist nicht sehr schmeichelhaft für mich zu hören, dass du so erleichtert warst. Es scheint, als hätte ich dich immer gekränkt."
„Auf jeden Fall hättest du mit Recht meinen chaotischen inneren Zustand beanstandet, wie ich es selber tat. In solchen chaotischen Situationen ist es wirklich besser keinen Mann bei sich zu haben. Meine Freundin in Griechenland war sehr wütend auf mich, weil ich Sie praktisch im Stich gelassen hatte. Jetzt musste Sie den Urlaub alleine verbringen und einen Zuschlag für unser Bungalow bezahlen. Mutter und Miriam machten sich Sorgen um meine Launen und Gemütsschwankungen."

Er

Ich habe sie tatsächlich gerettet.
In den letzten drei Monaten geht es ihr schon etwas besser, weil ich sie hin und wieder angerufen und ihr geschrieben hatte; das hat ihr die Hoffnung gegeben, dass wir uns wieder vertragen würden.
„Ich will nichts gegen deine Lebensführung sagen, aber du scheinst selbst zu bestätigen, dass alles ohne mich ziemlich falsch gelaufen ist. Dir fehlten die richtigen Ziele und die Ausdauer, um diese zu verwirklichen. Davon abgesehen hast du immer an Orientierungsschwierigkeiten und Vergessenheit gelitten. Weißt du noch, als du den Schlüssel im Schloss hast stecken lassen? Wir konnten nicht in die Wohnung rein und mussten über den Balkon in unsere eigene Wohnung einbrechen. Du machst Kleiderschränke auf und machst sie nicht wieder zu, du lässt die Flasche Parfüm auf und das

Aroma geht verloren. Du hast öfters die Pille vergessen, aber Gott sei Dank ohne Folgen. Du weißt auch nie, wo eine bestimmte Straße liegt oder wie hoch ungefähr der Ölverbrauch unserer Heizung im Jahr ist."
„Da irrst du dich, Liebling. Wir haben jetzt kein Öl mehr, sondern eine Gasheizung. Der Vermieter hat es so bestimmt."
Ja? Das wusste ich nicht. Ein paar Veränderungen materieller und seelischer Art sind während dieses Jahres vor sich gegangen. Ich muss mir die Gasröhre zeigen lassen.
„Was meine Unvollkommenheiten betrifft, muss ich sie zugeben, aber du hast auch welche, Hans. Weißt du noch, wenn du betrunken warst und ich dich ins Bett bringen, dich sogar ausziehen musste? Und das war oft der Fall. Am nächsten Tag bist du meistens sehr ernst, niedergeschlagen und wortkarg, dann kann man kaum mit dir reden, nur einsam zu zweit sitzen und sich von den Nerven und den schlechten Geistern des Tages davor ausruhen."
„Du hast Recht. Wir kennen uns zu gut. Und trotzdem lohnt es sich zusammen zu sein, sonst hätten wir uns nicht wieder gefunden."

Sie

Ja, die leidenschaftliche Nacht zusammen hat mich wieder zum Leben erweckt. Ich schwöre auf unser Glück, egal was es kostet. Es ist eine chronische Liebe, die ich für ihn empfinde.
Gewiss, ich bin eine von diesen Frauen, die „zu sehr lieben". Als ich das Buch las, erkannte ich mich und meinen eigenen Mann darin, auch viele meiner Freundinnen... Ich erlaube ihm eine Sucht und er erlaubt mir eine Sucht. Ich habe die Opfermentalität der Helfer, der fürsorglichen, liebenden Frau, die sich absichtlich den falschen Partner ausgesucht hat, um

sich um ihn zu kümmern und ausschließlich für ihn zu leben, da sie kein eigenes Leben besitzt.

Nach einem Trennungsjahr komme ich jetzt auf meine alte Sucht zurück. Ich bin durch diese Vereinigung mit meiner anderen Hälfte wieder befriedigt, doch bin ich dafür von ihm abhängig. Ich werde meinen alten Besessenheiten nachjagen: dass er nicht zu viel trinkt und nicht nach anderen Frauen schaut, dass er zuverlässig ist und sein Wort hält, wenn er etwas verspricht.

Jetzt ist die Lage noch schlimmer, jetzt hat er keine Arbeit mehr, und ich darf ihm keine Ruhe geben, bis er eine neue gefunden hat, damit ihm nicht so viel Zeit für seine Sucht bleibt. Hätten wir uns nicht getrennt, dann hätte er vielleicht seine Stelle nicht verloren. Das habe ich durch die Trennung gewonnen; deshalb hatte ich viele Jahre gezögert, mich von ihm zu trennen, und noch war es zu früh. Ich muss mich mit allen Mitteln dagegen wehren, dass er sich daran gewöhnt, ohne Arbeit zu leben. Als er vorgestern in der Nacht zu mir kam und wir uns versöhnten, da hätte ich ihm schon diese Bedingung stellen müssen: „Zuerst einen Job finden, erst dann können wir wieder zusammenziehen." Aber das ist ein Kreis ohne Ausweg, denn, nur wenn wir zusammenleben, können wir uns vielleicht retten.

Gestern war ein wunderbarer Tag, für den ich sogar meine Seele an den Teufel verkauft hätte. Vielleicht habe ich es auch getan: Ich habe meine seelische Ruhe und meine Stabilität wieder verkauft. Aber wozu nützten sie mir, wenn mein Gehirn so abgehetzt, müde und denkunfähig wurde?

Gestern war der erste gemeinsame Tag nach unserem Trennungsjahr und ich konnte es tausendmal genießen, ihn wieder zu Hause zu haben. Ich nahm mir einen Urlaubstag, um unsere Versöhnung zu feiern, um mich ganz diesem

Gefühl hinzugeben, dass ich wieder glücklich und lebendig sein kann.
Heute ist der Tag nicht mehr so faszinierend, ich habe wieder arbeiten gehen müssen. Es erinnert mich ein bisschen an die alte Routine unserer zehnjährigen Ehe: Früh aufstehen, viele Stunden ohne ihn sein und immer ein bisschen Angst haben, dass er zu einem Kumpel gehen und sich betrinken könnte oder dass er seine damalige Geliebte anruft, obwohl ich ganz sicher weiß, dass jetzt endgültig Schluss zwischen ihnen ist, weil sie einen viel jüngeren Mann geheiratet hat. Trotzdem ist dieser Tag noch sehr schön.
Als ich von der Arbeit zurückgekommen bin, finde ich Hans noch unverändert, nüchtern und liebevoll zu mir vor. Wir essen zusammen und reden viel miteinander.
„Wo hast du das Auto, Hans? Heute habe ich es gesucht und nicht gesehen. Hast du sehr weit weg parken müssen?"
„Nein. Ich muss es dir erzählen, Barbara. Ich hatte im Februar einen Unfall, ich war eine Woche im Krankenhaus, nichts Schlimmes, aber schon ärgerlich. Das Auto war sehr alt, es lohnte sich nicht mehr es zu reparieren."
„Hast du noch deinen Führerschein?"
„Natürlich, natürlich. Wenn wir wieder etwas Geld haben, dann kaufen wir uns ein neues Auto."
Er zeigt mir mit Stolz seinen Führerschein und ich atme auf, erleichtert, dass er wenigstens den noch hat.
„Es wird bestimmt ein paar Monate dauern, bis wir es uns leisten können, aber das Fahren verlernst du hoffentlich nicht. Während unserer Trennung wollte ich auch einen Führerschein machen, dann fühlte ich mich aber doch nicht dazu in der Lage."
„Es reicht schon, wenn einer von uns fahren kann."

Gewiss, mein Sinn für Eigentum, mein Fetischismus ist seit vorgestern aus dem Gleichgewicht geraten: Meine Videos sind nicht mehr meine Videos. Das ist sonderbar und erstaunlich, denn gerade auf die Gegenstände in dieser Wohnung, wenn nicht auf die Menschen, konnte ich mich während dieses Trennungsjahres verlassen. Jetzt gehören die Gegenstände nicht nur mir; sein Führerschein gehört dafür ein wenig mir, denn ich könnte davon profitieren, falls wir ein Auto hätten. Das ist alles selbstverständlich, wenn man heiratet und keine Gütertrennung vereinbart wurde. Aber trotzdem überraschend ist es für diejenigen, die sich schon einmal getrennt haben und das ganze Verfahren der Güterverteilung, die Zerspaltung zwischen Deins und Meins, erlebt haben.

Ich hätte dir für den Kühlschrank kein Geld zu bezahlen brauchen, denn jetzt hast du ihn wieder; jetzt haben wir ihn wieder.

Er

Hoffentlich wird sie wirklich gesund und muss nicht ständig zum Arzt. Ich mag es nicht, wenn man so lange beim Arzt warten muss. Es würde mir auf die Nerven gehen, sie zu begleiten. Aber ich sehe sonst keine Ausrede, denn ich kann ihr nicht vormachen, dass ich irgendwo arbeite und keine Zeit habe. Das ist die Sklaverei des Arbeitslosen. Doch ich brauche mir keine unnötigen Sorgen zu machen, sie geht bestimmt nicht zum Arzt. Sie vermisste mich, das ist alles. Küsse und Blumen, Zerstreuung und interessante Filme im Fernsehen, das wird ihr mehr als alle Tabletten der Welt helfen. Die innere Zufriedenheit bewirkt immer eine große Veränderung bei ihr. Als wir getrennt lebten, war sie meistens so hässlich, dass ich kein Bedürfnis spürte, sie

wiederzusehen, deshalb war ich so lange weg, bis ich eines Tages Mitleid mit uns beiden hatte. Ich will mein Bestes tun, um sie bei guter Laune zu halten, sonst sieht sie wie eine Tote aus und das gefällt mir nicht.
Es war falsch von meinen Saufkumpeln zu denken, dass ich meine Tage obdachlos enden würde und dass man mich endgültig aus dem Paradies des Eheglücks vertrieben hatte. Ich möchte auch an unsere Zukunft glauben. Die Einsamkeit, Verbannung und finanzielle Not waren ein böser Traum. Und nicht nur das Jahr der Trennung, sondern auch das Jahr davor, als wir dauernd Krach miteinander hatten, müssen wir löschen. Zwei Jahre sind es mindestens. Charlotte, die Verräterin, die jetzt einen anderen Mann liebt, kann von mir aus verschwinden; die Kumpel, die mir nichts Gutes gebracht haben, können ebenfalls verschwinden. Nur von meinen zwei Zimmernachbarn möchte ich mich verabschieden und ihnen die zwei Betten geben, die uns jetzt im Wege stehen. Wir werden ein schönes, neues Bett für uns kaufen.
„Könntest du nicht zu der alten Firma zurück, Hans?"
„Nein, ausgeschlossen. Ich muss mir etwas Neues suchen."
„Möchtest du noch etwas aus deinem Zimmer holen?"
„Ja, natürlich. Es ist nicht viel, aber schon einiges: die CDs, Stereoanlage, Wäsche und ein paar Bücher. Mein Bruder und meine zwei Zimmernachbarn können mir beim Umzug helfen."

Sie

Ja, vor einem Jahr haben sie es auch getan. Sie haben ihm geholfen, von hier auszuziehen. Wie die Ereignisse sich wiederholen, aber in umgekehrter Richtung! Jetzt zieht er wieder ein. Ein paar Worte haben gereicht, um die Trennung rückgängig zu machen. Damals aber, als wir heirateten, waren

viele Papiere und Monate des Wartens auf die Hochzeit notwendig. Ich musste die Scheidung von meinem ersten Mann abwarten; die Frage, ob Luise bei uns oder bei Michaels Eltern leben würde, nahm auch viel Zeit in Anspruch.
Hans und ich zogen damals zusammen in diese Wohnung ein. Vor einem Jahr zog er aus, und jetzt zieht er wieder ein.
Die Wohnung ist wie ein Symbol meines Körpers: Das Reich meiner Sexualität ist nicht mehr neu für ihn. Jetzt war er ein ganzes Jahr nicht mehr in meinem Bauch, aber er kennt ihn so gut, dass ich ihm den Eintritt nicht verweigern konnte, als er wieder mit mir schlafen wollte. Ich wollte es ja auch. Ausziehen und wieder einziehen... Doppelt einziehen, sodass das Ausziehen nur eine Lüge gewesen ist! Ich hatte Angst, dass meine Geschlechtlichkeit sonst wie eine Blume ohne Wasser ganz eingehen würde und meine eigenen Organe aus meinem Körper ausziehen könnten.
Ich wundere mich, wie schnell und selbstverständlich sich alles einquartieren lässt, wie wir wieder „Du" zueinander sagen nach einem Jahr, in dem wir so getrennt voneinander gelebt haben. Er macht wieder Gebrauch von unserem Kaffeeservice, er betrachtet mit Stolz die Figuren, die wir auf verschiedenen Urlaubsreisen in exotischen Ländern gekauft haben; er raucht wieder wie gewöhnlich seine Zigarette beim Aufstehen im Schlafzimmer. Der Verstand sagt nein, das Herz sagt ja.
Während er seine Sachen holt, werde ich meine Mutter und meine Schwester anrufen. Wie werden sie darauf reagieren, wenn sie erfahren, dass wir wieder zusammen sind? Sie werden bestimmt eine Warnung, eine Drohung aussprechen: „Sei sehr vorsichtig. Jetzt, da du es geschafft hast, ohne ihn zu leben, begibst du dich wieder in so eine Abhängigkeit!"

Innerlich habe ich es doch nicht geschafft, sonst hätte ich das nicht so leicht angenommen, dass er wieder am Steuer meines Lebens sitzt, dass er wieder „Wir" sagt und dass er sich nicht mehr daran erinnert, ein paar Monate mit einer anderen Frau gelebt zu haben, in einem ganz anderen Zimmer gewohnt zu haben.

„Tochter, du musst an die hässlichen Szenen denken, die vorgefallen sind. Wären sie nicht gewesen, hättet ihr euch nie getrennt."

Ich erinnere mich natürlich... das Schöne und das Hässliche zusammen, das Doppelgleisige behalten, verdrängen, sich an etwas klammern und das andere mit dicken Strichen wegmachen, so dass man die Stelle nicht mehr lesen konnte, obwohl man schon sah, dass mit dem Text irgendetwas nicht stimmte... Manchmal, wenn er betrunken war, sagte er sehr unangenehme Dinge zu mir oder zu anderen Menschen. Am nächsten Tag wusste er nichts mehr davon, und auch ich tat so, als ob ich es vergessen hätte. Muss ich mich jetzt wieder darauf einstellen, die Launen eines Betrunkenen zu ertragen und unangenehme Worte sofort zu verdrängen? Nach einem Jahr der Pause wird es mir da nicht besonders schwer fallen, wieder den alten Rhythmus der angeblichen Normalität zwischen uns beiden zu finden?

Ich bürge selbst dafür, dass ich mich leicht daran gewöhnen kann, ich bin schon geübt in dieser Kunst, wie alle Frauen, die zu sehr lieben. Ich kenne meine Aufgabe von so vielen Jahren: Unser Glück und unsere Normalität verteidigen, die schönen Augenblicke mit Transfusionen und Atmungsgeräten - wenn notwendig - künstlich verlängern, verewigen. Der Schlaf nach Stunden der Unruhe und des Streits löscht alles Übel, und jeder Tag fängt schön an; am Frühstückstisch reden wir mit neuen Kräften über den Arbeitstag und über unsere

Zukunftspläne. Dieser Teil der Wirklichkeit ist genauso stark wie der andere, wie die unruhige Nacht ohne Freude und Liebe, und natürlich glaube ich stärker an diese schönere Seite unseres Lebens, denn ich bin ja die fachmännische Verteidigerin, die wohlgeübte Hüterin des Guten in uns. Wird es jetzt genauso sein?
„Ich mache mich dann auf den Weg, Barbara. Ich gehe jetzt alles holen. Es dauert nicht lange und ich bin bald wieder zurück."
Gerade weil er so sanft gesprochen und so eine überzeugte Miene gemacht hat, ergreift mich plötzlich eine sehr dumme Angst, dass er vielleicht doch nicht zurückkommt oder dass er am Ende mit betrunkenen Freunden erscheinen könnte.
„Ich habe es mir anders überlegt. Ich komme mit. So kann ich auch das Zimmer putzen und aufräumen, bevor du es verlässt, und überprüfen, dass du nichts vergessen hast."
„Als erstes rufe ich meinen Bruder an, um zu sehen, ob er mit seinem Auto kommen kann. Wir brauchen unbedingt ein Auto, um das Ganze mitzuschleppen."
„Du hast Recht. Frag' ihn mal."
Es ärgert mich, seinen Bruder wiedersehen zu müssen. Er war nie für unsere Heirat gewesen und hielt unsere Trennung für das Vernünftigste. Aber er muss sowieso erfahren, dass wir wieder zusammen sind. Meiner Mutter und Miriam kann ich es später erzählen.

Er

Sklaverei! Sie hat Angst, dass ich vielleicht nicht zurückkomme oder dass ich einige „unserer Schätze" nicht zurückbringe. Das ist ein Vertrauen! Jetzt wird sie entdecken, dass ich ein paar Dinge nicht mehr habe, dass die

Briefmarkensammlung verschwunden ist. Sie ist ein Fetischist, nicht ich. Ich kann ganz gut irgendwo leben und mir neue Klamotten besorgen. Sie aber hängt an Gegenständen wie eine Irre und kann sich nicht einmal von ihren alten Handtaschen trennen. Sie hat einen ganzen Schrank voll Handtaschen, die alle kaputt sind. Wegen der alten Klamotten haben wir uns schon öfters gezankt, weil sie nichts wegwirft. Und genauso ist ihre Familie. Einmal hatten wir Theater, weil meine Schwiegermutter einen alten Spiegel von uns haben wollte, den ich schon vor einem Monat einem Freund gegeben hatte. Ich wusste nicht, dass sie so viel Wert darauf legte. Sie führen immer Buch über alles, was man noch hatte und jetzt nicht mehr hat. Eine Frau, die sich angeblich für die geistigen Werte entschieden hat, sollte über solche Dinge ein bisschen erhaben sein. Aber nein! „Wo ist das Fahrrad? Wo ist der Fernseher?"

Ich ärgere mich auch darüber, dass ihre Familie und ihre Freundinnen bald kommen werden. Wenn wir allein wären, wäre alles viel leichter, aber es ist immer eine ganze Welt, die uns beobachtet. Sie werden mich fragen, wie es mir gehe und mich kritisch ansehen, als erwarteten sie nach einer neunmonatigen Trennung ein Baby von mir. Es tut mir leid, ich habe keins.

Auf einmal fühle ich mich sehr enttäuscht und lächerlich. Gestern war es schön, wieder eine Frau zu haben und geliebt zu werden. Heute habe ich den ganzen Tag auf sie gewartet und mich auf das Essen und unser Zuhause gefreut. Aber jetzt bin ich wütend. Ich war ein Krüppel der Erinnerung; nach einem Jahr erinnerte ich mich an vieles nicht mehr.

Ich wollte ja nur alte Kameraden besuchen, ihnen erzählen, dass ich mir wieder eine neue Existenz aufgebaut habe. Jetzt will sie mitkommen! Warum nicht? Aber das mit dem Umzug hätte doch bis morgen warten können. Sie ist immer zu ungeduldig, zu sehr in Eile und Stress für meinen Geschmack. Sie fordert und fordert... Sie wird mich wieder in meinen Freiheiten einschränken und verlangen, dass ich abends früh ins Bett gehe, weil sie die Wärme meines Körpers braucht, um einzuschlafen. Manchmal habe ich keine Lust, so früh ins Bett zu gehen, und gehorche nur mit Widerwillen.

Die alten Beobachter unseres Glücks oder unseres Unglücks werden mich erneut stören. Muss ich wieder die alten Proben bestehen? Muss ich zeigen, dass ich besser bin, als die schlechten Zungen behaupten? Muss ich die These entkräften, dass die arme Barbara „nicht viel Hoffnung auf mich setzen darf"? Muss ich zeigen, dass ich pünktlicher, fleißiger und noch arbeitswilliger als vor unserer Trennung bin? In diesem Jahr brauchte ich mich wenigstens nicht anzustrengen.

Die Besucher meiner Frau können mir gestohlen bleiben, ich werde bald Hausverbot einführen. Ich weiß schon, dass wir uns immer gegenseitig erpressen. Wenn ich früh ins Bett kommen muss und wenig Bier trinken darf, dann dürfen ihre Tochter und ihre Freundinnen nicht hier übernachten, und ihre Mutter und ihre Schwester dürfen nur selten zu uns kommen, es sei denn wenn ich mir selbst widerspreche und sie plötzlich einlade, was manchmal auch geschieht, weil es mir hier ohne Menschen zu langweilig wird.

Ein ganzes Jahr habe ich das nicht mehr erlebt, ich konnte mich kaum noch daran erinnern. Aber so ist es gewesen.

Ich muss eine Ausrede finden, damit wir jetzt nicht in mein Zimmer gehen. Ich möchte zuerst in aller Ruhe den genauen Betrag meiner Schulden sehen und mir das Zimmer allein vornehmen, feststellen, was überhaupt noch da ist und was nicht... Nicht, dass noch etwas von Charlotte liegen geblieben

ist. Barbara würde sich dann sehr aufregen. Morgen kann ich alleine alles besser erledigen, während sie auf der Arbeit ist.
„Mein Gott, was bin ich zerstreut! Ich habe vergessen, dass Jörg verreist ist. Er ist in Hamburg bei seiner Freundin und kommt erst heute abend wieder."
Sie scheint mir zu glauben; sie dreht sich zu mir und küsst mich leidenschaftlich. Sie ist wieder froh, dass wir zu Hause bleiben, dass wir für die ganze Welt unerreichbar sind.

Sie

Michael machte mich gar nicht glücklich. Er war sehr kalt und ausdruckslos, sprach kaum mit mir. Nur für seine Mutter empfand er eine sehr große Liebe, und wir machten immer das, was sie sagte. Was hatte ich davon, dass er viel arbeitete und nicht trank? Dieser Mann hier ist besser, wenigstens spricht er mit mir und hat keine Mutter, die ihn kommandiert.
Wie wunderbar ist es zu fühlen, dass ich wieder eine Frau bin, dass ich einen Körper besitze. In diesem Jahr des Alleinseins fühlte ich mich wie eine alte Witwe.
Jetzt holt er sich einen Drink, eine Zigarette und macht die Stereoanlage an. Das plötzliche ertönen der lauten, majestätischen Musik ist wie die Hymne unserer Auferstehung, es ist die Oper „La Boheme".
Aber mitten in meinem Glück empfinde ich eine unerklärliche Sehnsucht nach einigen Dingen, die mir jetzt fehlen werden.
Um achtzehn Uhr übte ich gewöhnlich meine Klavierlektionen, jetzt habe ich keine Zeit dafür. Ich werde auch nicht so oft meine kleine Luise sehen können, weil er eifersüchtig auf sie ist. Ich werde jetzt nicht mehr stundenlang mit meiner Mutter und Miriam spazieren gehen können, weil ich Angst habe, dass er sich allein in der Wohnung betrinkt oder zu seinen

Kumpeln geht. Wäre ich allein gewesen, hätte ich meine neue Arbeitskollegin und noch zwei Freundinnen heute zum Kaffee eingeladen.

Doch jetzt ist mein Hausgott wieder da, und ich träume nur von ihm und von dem Punkt, in dem unser beider Bedürfnisse und Wünsche sich berühren könnten. Aber da ich weiß, dass seine Bedürfnisse ganz andere sind als meine... Ich zittere in großer Unruhe; doch das Herz hat tausendmal „ja" gesagt, nicht nur einmal.

Wie hypnotisiert, schaue ich meinen wiederauferstandenen Ehemann an, der beinahe tot gewesen wäre. Nein, er ist kein niederträchtiger, oberflächlicher Säufer und Lebemann, sondern ein gebildeter, sensibler Mensch, der die Oper liebt. So liebt er auch mich, die ich nicht in die Welt des Alkohols gehöre.

Die Oper kann uns vielleicht von Bildern der Trunkenheit und grotesker Selbstzerstörung heilen. Die Oper segnet uns feierlich wie ein Priester in den vier Wänden unserer schönen Wohnung.

Die verspäteten Liebhaber

Ihre Verspätung war nervend, aber vielleicht auch ein zusätzlicher Reiz. Ich mache euch, keinem von euch, den Vorwurf, dass ihr so spät gekommen seid. Hauptsache ist, dass ich welche habe.
Meine Freundin Trinidad fragt mit einem schelmischen Lächeln nach euch und ich antworte sehr überzeugend auf ihre Frage, ob ihr tatsächlich existiert, mit ja. Gott und meine Liebhaber existieren... Ihr seid keine Einbildung.
„Als Ferdinand, mein Mann, sich nicht mehr für meinen Körper interessierte, bekam ich plötzlich eine ganze Armee von Liebhabern."
Trinidad ist schockiert und will mir am Anfang nicht glauben: „Du warst doch immer sehr anständig. Du hast immer still und zurückgezogen gelebt."
„Und trotzdem sind sie gekommen... War ich schon zu alt für sie, dann habe ich sie einfach zur Liebe gezwungen, sie bedroht, bezahlt, ihr Mitleid erweckt. Auf jeden Fall habe ich die ganze Zeit welche, sogar jetzt mit 65 Jahren."
„Warum so viele? Hast du keine feste Beziehung?"
„Nicht wirklich. Ich wechsle oft und gerne."
Ich weiß, dass Trinidad misswilligend, fast mit Entsetzen, aber auch neugierig und neidisch meine „krankhaften Sexgeschichten" in sich aufnimmt.
„Bei uns in Spanien denken die Omas nicht mehr daran; sie denken nur an ihre Enkelkinder und an die Ungerechtigkeiten der Schwiegertöchter."
„Aber ich habe keine Enkelkinder und keine Schwiegertöchter, meine Liebhaber sind sozusagen mein Kinderersatz."
„Ist es nicht ekelhaft, pervers in deinem Alter?"

„Nein. Für mich selbst bin ich nicht alt, und ich bin gut zu den Männern, wenn sie es zu mir sind."

„Meinst du es finanziell? Sind es einfach Gigolos, die du dir nimmst?"

„Nicht immer. Einige sind alte Bekannte meiner Jugend, ältere Herren um die 60 oder 70, die aber noch für kurze Zeit aufblühen und sich sexuell Mühe geben; andere sind tatsächlich viel jünger als ich, Männer, die eine materielle oder seelische Stütze brauchen, eine Ratgeberin und Mutterfigur."

Das Tabuwort ist ausgesprochen worden. Trinidad betrachtet mich, diese sexbesessene Großmutter, mit unruhigen Augen und empfindet mich als eine peinliche Entdeckung, noch schlimmer als eine Prostituierte.

„Hast du auch Zwanzigjährige in dein Bett gelockt?"

„Nein, sie wären mir zu unerfahren."

„Du hast doch nichts mit meinen Söhnen gehabt, oder?"

„Nein, ich kenne sie ja kaum, du hast sie mir nur einmal vorgestellt."

„Ich hätte es mir nie von dir gedacht. Du machst einen so normalen Eindruck mit deinem Mann zusammen. Ihr wohnt schon seit zehn Jahren auf Mallorca, und keiner hat so etwas bemerkt. Und sind es alle Spanier? Oder hauptsächlich Deutsche?"

„Ich habe bisher wenig auf Nationalitäten geachtet. Ja, viele sind aus meiner Heimat, aber auch Österreicher oder Schweizer, und die meisten sind Lateinamerikaner."

„Österreicher, Schweizer, Lateinamerikaner!", wiederholt sie, wie hypnotisiert. „Die Kubaner sind sehr zärtlich, habe ich gehört, aber sehr teuer... Und sie verlassen die Spanierinnen oder die Touristinnen, sobald sie eine reichere Frau finden, die ihnen mehr geben kann. Ach, Edeltraut, wie kannst du so eine

Schande überleben! Wie fühlst du dich nach so einer Nacht mit einem Fremden?"
„Es kommt auf die Umstände an. Es gibt Fremde und Fremde... Manchmal gelingt mir die Nacht und manchmal nicht. Aber da es schon zu einer Gewohnheit geworden ist, brauche ich mich nicht mehr zu schämen. Nur am Anfang war es schwer, als ich begann, intime Erfahrungen zu haben."
Die nächste Frage macht sie verlegen, sie stellt sie aber trotzdem: „Und du hast immer jemanden? Jede Nacht?"
„Nein. Ich habe auch meine Grenzen. Ich bin sparsam im Geben, was meinen Körper, mein Geld, meine Zeit betrifft. Manchmal schlafe ich mit jemandem nur einmal in der Woche oder im Monat. Alles ist wechselhaft. Meistens dauern diese Beziehungen sehr kurz, zwei oder drei Nächte... Aber da erlebe ich keine Überraschungen mehr und wünsche mir keine Verlängerung. Als beständigen Freund habe ich schon Ferdinand. Ja, Ich stelle nur eine Bedingung wie in den Märchen: Ich habe mir vorgenommen, mindestens einmal im Jahr einen neuen Liebhaber zu haben, egal wie lange die Beziehung anhält. Ich muss mindestens einmal im Jahr mit einem Mann schlafen, sonst sterbe ich. Es ist fast wie ein Aberglaube, deshalb suche ich immer nach einem neuen Liebhaber. Ich bin wie eine verzauberte Prinzessin, die jährlich einmal geliebt werden will oder muss, weil sie sonst, von Todeskrämpfen gepeinigt, von Durst, Langeweile und Trockenheit elendlich umkommt.
Natürlich ist es nur eine mir selbst auferlegte Vorschrift. Voriges Jahr wurde ich an einem Gehirntumor operiert und ich sah mit Schrecken, dass das Jahr fast um war. In einem Krankenhaus lies sich nur schwer eine Liebesbeziehung beginnen. Aber Gott sei Dank, wurde ich eine Woche vor

Ablauf des Jahres, das heißt, vor meiner mir selbst gesetzten Frist, entlassen.

Bei einer der Untersuchungen bettelte ich meinen schweizerischen Arzt um eine Liebesnacht an, denn ich hatte zu dem Zeitpunkt sehr wenige Kontakte. Mit Ferdinand ist es sowieso aus gesundheitlichen Gründen unmöglich geworden, dass wir körperlich zusammenkommen. Aber Dr. Staufert wollte mich nicht haben. Mit sehr feinen Worten gab er mir zu verstehen, dass er es grundsätzlich ablehnen würde, sich mit einer Patientin zu kompromittieren. Dann bekam ich einen hysterischen Anfall und erzählte ihm von meiner Angst vor dem Tode, sollte ich die Medizin der Liebe nicht bekommen. Er beruhigte mich und schickte mir einen Freund seines Bruders. Er tat es so diskret und taktvoll. Er arrangierte ein Rendezvous zwischen diesem Freund, der nur kurz zu Besuch war, und mir. Ich sollte ihm als Touristenführerin die Sehenswürdigkeiten der Insel zeigen. Er hieß Edgar und ist mein letzter Liebhaber bisher gewesen; er ist der typisch unbekümmerte, fröhliche und oberflächliche Liebhaber, der für kurze Zeit alle möglichen Frauen akzeptiert, solange sie sich schminken und mit Sex einverstanden sind."

„Ach, es muss schrecklich sein, wegen Angst vor dem Tod mit einem Mann gehen zu müssen!"

„Ja, im gewissen Sinne schon. Es war eine Sklaverei. Aber das war ja nur nach der Operation. Gewöhnlich mache ich das aus purer Lust, aus Freude am Leben."

„Was ist denn so reizvoll daran?"

„Die ersten Flirtminuten, das Vorspiel von Küssen, Streicheln, Massage, die verschiedenen Arten, Liebe zu machen. Sogar Edgar war gar nicht so schlecht; er zerstreute mich von düsteren Gedanken mit seiner gesprächigen Natur, mit seinen

trivialen Witzen und seiner Eitelkeit. Am Ende vergaß ich, dass ich ihn aus Zwang genommen hatte."
„Du meinst, weil der Arzt dich nicht wollte und Ferdinand nicht mehr kann, weil kein anderer verfügbar war...", wiederholt Trinidad langsam und verächtlich.
Ich bin so sehr in ihre Meinung gesunken, dass ich mich jetzt völlig am Boden neben dem Staub und Schmutz unserer Schuhe befinde, ja, neben Trinidads schwarzen Schuhen, meinen blauen Sandalen und den Pantoffeln ihres Mannes, die dieser aus Versehen im Wohnzimmer hat liegen lassen. Mir bedeutet die Freundschaft mit Trinidad schon etwas, wir kennen uns seit Jahren, aber ich sehe nicht ein, warum ich euch, meine Liebhaber, verschweigen sollte.
„Und Ferdi weiß nichts davon?"
„Er denkt, dass das Körperliche nicht wichtig ist, dass wir uns trotzdem weiter lieben, verstehen."
Trinidad sagt mit Stolz in der Stimme: „Ich habe meinen Mann. Ich brauche keine anderen!"
„So war es bei mir auch fast 25 Jahre lang. Ich hielt mich selbst für eine Heldin der Treue, aber später... Das Fremdgehen ist keine schreckliche Sünde mehr. Bestünde noch irgendeine körperliche Verbindung zwischen Ferdinand und mir, dann ja, dann könnte man von Untreue sprechen."
„Trotzdem... Es gibt viele Frauen von kranken Männern und sogar Witwen, die jahrelang den alten Erinnerungen die Treue halten und keinen Neuen brauchen."
„Was hätte er davon, wenn ich nur von Erinnerungen leben würde? Irgendwann würde ich in Versuchung geraten, wieder die Liebe bei ihm zu fordern, und er müsste mich immer wieder ablehnen, was zu schmerzhaft für uns beide wäre. Bis zu meinem fünfzigsten Lebensjahr hatte ich keinen Liebhaber. Danach ermutigte mich mein Erfolg bei den Männern."

Trinidad ist außer Atem vor Entsetzen: „Ist es nicht grauenvoll, dass du ihnen manchmal Geld gibst und dass du trotz des Altersunterschieds mit ihnen schläfst?"
„Nein. Ich verliere nichts und sie verlieren nichts. Meine Unterstützung bedeutet nur eine vorübergehende, leichte Abhängigkeit von mir. Sie wissen, dass sie frei sind. Wir helfen uns nur gegenseitig."
„Es ist doch Prostitution, oder nicht? Du nimmst dir die männlichen Huren genauso wie die Männer die Frauen in einem Bordell."
„Nicht genauso. Es ist meistens ein sehr rücksichtsvoller und allmählicher Prozess. Gewöhnlich zögere ich viel weniger bei meinen gleichaltrigen Partnern. Bei den jüngeren geschieht es viel langsamer, wie ein hart erkämpftes Ritual. Manchmal vergehen Monate. Nur, wenn er gänzlich einverstanden ist, begegnen wir uns auf dieser Ebene."
„Wie viele Liebhaber hast du insgesamt gehabt?"
Die Zahl meiner Liebhaber, die Menge, interessiert sie noch mehr als der Inhalt meiner Erfahrungen.
„Sechszehn waren es. Wenn du rechnest, dass ich jedes Jahr einen neuen gehabt habe und im nächsten Juli 66 werde..."
Für sie ist sechszehn nur eine leere Zahl; für mich aber... Ich erinnere mich an euch, an jeden einzelnen, mit besonderer Klarheit, als wäre jedes dieser letzten Jahre nach einem von euch benannt. Und doch war jeder von euch nur ein flüchtiger Kontakt, im Grunde gar nicht so wichtig.
„Wen hast du am meisten geliebt?"
„Den ersten, natürlich, Ramiro. Er war die Ausnahme; an seiner Seite sind die anderen peripher. Aber der Vorzug, den ich Ramiro gebe, ist weniger seinen Qualitäten als der besonderen Situation zuzuschreiben. Der erste Liebhaber hat immer etwas von Entdeckung, von betrügerischer Festigkeit

und Heimatgefühl, fast wie in einer Ehe. Auch bei Madame Bovary können wir es beobachten. Die Beziehung zu meinem ersten Liebhaber versprach viel tiefer und lebensfähiger zu sein, als sie in Wirklichkeit wurde. Eine Frau wird von dem ersten Liebhaber zum zweiten Mal geweckt und glaubt eine besondere Liebe zu empfinden, wofür es sich zu kämpfen lohnt.

Ferdinand war schon drei Jahre krank und impotent. Alles in mir war wie zugemauert. Nur die geschwisterlichen, keuschen und zärtlichen Gespräche mit meinem Vertrauten, aber irgendwie abhanden gekommenen Partner, fanden noch Platz in meinem Leben. Meine neuerworbene Jungfräulichkeit der frühen Jahre vor meiner Ehe setzte sich durch, und es war tatsächlich weniger erschreckend, als ich am Anfang dachte. Etwas fernsehen, lesen oder mit Freundinnen telefonieren, das waren meine Strategien, um das andere zu verdrängen.

Aber dann verbrachten wir unseren Urlaub hier auf Mallorca, und ich lernte Ramiro Costa aus Paraguay kennen. Es war keine Gigologeschichte, denn er war ungefähr in meinem Alter, aber es war schon eine Geschichte der Verjüngung und wahrscheinlich auch der Selbsttäuschung. Ich wollte neue Kräfte bekommen und eine schöne Romanze erleben. Die Beziehung hielt fast ein ganzes Jahr. Mehr als in mich verliebt war er von Deutschland fasziniert, von diesem neuen Land, in dem er unbedingt leben wollte. Ja, er wollte nach Deutschland. Das war sein ganzes Bestreben. Als er es erreichte und schon eine feste Arbeit hatte, wurde er unserer Liebe überdrüssig. Er war unbeständig, launenhaft und bereute schnell seine eigenen Entscheidungen. Deutschland gefiel ihm nicht, Spanien auch nicht und Paraguay genauso wenig; er war immer unzufrieden und auf der Suche nach neuen Ländern."

„Wie beschämend für dich! Er benutzte dich bloß für seine Zwecke, nicht wahr?"

„Vielleicht tat er es nicht absichtlich, mich als Instrument zu benutzen... Und er glaubte am Anfang wirklich an unsere Liebe. Manchmal denke ich an ihn und frage mich, was aus ihm geworden ist. Er war nicht faul, aber wechselte ständig seine Arbeitsstellen. Wahrscheinlich hat er jetzt eine kleine, sehr niedrige Rente, da er sich immer mit Gelegenheitsjobs herumgeschlagen hat. Als er mit mir Schluss machte, heiratete er eine Amerikanerin aus Boston und lebte ein paar Jahre in den USA. Eine seiner Haupteigenschaften war sein weinerliches, kindisches Wesen. Trotz seiner Männlichkeit konnte er sehr oft übertrieben und herzzerreißend in Tränen ausbrechen. Ich glaube, dass seine Tränen ehrlich und nicht gespielt waren, aber auch sehr oberflächlich.

Mein nächster Liebhaber hieß Arnold Steinmann. Er kam gebürtig aus Norddeutschland. Seine Frau hatte ihn gerade verlassen und er fühlte sich einsam; in Wirklichkeit war er auf der Jagd nach einer jüngeren Frau, nach einer hübschen Zwanzigjährigen, aber er fand mich zuerst und begnügte sich mit mir, obwohl die Begeisterung geringer war als bei Ramiro. Er war ruhig, still und sehr zurückhaltend, aber wenigstens versprach ich mir von dieser Beziehung mehr Beständigkeit und Sicherheit. Wir waren Arbeitskollegen und sahen uns jeden Tag. Wir klammerten uns an eine Art Ordnung und Routine trotz Verwirrung und innerer Spaltung, und so hatten wir immer donnerstags nach Feierabend um 16:30 Uhr unsere Liebesstunden in seiner Wohnung.

Unsere Beziehung hätte so jahrelang dauern können. Dann wäre ich kein so großer Schock für dich gewesen und du hättest mich als eine mittelmäßig anständige Frau angesehen, die nur einen Ehemann und zwei Liebhaber in ihrem ganzen

Leben zu verantworten hat. Auf jeden Fall erwies sich die anscheinende Beständigkeit als Trugschluss: Seine Frau kam zurück, er bekam seinen ersten Enkel und auch Herzbeschwerden, bald musste er sich pensionieren lassen. Deshalb sah ich ihn nicht mehr in der Firma. Der dritte Liebhaber war nicht mehr so wichtig und ich hatte aufgehört, ihn als individuelle Erscheinung zu sehen. Es war nicht von Dauer, sondern nur die Befriedigung einer Liebesgewohnheit, die ich an ihnen suchte."

Und trotzdem... Alles in allem bin ich euch recht dankbar, sonst wäre mein Leben wie eine Wüste gewesen, von der Gesellschaft abgeschnitten - mit der Ausnahme von zwei oder drei Freundinnen und gleichgültigen Verwandten, die uns ab und zu besuchten. Euretwegen habe ich wenigstens etwas Lust dazu gehabt, mich gelegentlich zu schminken, gründlich zu baden, Schickes anzuziehen und Parfüm zu benutzen. Ich habe mich mit Gedanken um ein Rendezvous zerstreut und mich mit Handlungen wach gehalten: ein nettes Restaurant aufgesucht und Konzertkarten besorgt, wenn der Partner nicht aktiv genug war, es für mich zu tun. Sogar kleine Reisen und Wochenendausflüge habe ich mir für euch ausgedacht.

Ja, Liebhaber sind keine soziale Einrichtung; aber tatsächlich, euretwegen bin ich weterhin unter Menschen gekommen, sonst hätte ich mich sofort nach der Arbeit zu Hause eingesperrt und hätte - ziellos und ermattet - bereits um 17:00 Uhr nur noch schlafen wollen. Außerdem wäre ich bestimmt sehr ungerecht und verbittert zu Ferdinand und zu allen gewesen. Ich glaube schon, dass dieses Privileg der Liebe, auch wenn es so flüchtig war, meinen Charakter gemildert hat. In gewisser Hinsicht fühle ich mich noch weich... Wie eine Dreißigjährige, für die noch alle Türen offen sind. Ich habe es eine Spur leichter als andere Menschen, weil ich mich noch nicht für tot erklären lasse. Und ich weiß, er ist euch zu verdanken, dieser Anschein von Flexibilität und weltlicher Unternehmungslust. Mit euch verbinde ich einfach das Weiterleben, ein Heilmittel und eine Sucht zugleich, die anstrengende Herausforderung von außen, die Suche nach Kultur, Schönheit, Abwechslung, Genie, Konversation, Sex, alles vermischt. Ihr habt mich dazu gebracht, nicht kalt, sondern verführerisch warm zu sein, mich selbst im Spiegel und alles andere um mich herum interessiert zu beobachten und vor allem vieles anzufangen, was ich sonst von vornherein abgeschrieben hätte. Gewiss, diese großartige Kraft, die bei jeder neuen Liebe entsteht...

Wegen meines spanischen Liebhabers auf Mallorca, nicht Ramiro, sondern Mateo Arenal, lernte ich erst wirklich Spanisch. Mit Ramiro hatte ich es nicht nötig gehabt, weil er Deutsch und Englisch mit mir gesprochen hatte. Meine Beziehung zu Mateo dauerte zwar nur vier Monate, aber wenigstens hat er diese Sprache für mich lebendig gemacht. Seitdem kostet sie mich nicht so viele Mühe. Wie sonst hätte ich jetzt Trinidad auf Spanisch alles, was euch betrifft, so fließend erzählen können?

Und einmal verbrachte ich eine ganze Woche auf Ischia, an einem schönen Kurort, mit Albert, einem Maler aus Israel. Die Entscheidung, ihn zu begleiten, fiel mir damals schwer, da ich nie ohne Ferdinand gereist war. Damals war ich 57. Albert bestand hartnäckig darauf. (Weißt du noch, Albert, wie du darauf bestanden hast, dass wir diesen kleinen gemeinsamen Urlaub zusammen machten?) Es war eine sehr intensive, obwohl kurzlebige Beziehung; wäre es nicht deinetwegen gewesen, wäre ich nie auf die Idee gekommen, noch andere Länder außer Spanien kennen zu lernen. Sogar der letzte, dieser oberflächliche Österreicher nach meiner Krankheit und

meiner Operation, hat mir etwas gebracht: Ihm zuliebe habe ich einige Museen und Sehenswürdigkeiten Mallorcas besuchen und genießen können, die mir sonst völlig entgangen wären. Ihr seid mir wertvoll, wie meine privaten Heiligen, die etwas Licht in meine Dunkelheit hereingebracht haben.
Trinidad sagt: „So... Und dann sind deine großen Lieben, Ramiro, Arnold und wie die alle heißen, alle weg. Du weißt nichts mehr von ihnen. Wie furchtbar! Du musst immer wieder bei Null anfangen. Hast du noch keinen Liebhaber für dieses Jahr bekommen?"
„Nein, jedes Mal fällt es mir schwerer, irgendwie einen zu finden, und das nicht nur, weil ich immer älter aussehe. Die sexuellen Freuden werden durch gewisse Unbequemlichkeiten betrübt: Aufpassen, dass der Partner kein Aids hat, dass er kein Amokläufer oder gewalttätiger Vergewaltiger ist, dass man saubere Laken und eine saubere Umgebung in einem netten Hotel bekommt. Nein, noch ist kein Liebhaber in Sicht, schon seit acht Monaten. Im Moment bin ich geschlechtsloser als du. Eine verheiratete Frau hat im Grunde ein viel aktiveres Sexualleben als eine wie ich, die nur äußerst selten mit einem Mann schläft und es meistens tut, damit ein schöner Konzertabend nicht allzu schnell ausklingt."
Trinidad beendet sozusagen unsere Unterredung mit folgendem Fazit: „Ich hatte eine viel bessere Meinung von dir. Jetzt muss ich dir leider meine Freundschaft kündigen."
„Das wäre sehr schade. Was haben meine 16 Liebhaber mit unserer Freundschaft zu tun?"
„Ich hätte keine Ruhe mehr. Ich finde dein Verhalten unwürdig für eine alte Frau. Bei einem pubertären Mädchen würde ich es vielleicht noch verstehen, aber auch nicht billigen. Am

besten solltest du dein Leben in einem Kloster verbringen und für all deine Sünden um Vergebung bitten."

„Aber Trinidad... Du selbst wolltest erfahren, wie das ist. Du fragtest nach meinen Liebhabern, weil du neugierig warst."

„Jetzt aber bin ich nicht mehr neugierig, ich weiß schon genug. Wenn ich bloß daran denke, dass ich dir oft meine Kinder überlassen habe! Es tut mir leid, aber ich will nicht, dass du wieder zu uns kommst."

„Ich hätte es dir ohne weiteres verheimlichen können. Ja, es wäre viel klüger gewesen, die spanische Sittenstrenge im Auge zu behalten. Aber wäre ich dadurch ein besserer Mensch gewesen? Und was ist Freundschaft, wenn man nichts vom eigenen Leben erzählen darf?"

Sie zögert, hustet verlegen.

„Gut... Vielleicht könnten wir uns noch einmal wiedersehen, bevor du nach Deutschland zurückfährst. Aber dann in einem Café, nie wieder zu Hause."

Ihr Angebot scheint mir beleidigend. Warum nie wieder zu Hause? Bin ich denn eine Aufsässige? Meint sie es ernst mit unserem Bruch? Sie ist wie ein Pflegekind für mich geworden. Ich hatte ihr gerne Geschenke gemacht, Schals und Pullis für sie und die Familie gestrickt. Ich hatte manchmal auf die Kleinen aufgepasst, immer wenn sie zur Novena oder zum Rosario ging, und ich hatte viel und guten Kuchen gebacken, immer wenn ihre Schwiegermutter zu Besuch kam. Aber sicher, unsere Freundschaft basierte nur auf einer Lüge, weil ich es ihr noch nicht erzählt hatte. Sie wusste nicht, dass ich zu einem Doppelleben fähig bin. Sie akzeptiert mich nicht und euch, meine Liebhaber, auch nicht. Bei aller Trauer über den Verlust bin ich wütend. Derjenige, der euch nicht akzeptiert, ist auch nicht mein Freund. Und basta, wir werden uns nicht wiedersehen.

Das Schlimme ist noch dazu, dass sie meine Geheimnisse womöglich nicht für sich behalten, sondern anderen erzählen wird. Sie und besonders ihre Nichte Marisa erzählen viel über sich selbst und auch über die anderen. Bei mir ist es eine Ausnahme gewesen, dass ich mit jemandem von Ramiro, Arnold und allen, dass ich von euch gesprochen habe. Aber vielleicht wird die ganze Insel Mallorca in ein paar Tagen von der Geschichte „der deutschen älteren Dame mit den 16 Liebhabern" wissen. Na ja, ich glaube es kaum, zum Glück gibt es so viele Touristen! Auf eine Deutsche mehr oder weniger kommt es nicht an, und die Einheimischen haben sich schon an die Unsitten der Touristen gewöhnt. Doch in Trinidads Kreis werde ich in Zukunft die Verdammte, die Gezeichnete, die „unwürdige Greisin" sein. Das hat man davon, wenn man zu viel spricht.

Trinidad begleitet mich zur Tür und lächelt ohne Freude, während sie flüstert: „Ich würde dich schon gern irgendwann in einem Café wiedersehen. Sei nicht böse auf mich. Ich würde gerne wissen, ob du auch noch mit 80..."

Ich bin tatsächlich böse auf sie, aber da auch ich traditionell erzogen wurde, hänge ich an alten Kontakten. Ich möchte erfahren, was in zehn oder fünfzehn Jahren aus ihren Kindern geworden ist, aus Marisa, aus der Schwiegermutter, aus Padre Ruiz und Marisas Baby, das für uns alle noch kein klar definiertes Geschlecht hat. Und ob Trinidad in fünfzehn Jahren ihren Mann noch so lieben wird wie jetzt. Ich bin auch pervers neugierig, wir werden uns irgendwann in einem Café treffen.

Während ich die Treppe hinuntergehe (mit einem Seufzer der Ermüdung bei jeder Stufe und mit einem merklich steigenden Schmerz im rechten Bein), glaube ich noch den Chor eurer Stimmen zu hören.

Von all euren Stimmen war Arnolds vielleicht die schönste, sehr sanft, vornehm, ausdrucksvoll und mit singenden Zwischentönen der Zärtlichkeit. Aber Ferdinands Stimme gefällt mir am allerbesten, da ich sie schon so viele Jahre höre und mich auf ewig an sie gewöhnt habe. Die Stimmen der anderen dagegen verblassen und überleben nicht. Nur in solchen Augenblicken wie jetzt, in denen ich von euch gesprochen habe, begleiten sie mich.

Ach, mit zwanzig Jahren hätte ich euch wahrscheinlich mehr geliebt! So seid ihr wie ein ferner Gast geblieben, dem man ein feierliches Mahl serviert, ihm aber dann einen Abschied hinterher ruft. Teilweise bin ich froh, dass ich euch so spät kennen gelernt habe, denn so habe ich weniger gelitten, habe alles relativiert und besser verstanden. Die verspäteten Liebhaber sind im Grunde ganz anders als die ursprünglichen, die richtigen; sie sind wie eine vergeistigte Materie.

Wir verlassen Trinidads Haus, weil sie es so will. Sie hat Angst vor mir, vor euch. Wir gehen natürlich, keine Sorge. Meine Liebhaber, in diesem Augenblick wenigstens seid ihr mit mir zusammen, während wir die Treppe hinuntergehen und uns in die Straßen von Mallorca verlieren.

Sex oder Liebe

Esther und Hartmut

Sie

Endlich hat er mich in seine Arme geschlossen. Ich habe viel dafür kämpfen müssen. Jetzt muss ich schnell handeln, ihn aufmuntern und küssen, damit er den Kontakt nicht mehr zurück nimmt, damit die Umarmung mehr als nur eine kameradschaftliche Geste bedeutet. Freundschaft alleine stößt mich ab. Er muss über den üblichen Freundschaftsgruß hinausgehen.

Habe ich mich nicht schon genug angestrengt? Es ärgert mich maßlos, dass ich immer den ersten Schritt tue, um unsere lahme Beziehung ein bisschen vorwärts zu treiben.
Ich küsse ihn, ich küsse ihn... Damals waren es die Männer, die die Initiative ergriffen, aber jetzt sind wir gleichberechtigt.
Wie macht man das? Einen Mann zu küssen, der meinen Mund noch nicht gesucht hat, der nicht einmal meine Wange berührt hat? Er schaut sich apathisch den Fernsehfilm an, während sich sein rechter Arm halbzerstreut um meine Taille gelegt hat, um meinen Bauch an seinen Penis heranzurücken. Es ist mehr eine Umarmung von unten, während wir oben ganz unbeteiligt zu bleiben scheinen. Wir stehen vor dem Fernseher, ja, wir sitzen nicht, wir bleiben stehen und der Fernseher ist unser Beobachter, unser Zeuge. Aber er wird natürlich nicht sagen, dass er uns gesehen hat.
„Der Film reizt dich sexuell, nicht wahr?", frage ich locker und sachlich.

So habe ich es gelernt, nur so kann die Frau die Männer zu einem nächsten Schritt bewegen. Ich muss alle möglichen Waffen nützen, um ihn zu gewinnen; so werde ich zum Beispiel diesen stummen Gestalten im Film, die bloß agieren, eine Art Pornostimme verleihen, um sein Begehren zu steigern.

Hartmut sagt: „Ja. Ich möchte gern das mit dir machen, was die anderen da... So eine Art Imitationslust, weißt du?"

Also wird kein Wort der Liebe ausgesprochen. Er drückt mich nur, weil wir diesen Film zufälligerweise zusammen sehen und weil ich eine Frau bin, die einen Körper hat.

Na ja, ich muss es hinnehmen. Wir leben im Jahrhundert der Ernüchterung und Gleichberechtigung der Frau, und ich will ja den Kontakt mit ihm - aus welchen Gründen auch immer. Für den Anfang ist alles gut, später können sich weitere, tiefere Verbindungen zwischen uns entwickeln. Der Augenblick ist günstig und ich darf ihn nicht verpassen, sonst sieht er nur die Arbeitskollegin in mir wieder.

Ich muss wirklich den Kuss versuchen, er wäre weniger kalt als diese geschlechtliche Berührung allein. Die Umarmung von unten hält noch an. Ich fühle die hartnäckige Last seines Penis und möchte, dass dieser immer steifer wird, bis wir in mein Bett am Fenster oder einfach auf den Boden umfallen.

Aber er scheint unentschlossen und vorrangig auf den Film fixiert - den er, halb interessiert, halb geistesabwesend - verfolgt. Bald ist die kurze Laune vorbei, bald wird er seinen Arm und seinen ganzen Körper von meinem entfernen.

Er scheint mich ganz vergessen zu haben. Die Frau auf dem Schirm ist viel schöner als ich. Vielleicht mag er mich nicht genug.

Er beginnt langsam und leise wie in einem Selbstvorwurf oder in reumütiger Mahnung an die eigene Vernunft: „So gern ich den Film sehe... ich müsste heute vieles erledigen."
Die Gefahr, dass er gerade jetzt gehen könnte, lähmt mich mit einer unbeschreiblichen Angst.
Aus Angst, gemischt mit Sinnlichkeit, klammere ich mich an ihm fest und suche nach seinen Lippen, die er mir ohne Widerstand überlässt... Weil die beiden im Film sich gerade in diesem - unseren entscheidenden, dummen - Augenblick auch streicheln und küssen.
Wir sprechen nicht mehr. Es wird als selbstverständlich angenommen, dass er das gleiche mit mir (oder ich mit ihm) tun wird, was wir im Film sehen. Es ärgert mich schon, dass wir von so einem Film abhängig sind, dass wir keine eigene Geschichte haben. Hoffentlich schlägt der Mann die Frau jetzt nicht. Wäre er dann dazu fähig, auch mich zu schlagen, bloß weil er das sieht? Wie weit geht denn der Nachahmungstrieb? Würde er denn nicht unterscheiden können zwischen dem, was auf dem Schirm passiert, und dem, was mit uns beiden geschieht?
Die Frau im Film ist weniger aktiv, als ich es wäre. Sie lässt sich willenlos wie im Schlaf verführen. Umso dynamischer und stürmischer ist der Mann, der sie ständig anfasst, kitzelt und beißt, um sie zur Leidenschaft zu bewegen. Das gleiche tut jetzt Hartmut, seine Passivität ist zu Ende und ich sollte mich darüber freuen. Aber ich habe ein ungutes Gefühl, weil alles durch diesen Film gekommen ist. Wie hypnotisiert, schaut er den Mann auf dem Schirm an und macht seine Bewegungen, sein Stöhnen und seinen Flüsterton möglichst genau nach. Die erotische Szene wird von uns nachgespielt.
Ich frage mich, wie lange es so weiter gehen wird, denn Hartmut kann nicht gleichzeitig in den Fernseher schauen und

seinen Geschlechtsakt mit mir fortführen. Nur die Liebesvorbereitungen können wir bis zu einem gewissen Punkt simultan mit dem Fernsehpaar inszenieren. Irgendwann muss sich Hartmut abwenden, um mich auf den Boden oder ins Bett zu werfen; dann werden sich seine Augen nicht mehr mit dem Film beschäftigen können, sondern mit mir, denn er muss mich... Mich sehen, und nicht den nackten Körper der Frau auf dem Schirm.
Wann wird er endlich seine Augen zumachen und sich auf mich konzentrieren?

Er

Sie hat es absichtlich getan. Sie wusste wahrscheinlich schon, dass um die Zeit ein Pornofilm läuft, und deshalb hat sie mich mit Ausreden über gemeinsame Arbeit, Kollegenversammlungen und Schachspiel festgehalten, mit Martini und ein paar Cherrygläschen, damit ich die Kontrolle über mich verliere. Schon seit Tagen merke ich, dass sie mich verfolgt. Naja, jetzt hat sie es.
Vor einigen Minuten war ich ziemlich müde, abgespannt und ärgerlich. Ich wollte schon nach Hause, um ein paar dringende Geschäfte zu erledigen. Aber das schöne Spiel sagt mir jetzt zu, dieser Fernsehabend mit Fiktion und eigener Wirklichkeit! Ich habe zwei Frauen gleichzeitig: Die, die in meinen Armen liegt und sich so sinnlich, so erwartungsvoll auf mich einstellt, und die andere, die meine Augen in den Armen des anderen Mannes beobachten. Eine Frau für die Augen und eine Frau für den Tastsinn... Diese Verdoppelung reizt mich. Sex zusammen mit Fernsehen, das kann ich jedem empfehlen.
Bald wird er sie ganz ausgezogen haben. Ich tue das gleiche mit Esther, ich bin ja nur ein Sklave meiner Beobachtungen.

Die Frau auf dem Schirm hat wunderbare Brüste. Die meiner Kollegin dagegen sind zu klein. Ich bin enttäuscht. Aber besser eine Frau zu haben als gar keine. Sie sagt zu allem „Ja", was ich mit ihr machen will, was der andere Mann mit der Frau machen will. Wir sind uns alle vier einig, scheint es. Gibt es denn keine Grenze? Wird sie nie „Nein" zu meinen Forderungen und Wünschen sagen? Im Grunde habe ich keine eigenen, wir spielen nur den Film nach, um uns zu zerstreuen. Hoffentlich ist der Film ausführlich. Ich möchte nicht, dass alles zu schnell geht.

Die tierischen Laute des Mannes bringen mich fast zum Lachen. Ich behalte trotz meiner überreizten Fantasie noch meinen Sinn für Humor. Alles scheint mir sehr übertrieben und komisch.

Aber diese Frau, die muss ich bis zum Ende sehen. Sie fasziniert mich in ihrer Unerreichbarkeit. Nur die andere kann ich erreichen. Ich bin wütend auf Esther, die ich statt der anderen besitzen kann. Aber ich sollte ihr dankbar sein, ich weiß... Denn nur von ihr kann ich die Erfüllung erwarten. Sie erlaubt mir immer weiter zu handeln; trotzdem bin ich misstrauisch und will mich ihr nicht ganz hingeben. Ich möchte mir keine Gedanken um die Fortsetzung machen, wir sind einfach das Echo der anderen zwei im Fernsehen. Das macht Spaß, macht mich vital und männlich.

Sie

Jetzt stehen wir nicht mehr, wir sitzen, weil die anderen zwei auch sitzen. Die im Film sitzen auf einer Couch, aber ich habe keine Couch, nur zwei Stühle vor dem Fernseher; die zwei Stühle müssen uns als Couch dienen und alles, was sie auf der Couch tun, wiederholen wir auf den Stühlen. Doch sie sind sehr unbequem für den Liebesakt. Im Bett oder auf dem Boden würden wir viel bequemer liegen, doch will er seine Stellung vor dem Fernseher nicht verlassen. Dort, wo wir den Film am besten sehen, dort müssen wir bleiben.

Ich fange schon an mir Sorgen um seine Potenz zu machen... Ob er immer einen Stimulus von außen braucht, um zu einem Höhepunkt zu kommen? Bin ich nicht Reiz genug für ihn? Ist es nicht entwürdigend für mich in unserer ersten gemeinsamen Erfahrung? Bei einem routinierten, sexüberdrüssigen Ehepaar kann man das noch verstehen, dass sie Pornofilme zur Hilfe nehmen, aber bei uns, und in der ersten Liebesbegegnung!

Trotzdem lasse ich es geschehen. Es ist so wunderbar, dass er mich drückt und küsst, dass er mit seinen Zähnen die zwei Knöpfe meiner Bluse abreißt und dann ausspuckt, genau so wie der Mann da oben im Fernsehen, der es ebenso tut.

Einen Augenblick lang bin ich erstaunt, dass die beiden dasselbe tun. Aber ich schaue den Film nicht so sehr an, denn ich bin zu emotional geladen, zu vertieft in das, was Hartmut mit mir ausprobiert. Ich schließe die Augen und lasse mich treiben, nur hin und wieder sehe ich das Paar an, um festzustellen, ob sie noch dran sind und ob Hartmut sich noch daran hält, oder ob er mit seiner Selbstdarstellung begonnen hat.

Die Frau ist wahrscheinlich nicht ganz normal, denn sie stößt plötzlich einen starken Schrei aus. Nach einer langen Zeit sanfter Gleichgültigkeit unter den Liebkosungen des Mannes scheint sie wie verrückt geworden. Was ist mit ihr los? Muss ich jetzt auch so schreien? Ich komme mir lächerlich vor und möchte mich endlich von diesem blöden Film befreien.

Ich stoße einen schwachen Schrei aus. Hartmut lacht über den Kontrast. Ich glaube, er schüttelt sich vor Lachen und das ist schön, denn es unterscheidet ihn von dem Mann im Fernsehen. Auch die übertriebenen Laute des Mannes versucht er jetzt nicht mehr nachzumachen. Aber sonst fährt er genauso wie im Film fort. Er küsst meinen Hals, meine Ohren, meine Lippen mit hartnäckigem Genuss, wie ein Besessener. Heftig, in atemloser Neugierde, zieht er mich aus. Aber dann haben wir das erste Problem: Ich soll mich auf die Stühle legen, genauso wie die Frau, die auf der Couch langgestreckt mit aufgespreizten Beinen liegt. Nur kann ich es nicht, weil es kaum Platz gibt. Meine Beine bleiben zusammen. Hartmut sagt nichts, aber ich sehe an seinem Gesicht, dass er zornig auf mich ist, weil wir diesen Teil des Films nicht spielen können.

Der Mann im Fernsehen untersucht mit einer Taschenlampe die Vagina der Frau. Aber auch das können wir nicht machen, denn wir haben keine Taschenlampe und ich kann meine Beine sowieso nicht aufspreizen, um Hartmut meine Vagina zu zeigen.

Hartmut, der Mann, den ich liebe, mein Verführer, steht plötzlich auf und sagt entschlossen: „Ich habe eine Idee: Wir werden uns den Film in Ruhe anschauen und dann können wir alles zwischen uns nachträglich geschehen lassen. Ich schreibe mir in mein Notizbuch alle Einzelheiten, damit wir nichts vergessen. Du kannst auch schreiben, wenn du willst. Einverstanden?"

„Ja, ja. Aber warum müssen wir uns immer nach einem Muster richten? Warum nicht frei lieben?"

„Du hast bisher gerne mitgemacht, oder nicht?"

Wir sitzen jetzt vor dem Fernseher und schauen uns den Film sehr konzentriert an. Hartmut hat sein Notizbuch und schreibt eifrig, alles was er sieht, alles was die beiden tun und was wir nachträglich auch tun werden. In Memoriam, im Gedenken an... An wen überhaupt?

Ich finde nicht, dass unsere körperliche Annäherung vor ein paar Minuten uns etwas näher gebracht hätte. Wir sitzen hier so getrennt, unverbunden. Er mit seinem Notizblock in der Hand und mit seinem konzentrierten Blick auf die beiden, mit seiner stummen Zurückhaltung mir gegenüber. Ich finde es furchtbar, dass er trotz seiner sexuellen Erregung so gesammelt, verhalten und kaltblütig schreiben kann.

In der Zwischenzeit, während ich bei ihm sitze und mir ebenfalls den Film anschaue, erinnere ich mich an den ganzen Verlauf unserer Beziehung, an meine vielen Anstrengungen, Gemeinsamkeiten mit ihm zu schaffen, auf der Arbeit mit ihm zu sprechen, ihn in seiner Wohnung zu besuchen und später zu meinem Apartment zu locken. Ich lief ihm immer hinterher, schon als wir uns kennen lernten.

Als er seinen Jahresurlaub anmeldete, kämpfte ich verzweifelt um eine Verabredung mit ihm. Ich sagte zu ihm: „Geben Sie mir bitte Ihre private Nummer. Ich kann Sie anrufen und dann könnten wir uns irgendwann treffen."

Er sagte trocken und distanziert: „Ich werde sowieso verreisen."

Er wollte mir seine Telefonnummer nicht geben, wie ein Mädchen, das Angst vor einem lästigen Verehrer hat. Aber später fand ich seine Nummer auf der Liste unserer Mitarbeiter und telefonierte mit ihm.

An dem Tag hatte er Langeweile, nehme ich an, denn er reagierte auf mein erneutes Angebot uns zu sehen einigermaßen freundlich. Wir gingen zusammen ins Kino und dort geschah unsere erste körperliche Annäherung. Bei einer Liebesszene bekam er Lust, einige der gezeigten Sequenzen mit mir zu wiederholen. Gerade das brachte mich auf die Idee

des Fernsehfilms, um seine Trägheit und Gleichgültigkeit zu besiegen.
Damals waren es nur ein Händedruck und ein paar Küsse, damals, als wir im Kino saßen. Jetzt ist es viel mehr. Ich sitze fast nackt neben ihm und habe das Gefühl, als hätten wir schon den Liebesakt miteinander erlebt, vielleicht weil die anderen zwei im Fernsehen ihren eigenen schon mehrmals bis zur Sättigung vollbracht haben. Was bleibt uns noch? Alles ist bereits passiert.
Ja, die Rollen haben sich vertauscht. Die Frauen bekommen jetzt keine Blumen, sie werden auch nicht zum Essen oder ins Theater eingeladen, manche müssen sogar den Partner unterhalten. Ich bin eine emanzipierte Frau, ich habe studiert und arbeite. Aber was hilft mir das? Meinem vorhergehenden Freund bin ich auch nachgelaufen. Ich tippte viele Manuskripte für ihn, gab ihm kostenlos Musikstunden, kaufte viele Geschenke für ihn und seine Familie. Manchmal hatte ich das Gefühl, dass er leicht zum Gigolo werden könnte, obwohl wir gleichaltrig waren. Ich machte die Liebeserklärung, ich schrieb die langen Briefe, ich lud ihn zum Essen ein, wenn er kein Geld hatte. Am Ende schwängerte er eine Minderjährige und musste sie heiraten.
Das war der Schluss der romantischen Liebe einer sehr emanzipierten und trotzdem hilflosen Frau. Wer gratuliert mir zum Geburtstag? Wer nützt alle Möglichkeiten, mit mir zu sprechen, um Probleme und Freuden mit mir zu teilen? Wenn ich irgendwie eine Liebesstunde erleben will, muss ich mich wie jetzt auf allerlei Schwierigkeiten einlassen.
Ich habe die Getränke vorbereitet, wie es in den Romanen gewöhnlich die Männer tun, wenn sie eine Frau verführen wollen. Ich habe ihm durch viele Fragen mein Interesse an seinem Schach, seiner Arbeit im Betrieb und seiner Schwester

gezeigt, Fragen über ihre Lungenentzündung und ihre letzte Klausur und seinen Erfolg im Schachturnier. Ich habe ihm den Kuss gegeben, als er noch zögerte. Aber was nützt mir das alles? Ist das vielleicht die Strafe, weil ich alle Tabus gebrochen habe? Warum muss ich immer seine Bedürfnisse befriedigen und nicht an meine eigenen denken? Es ist bestimmt ganz verkehrt. Ich habe ihm zu Essen gegeben, weil er Hunger hatte, und sogar diesen ekelhaften Film habe ich abgewartet, um ihn aus seiner sexuellen Apathie zu wecken.

Er

Es ist sehr ärgerlich, dass ich jetzt schreiben muss. Dieser andere Mann hat die Frau in seinen Armen und ich nur den Kugelschreiber in der Hand. Die Unterbrechung ist tödlich, allmählich vergeht mir jede Lust auf Sex, die ich vor ein paar Minuten noch hatte. Es war ein Fehler von mir zu denken, dass wir uns alles nachträglich holen können. Es macht keinen Spaß mehr, wenn es nicht im selben Augenblick passiert. Was habe ich von einer toten Befehlsliste, wenn die anderen zwei nicht mehr da sind, um zu agieren? Ich glaube, ich werde dieses Papier zerreißen und weggehen.
Aber Esther sitzt ganz nackt neben mir... Wie kann ich sie so verlassen? Es wäre sehr plump und unhöflich von mir, außerdem könnte sie dann im ganzen Betrieb das Gerücht verbreiten, dass ich impotent bin. Ich traue es ihr zwar nicht zu, sie scheint diskret und reserviert zu sein, aber man kann nie sicher wissen, inwieweit sie das weitererzählt. Deshalb wollte ich nichts Intimes mit ihr haben: Ich mag es nicht unter Arbeitskollegen. Aber sie zwingt mich, sie zwingt mich... Sie hat mir keine Ruhe gegeben, bis ich in die Falle getappt bin. Wenn ich nichts mit ihr anfange, ist es schlecht für meinen Ruf

als Mann, und wenn ich etwas anfange, dann ist es mit Risiken verbunden.
Die anderen Frauen im Betrieb würden mich bemitleiden oder ironisch anlächeln, weil sie mich „gefangen" hat. Ich will nicht geangelt werden wie ein Fisch, ich schätze meine Freiheit zu sehr. Sie könnte zum Beispiel vortäuschen, dass sie die Pille nimmt und dann ein Kind von mir bekommen. Ich muss aufpassen und mich nicht verführen lassen. Wenn überhaupt, dann muss es mit einem Kondom geschehen, auch wegen Aids.
Auf der einen Seite will ich mich verführen lassen und auf der anderen nicht.
Ich muss zugeben, dass ich sexuell nicht besonders aktiv bin. Die ganze Angelegenheit ermüdet mich, schwächt meine Konzentration, betäubt mich und macht mir wenig Freude. Es gibt andere Dinge, die ich viel lieber tue: Rad fahren, Schach spielen, an Intelligenzwettbewerben teilnehmen, Obst essen, kalte Duschen nehmen, in der Theatergruppe mitarbeiten, kranke Menschen besuchen und trösten. Ich rede gern über den Tod und über Krankheiten, Bettgeschichten interessieren mich weniger. Vielleicht hätte ich Priester werden sollen. Andererseits ist es wahr, dass ich schon seit zwei Jahren sexuell versorgt bin, und deshalb brauche ich es weniger als andere. Immer wenn ich Sex haben will, gehe ich zu Marita. Sie ist fünfundvierzig, Witwe, und immer dankbar, wenn ich mich an sie erinnere. Sie stellt keine Ansprüche, weil ich fast 20 Jahre jünger bin als sie. Es ist eine wunderbare Beziehung ohne Verpflichtungen und, ehrlich gesagt, möchte ich meine Kräfte nicht anderweitig an andere Beziehungen verschwenden. Eine reicht mir. Ich habe nicht die arabische Ader oder die Don-Juan-Mentalität in mir. Mir viele Frauen wünschen? Warum denn? Alle haben ungefähr das gleiche

und die Verschiedenheiten der Charaktere bringen nur Probleme mit sich.
Vielleicht sollte ich Esther sagen, dass ich schon eine Verlobte habe und nicht frei bin. Dann würde sie mich in Ruhe lassen, und auch im Betrieb würde sie wenig über uns reden können. „Ja, sie wohnt im Dorf meiner Mutter. Im Januar haben wir uns verlobt. Ich besuche sie jedes Wochenende, deshalb kannst du mich am Wochenende telefonisch kaum erreichen."
Trotzdem ist es eine verdammt komplizierte Angelegenheit, jetzt damit anzufangen; gerade wenn sie nackt ist. Es wäre taktlos und gemein. Ich warte lieber ab; vielleicht kommt sie selbst auf die Idee sich anzuziehen, und dann sparen wir uns diese unangenehme Szene.
Die Schweinereien im Film... Ich würde sie schon gern mit ihr machen. Was tun sie denn da? Was schreibe ich? Sie hat bisher so schön mitgemacht und ich war vor ein paar Minuten so erregt! Sie hat sogar eine gewisse Ähnlichkeit mit der Schauspielerin. Beide haben fast die gleiche Figur, nur die Brüste sind anders.
Die zwei vom Film toben sich jetzt in der Badewanne aus. Eine Mischung aus Gesang und Geschrei wird hörbar. Sie streichelt sein Glied. Ach, ich kann nicht weiter so sitzen und nur beobachten!
Er hebt die Frau und trägt sie in seinen Armen in das andere Zimmer. Dort legt er sie auf einen Tisch.
Das ist eine sonderbare Idee! Ich habe Marita noch nicht auf einen Tisch hingelegt, und auch nicht meine ersten zwei Freundinnen nach dem Militärdienst.
Er leckt und küsst ihren ganzen Körper. Ja, das kann man so schreiben. Ich müsste sofort aufstehen und den Tisch vor den Fernseher stellen, dann könnten wir diese Szene auch nachmachen. Aber ich glaube, Esther ist sauer auf mich, weil

ich nur den Film verfolge, weil ich ihr keine Liebesworte sage und sie kein einziges mal angeschaut habe. „Komm', Esther! Wir machen das mit dem Tisch." Was würde sie darauf antworten? Soll ich es vielleicht doch versuchen, um sie zu provozieren und richtig zu ärgern, damit sie sich endlich anzieht und ich weggehen kann? Aber, wenn sie „Ja" sagt, dann bin ich endgültig verloren, denn ich kann mich nicht mehr bremsen. Ich will vernünftig sein und nichts tun, was wir später bereuen könnten.

Ich weiß, ich argumentiere wie eine keusche Frau, die Angst hat, verführt zu werden. Aber alles sind unnötige Verwicklungen, die man sich sparen kann, körperliche und seelische Abhängigkeiten, für die man später einen zu hohen Preis bezahlt. Ich mag meine jetzige Lage und ich sehe nicht ein, warum ich sie verändern sollte.

Sie

Ich glaube, am Ende werde ich aufstehen und den Fernseher einfach abstellen, egal ob er wütend auf mich wird oder nicht. Ich kann es nicht länger ertragen, dass ich nur wie ein Lustobjekt, ein Spielzeug behandelt werde. Er sollte sich mehr Mühe geben, mir Schönes sagen, eine persönlichere Atmosphäre schaffen, Leben und Schönheit in unser Zusammensein bringen.

Mein Gott, wie die Frau auf dem Tisch schreit! Ich möchte auch so schreien und gleichzeitig den beiden eine Ohrfeige versetzen, weil sie sich so unverschämt vor uns zeigen. Ich bin sehr gespalten und total unfähig zu wissen, was ich wirklich will. Ich möchte, dass er alles mit mir tut, was wir uns zusammen ansehen. Gleichzeitig erfasst mich das kalte Grauen, wenn ich daran denke, dass der Film bald zu Ende

gehen wird und er alles mit mir tun könnte, was auf seinem Zettel steht, zynisch, ohne Liebe, wortlos wie bisher. Mein Herz pocht unruhig und meine Wangen brennen durch die Wirkung des Martinis und die Aufregung, weil ich gedanklich schon den nächsten Minuten seiner Berührung entgegeneile.
Ich komme mir lächerlich vor, während ich warte. Meine Unterwäsche liegt am Boden verstreut, während er noch ganz angezogen da sitzt, wie ein höherer Beobachter des Geschehens, der sich nicht so intensiv wie ich daran beteiligt hat. Warum diese Unterschiede? Ich müsste ihn auch ausziehen, damit wir auf einer Gleichheitsebene stehen. Aber ich wage es nicht, ich bin doch nicht so befreit und emanzipiert, wie ich dachte. Warum zieht die Frau nicht den Mann aus? Warum bin ich von dem Muster der Unterwerfung und Sklaverei im Grunde fasziniert? Ist meine Erziehung schuld daran oder ist es meine eigene Natur? Ich möchte ihm zeigen, dass ich auch eine Persönlichkeit habe und mit der jetzigen Situation nicht zufrieden bin, dass es frustrierend für mich ist, diese Wartezeit und seine unmenschliche Trockenheit erleben zu müssen.
Ja, ich muss ihm sagen: „Ich habe schon vieles aufgegeben von dem, was unsere Vorfahren für heilig und wichtig hielten. Ich verlange kein Zukunftsversprechen von dir, aber wenigstens einen kurzen Augenblick des Glücks und der Selbstbestätigung meiner Sexualität."
Aber je mehr wir schweigen, desto schwieriger fällt es mir zu reden. Außerdem bin ich so voll Sehnsucht nach seiner Nähe, die ich bisher nur tropfenweise gekostet habe, dass... Ich bin so neugierig auf all das, was er bald mit mir tun wird, und ich möchte es nicht mit Worten zerstören, die ihn vielleicht endgültig von mir abstoßen würden.

Unsere Nähe, so scheint es, muss sich wie im Spiel, wie eine Nachahmung und Abschrift gestalten. Sonst würde er, ich weiß nicht aus welchen Gründen, vor einem Geschlechtsverkehr mit mir zurückschrecken. Warum nicht nachgeben und es so akzeptieren?

Die Männer haben auch ihre Probleme. Wir Frauen sind heutzutage sehr verständnisvoll und denken viel an die Schwierigkeiten des anderen Geschlechts. Die Männer können nicht weinen und ihre eigenen Emotionen zeigen. Der Arme braucht Hilfe, er soll sich als erstes an mich gewöhnen, bevor er mich lieben kann.

Er ist viel interessanter als mein erster Freund, er ist arbeitsam, intelligent und hat viel Geld gespart, wie wir alle im Betrieb wissen, und er ist unverheiratet. Es lohnt sich, dass ich es bis zum Ende versuche. Was habe ich sonst? Einsame Nächte in meinem Zimmer, Besuche von Verwandten und Freundinnen, langweilige Urlaubswochen alleine. Meine blassen Orgasmen sind wie künstliche Pflanzen, die ohne das richtige Leben eingehen, die nur durch viele Anstrengungen in monologischer Selbstbefriedigung entstehen. Ich kann es nicht mehr ertragen.

Seitdem wir uns kennen, seit einem halben Jahr, habe ich das Gefühl, dass wir trotz Anfangsschwierigkeiten ein wunderbares Paar werden könnten. Wir könnten uns gegenseitig aufbauen; ich hätte auch nichts dagegen, Kranke zu besuchen, wenn es ihm Freude macht, weil er gern Arzt geworden wäre.

Um Gottes Willen! Was macht er jetzt? Er schreibt nicht mehr. Ich vermute, dass der Film zu Ende gegangen ist, denn ich höre auch keine lustvollen Laute mehr. Ich schlage meine Augen auf. Tatsächlich, jetzt läuft nur Reklame über eine Schokoladenmarke, die ich nicht entziffern kann, und dann

ganz schnell über Knoblauchtabletten, die besonders gut für den Kreislauf sein sollen.
Die große Spannung ist da. Was wird nun geschehen? Meine Hand zittert wie damals bei der Abiturprüfung.

Er

Die verdammten Reklamen gehen mir auf die Nerven, es ist wie eine kalte Dusche. Und gerade jetzt muss ich meine Potenz unter Beweis stellen? Nein, ich muss nichts, noch bin ich ein freier Mann, noch bin ich unkompromittiert, unschuldig, noch nicht verführt worden. Quatsch, ich bin nicht stolz auf meine Tugend! Nein, ich bin nicht stolz darauf, dass der Beischlaf zwischen uns nicht stattgefunden hat. Ich bin eher hysterisch und am Rande eines Zusammenbruchs, weil ich es mir auf der einen Seite wünsche, dass ich meinem Körper diese Freude des Beischlafs mit ihr verschaffen könnte.
An eine Seele glaube ich kaum, aber an meinen Körper schon, und warum sollte er Entbehrungen erleiden? Der Film hat mich verdreht und sonderbare Bedürfnisse in mir geweckt. Marita ist im Moment zu weit weg, es dauert bestimmt eine Woche, bis wir uns wieder sehen. Sollte ich nicht doch nach diesem Ehrungsgeschenk greifen, das die beiden Frauen, die eine im Zimmer und die andere im Fernsehen, mir so freigebig vor die Füße gelegt haben?
Was mache ich jetzt mit dem Zettel? Und mit Esther, die in einer Art Striptease-Schlummer ohne Bewegung immer noch nicht aufhört, mir die interessantesten Teile einer Frau zu zeigen? Sie schaut mich so verliebt an. Sie wäre sehr unglücklich, wenn ich jetzt ginge, ohne sie noch einmal zu streicheln.

Ich möchte aufstehen und endlich den Fernseher abstellen. Die Reklame würden jede Form der Kommunikation zwischen uns vergiften.
Was sehe ich gerade? Sie ist im selben Augenblick wie ich aufgestanden, und ihre Hand hebt sich in Richtung Knopf mit der gleichen Absicht und im gleichen Tempo wie meine eigene Hand. Wenigstens in diesem Punkt haben wir uns verstanden, der Apparat ist uns lästig geworden. Sie hat den Fernseher abgeschaltet, und ich sage erschöpft zu ihr: „Danke, danke!"
Durch ihre plötzliche Handlung ist eine wohltuende, aber für uns gleichzeitig verunsichernde Dunkelheit im Raum entstanden. Unsere Augen waren an die bisherige helle Beleuchtung gewöhnt, jetzt müssen sie sich zurücknehmen und sich an die neuen Verhältnisse anpassen.
Als Esther zu ihrem Platz zurück möchte, stolpert sie leicht über meinen Stuhl, meine Hand fühlt unbeabsichtigt ihr Bein und ihre rechte Hüfte. Ja, sie ist die Frau für den Tastsinn. Ich kann endlich meine Augen zur Ruhe kommen lassen und mich auf das andere konzentrieren.
Sie sagt sehr schnell und außer Atem: „Ich werde mich anziehen und du gehst weg. Wirf den Zettel fort. Ich mag nicht so wie bisher weiter machen. Es hätte sehr schön zwischen uns sein können, aber irgendwie ist es hässlich geworden. Ich möchte diesen Pornofilm nicht fortsetzen."
Wieso nicht? Es kommt ein bisschen spät, ihre puritanische Wendung. Bisher war sie mit allem einverstanden. Sie hatte extra den Film laufen lassen, um mich zu reizen. Sie hat mich verfolgt, mich wild gemacht. Sie hatte bisher nichts gegen den Film, es war alles in Ordnung... Und jetzt will sie in der allerletzten Sekunde flüchten.
Es ist typisch Frau: Inkonsequent, unloyal. Zuerst spielt sie die Rolle der befreiten, ebenbürtigen Partnerin des Mannes, die

ganz genau weiß, was sie will, und dann macht sie einen feigen Rückzieher wie eine beleidigte Dame der alten Generation. Es lohnt sich wirklich nicht, mit Frauen zu verkehren. Damals wussten die Männer wenigstens, wie sie sich zu verhalten hatten, denn sie konnten sehr gut zwischen der Hure oder der hartumkämpften Braut unterscheiden. Ich habe es satt mit dieser Unsicherheit und Verschwommenheit in den Beziehungen. Entweder will sie Sex haben oder nicht!
Ich wollte mich gerade auf sie konzentrieren. Den Zettel hätte ich sowieso weggeworfen. Es widerstrebt mir, mich von ihr zu trennen. Ich bin... Ich war plötzlich weich und nachgiebig. Wenn sie nur ein wenig geduldig gewesen wäre und Verständnis für meine Anfangsschwierigkeiten gezeigt hätte!

Sie

Der Zauber ist gebrochen. Ich habe die entsetzlichen Worte ausgesprochen, als nächstes muss ich den Fehler meiner Nacktheit rückgängig machen und ihn zur Tür begleiten, wenn er gehen will. Ich kann mir selbst doch nicht widersprechen und unglaubwürdig sein. Aber ich ziehe mich noch nicht an, noch warte ich.
Würde er mich bloß festhalten! Warum umarmt er mich nicht? Muss ich immer diejenige sein, die sich für diese Beziehung anstrengt und kämpft? Er kann wahrscheinlich ohne Fernsehen nicht sein, typisch für unsere Zeit... Deshalb ist diese Leere und diese Stille zwischen uns entstanden. Als ich es abstellte, schien er erleichtert, aber dann ist er unbeweglich und apathisch geblieben. Nur aus Versehen hat seine Hand meine Hüfte gestreift. Nichts, nichts hat er versucht... Nur immer geschrieben und geschrieben.

Ich hasse ihn aus mehreren Gründen, weil er sich nicht artikulieren kann, weil er trottelig und impotent ist, weil er nichts tut und zu faul ist, um für unser Glück zu arbeiten. Und das soll ein junger Mann sein! Fünfzig- und Sechzigjährige haben bestimmt viel mehr an körperlicher und seelischer Energie. Dieser hat sich bloß bei mir bedankt, aber er sagt nicht wofür. Ist es, weil er sich kurz bei mir ausgetobt hat, ohne sich viel daran zu beteiligen? Oder ist es, weil nichts passiert ist, was wir bereuen könnten?
„Sag mal, Hartmut, warum hast du dich gerade bei mir bedankt?"
„Weil du die Reklame weggemacht hast. Es war wirklich zu lästig. Aber ich dachte, du hättest es schon verstanden!"
Er scheint etwas geschockt zu sein, dass ich das nicht verstanden habe, und ich bin meinerseits geschockt, dass er so viel Wert auf diese Sache gelegt hat. Für die vielen Stunden, die ich in diese Beziehung investiert habe, hat er sich nie bedankt. Für den Sherry, für das Essen, für meine Küsse und das Zittern meiner Glieder unter seinen Händen hat er nicht „Danke" gesagt. Er hat nur gekostet und genommen. Für meine Anrufe und meine Fragen nach der Gesundheit seiner Schwester hat er sich auch nie bedankt, er ist ein höchst unhöflicher Mensch. Nur jetzt und im falschen Augenblick kommt er damit, bloß weil die Reklame ihm zu lästig war. Er erwartet womöglich noch von mir, dass ich mich für seinen Dank bedanke und dass ich mich entschuldige, weil ich ihn nicht verstanden habe. Vielleicht sollte ich mir tatsächlich einen älteren Mann suchen, der meine Qualitäten besser schätzen würde.
„Was ist los mit dir, Esther? Du bist verärgert, wie ich sehe. Was habe ich denn Falsches getan? Ich wusste nicht, dass du

so sehr auf deine Tugend bedacht bist. Du kannst dich natürlich anziehen, wenn du das andere nicht möchtest."
Die Sprache unserer Zeit! Diese verdammte Zeit, in der wir leben! Entweder du willst es oder du willst es nicht? Immer werden nur Kernalternativen angeboten ohne Aussage über Nuancen oder Umstände, kein Wort über das „Wie" oder „Wie lange", nichts über das „Wie weit" und „Wie viel". Das ist die Teenager-Sprache der jungen Leute. Willst du es oder willst du es nicht? Ich komme mir sehr alt und reif vor, denn ich habe mich gerade auf Nuancen spezialisiert.
Hartmut beschwert sich weiter über mich mit seinem anklagenden Ton: „Ich dachte, bisher waren wir uns einig. Ich hätte dich nie zu etwas gezwungen. Ich dachte, du wärest mit mir einverstanden. Wir hatten Spaß an dem Film, und dann mussten wir ihn unterbrechen, weil... Du weißt warum, die schlechte Platzierung deiner Möbelstücke. Wenn das Bett vor dem Fernseher gestanden hätte, dann hätten wir es nicht verschoben. Sag mir, bist du irritiert, weil wir es verschieben mussten oder weil wir überhaupt damit angefangen haben?"
Mir ist nur eines klar, dass ich mich nicht von ihm trennen möchte, dass ich nicht wieder allein sein möchte, deshalb bleibt mir keine Kraft mehr übrig, um nach meinen Kleidungsstücken zu suchen. Ich setze mich wieder hin und zögere den Augenblick hinaus. Außerdem ist es sehr dunkel im Raum und ich müsste das Licht anmachen, um meine Bluse und meinen Schlüpfer zu finden. Nur Hose und Pullover scheinen in meiner Nähe zu sein.
Übertrieben langsam beginne ich, meine Hose vom Boden zu aufheben, sie zu betasten und einen kleinen Teil meines Körpers damit zu bedecken. Aber ich habe wirklich nicht die Absicht, meine Glieder vor ihm zu verheimlichen und makellos angezogen vor ihm zu stehen. Das könnte ich sowieso nicht,

es wäre eine Ironie meiner bisherigen totalen Offenbarung. Ich bin schließlich ehrlicher als er, der immer noch seine Kleidungsstücke anbehält.
Resigniert, gebe ich nur zu: „Das Verschieben war sehr hässlich."
Meine Antwort scheint in seinem Sinne zu sein und stimmt ihn versöhnlich. Er nickt verständnisvoll: „Ja, das Verschieben war ärgerlich, das haben wir gleich empfunden. Aber das heißt doch nicht, dass ich ein Verbrechen an dir begangen habe, oder?"
Die Kernalternativen lauten jetzt: Verteidigung und Angriff oder keine Diskussion mehr, sondern erneut den Kontakt mit ihm versuchen.

Er

Das Argumentieren ermüdet mich. Ich will keinen zu irgendetwas überreden wie ein Vertreter, der sein Produkt anpreist. Ich bin mir nicht so sicher, dass ich noch Lust zur Liebe hätte. Aber es ärgert mich schon, nach so viel Vorbereitung auf diese Möglichkeit verzichten zu müssen. Das Knistern ihrer Wäsche erinnert mich daran, dass sie mir ihren Körper entziehen könnte.
Was, wenn es zu Ende geht und im Betrieb davon erzählt wird? Was, wenn es weitergeht und auch davon im Betrieb erzählt wird? Nein, in beiden Fällen wird sie nichts erzählen, einfach weil sie mich zu gerne hat. Ich kann eitel sein und es behaupten. Die Firma ist nicht wichtig, sondern nur unser Zusammensein.
Ich kann sie kaum sehen. Ich weiß nicht, ob sie ihre Kleidungsstücke schon gefunden hat oder nicht. Ich glaube, ich mache am besten das Licht an. Bisher war sie nur für den

Tastsinn gedacht, aber jetzt, da die Frau im Fernsehen nicht mehr ist, möchte ich ihre Gegenwart auch optisch genießen.

Sie

Er hat das starke Licht meiner Lampe angemacht und ich schrecke ein wenig vor dieser neuen Veränderung in unserer intimen Atmosphäre zurück. Er schaut mich sehr intensiv – so wie bisher die Frau im Fernsehen - an. Seine Augen beschäftigen sich jetzt nur mit mir.
Mein Gott, was war das schwer, diesen Mann zu bekommen! Und ich kann noch nicht die Behauptung aufstellen, dass es uns etwas näher bringen wird. Mit einer Mischung aus Erregung und Erschöpfung werde ich ins Bett unter seinem Gewicht umfallen. Mein zweiter Freund, meine große Liebe! Die Nuancen... Wie? Wie lange?
Er zerreißt den Zettel und murmelt mit einem Lächeln: „Ich habe alles im Kopf, was wir beide tun können."

Schwache, starke Tochter

Als die Mutter starb, war Davina Espejo untröstlich wie noch nie zuvor in ihren 45 Jahren. Sie konnte sich nur mit einem unerschöpflichen Heimweh an die mit ihr verbrachten schönen Stunden erinnern, und alle übrigen Beziehungen schienen ihr unvollkommen, unvollständig im Vergleich dazu. Wie war es möglich, so einen Verlust zu überleben? Der so lebendigen, ewig anmutenden und wunderbaren Gestalt, die immer an ihrer Seite gestanden hatte, würde sie auf Erden nie wieder begegnen können, nur als Erinnerung oder als Traum.
Die anderen versuchten, ihren Schmerz zu mildern, indem sie die üblichen Aussagen machten, dass es Naturgesetz sei, dass die Eltern gewöhnlich und gerechter Weise früher als die Kinder sterben müssten. Aber mit strenger Hartnäckigkeit ließ sie sich vom Trauern nicht abbringen. Es war ihr gutes Recht, wenigstens im ersten Jahr uneingeschränkt und grenzenlos um die Mutter zu trauern. Sie bat um Respekt für die Einmaligkeit des ihr Geschehenen, denn jeder Mensch hatte seine eigenen Toten, und die waren unwiederholbar, auch wenn der Tod sich insgesamt so alltäglich, undifferenzierend und anonym überall verbreitete.
„Ich kann nicht so tun, als wenn nichts gewesen wäre. Lasst mir wenigstens dieses erste Jahr, lasst mich an sie denken."
Sie dachte immer wieder an sie und hatte eine ungeheure Angst, ein so hartes Geschöpf wie all die übrigen Menschen zu werden und sie am Ende gänzlich zu vergessen.
Sie hätte gerne mit ihrem Lebensgefährten über die Mutter gesprochen, aber August, ein sehr reservierter Mann aus Schweden, der noch dazu ein Hypochonder war, nur um die eigene Gesundheit bekümmert und gefühlsmäßig wenig

entwickelt, mochte nicht über den Tod reden. Das Geplauder spanischer Frauen über Gefühle irritierte ihn und er konnte nicht umhin, sich wenig empfänglich und solidarisch zu zeigen, wenn sie wieder mit ihrer Litanei der Reue und des Unglücks begann.
„Warum musste sie so jung sterben? Andere sterben mit 92 oder sogar mit 100. All die Mütter meiner Freundinnen leben noch und sind über 90, während meine arme, gute, die so lebensbejahend war, die sich vorgenommen hatte, so viele Jahre zu leben..."
„Aber andere sterben viel früher", relativierte er kurz und hart.
„Sie war schon in einem beträchtlichen Alter."
„Nicht genug für mich, nicht genug", sagte sie mit Tränen in den Augen. „Ich beneide meine Freundinnen um die Lebensverlängerung ihrer Mütter. Warum konnte ich das Leben meiner Mutter nicht wenigstens um drei oder vier Jahre verlängern? Habe ich sie nicht gut genug gepflegt? Habe ich sie in den letzten Monaten vielleicht zu allein gelassen, weil ich gar nicht ahnte, dass sie so krank war, und auch die Ärzte den Anschein gaben, als würde sie uns nie verlassen?"
„Quäle dich nicht unnötigerweise", sagte August, der Wirtschaftsmensch, irritiert. „So hat sie weniger gelitten."
Dieses Argument so voll von praktischer Vernunft war tödlich für Davina, denn alle wiederholten mehr oder weniger das gleiche: „So hat sie weniger gelitten. So hast du auch weniger darunter leiden müssen. Es war das beste für alle."
Sie ertrank in der Gleichgültigkeit der so lebenstüchtigen Menschen, die immer nur daran dachten, den Karren weiter zu ziehen, Leben, Leben - egal wie. Was sonst sollte man tun?
August war wenigstens kein fanatischer Lebensprediger. Aber er schwieg meistens und unterdrückte dadurch ihr Mitteilungsbedürfnis. Er war wie eine Mauer. Es lag auch ein

gewisser Vorwurf in seiner Haltung der Distanz und des Nichtverstehen-wollens: „Unsere Beziehung sollte dir wichtiger sein als alles andere. Warum hängst du nur den alten Erinnerungen nach?"
Diese Eifersucht auf die Toten konnte sie noch einigermaßen begreifen und sie für sehr menschlich erklären. Sie selbst hatte es jahrelang als traurig empfunden, dass ihre Großmutter immer nur für ihre nostalgischen Erinnerungen an den Großvater lebte, und auch, dass die Mutter - obwohl weniger - manchmal in Zustände der Sehnsucht nach ihrem Vater verfiel und sich ihr verschloss. Wenn jemand starb, reichte die Gegenwart der noch Lebenden nie ganz aus, um die Lücke zu füllen. Aber Davina ärgerte sich vor allem über die Passivität ihres Partners, der nie eine Anstrengung unternahm, sie innerlich zu begleiten, ihre noch vorhandenen Glücksmechanismen zu bestärken und sie zu neuem Leben zu erwecken.
Mit ihrer besten Freundin, Adela, sprach sie manchmal darüber, mehr über den Tod der Mutter als über die Passivität des Partners.
„Wir waren so sehr aneinander gewöhnt, und in den letzten Jahren verstanden wir uns so gut und mühelos. Sie war nie schlecht gewesen, aber im Alter änderte sie sich noch mehr zum Positiven. Sie lernte, lernte viel mehr als all die jungen Menschen zusammen, die ich kenne. Sie wurde klug, einsichtig, sanft und uneigennützig. Sie wollte mich nur glücklich machen, das war ihr ganzes Bestreben. Sie sah alles nur durch meine Augen, gehorchte meinen Vorschlägen und Anregungen und lobte mich ständig. Ich fühlte mich sehr stark für sie verantwortlich, denn sie hatte keinen anderen Menschen in dieser Stadt. Als sie allmählich kränklich und hilflos wurde, war sie mir wie ein Kinderersatz, beides Mutter

und Kind zugleich. Ihre Freude, jedes Mal, wenn sie mich sah und mit mir sprach, war unbeschreiblich. Sie sprang fast vor Freude, wenn sie erfuhr, dass ich ein paar Urlaubstage hatte, die ich teilweise mit ihr verbringen würde."

Ja, das war der Punkt: So eine echte und rührende Freude hatte sie bei August nie wahrnehmen können, deshalb, wenn sie die zwei Beziehungen miteinander verglich, litt sie vor lauter Wut und Enttäuschung an Atemnot und Schlaflosigkeit in der Nacht. Die Ärzte gaben ihr Beruhigungstabletten, und zwei Monate lang konnte sie nicht arbeiten gehen. Sie lag meistens im Bett, niedergeschlagen und depressiv, in einer Art künstlichen Schlafs voller Albträume, in denen sie oft die tote Mutter sah, die sie nicht hatte retten können.

Die spanischen Ärzte waren verständnisvoll. In Deutschland hätte sie bestimmt nicht so viele Tabletten bekommen, schrieben die zwei Cousinen, die in Hamburg wohnten.

Auch die Freundin Adela war in den ersten Tagen sehr verständnisvoll und mitfühlend. Bei der Totenwache und der Beerdigung verhielt sie sich einer Schwester gleich. Sie fielen sich in die Arme und weinten ununterbrochen. Adela hatte die Mutter der Freundin geschätzt und vor allem dachte sie an ihre eigenen Toten und an die Angst vor dem ihr noch Bevorstehenden. Aber da merkte Davina eine schnelle Veränderung. Nach der Beerdigung erschöpfte sich Adelas Interesse an dem Tod rasch und sie flüchtete sich in andere Themen oder sie hielt sich absichtlich von Davina fern, da sie wusste, dass diese im Moment nur von dem Tod reden wollte. Es war das allgemeine Verhalten, Tabuisierung, Unverständnis. Auch in Spanien, trotz einer höheren Zahl von ritualisierten Szenen als in anderen Ländern - Totenwache, telefonische oder schriftliche Anteilnahmen, Totenmessen und so weiter -, musste man sich früher oder später

zusammenreißen und das furchtbare Ereignis verdrängen, vergessen.
„Ich kann es aber nicht", sagte sich Davina mit Entsetzen. „Wir töten die Toten noch einmal, wenn wir nicht an sie denken."
Sich an die Mutter zu erinnern war für sie instinktiv und kam spontan. Sie war noch überall präsent mit einer eindringlichen und unauslöschlichen Unmittelbarkeit. Aber sie hasste sich schon im Voraus für die Zeit in drei oder vier Jahren vielleicht, in der sie sich nur mit Mühen die Eigenarten, Züge und Handlungen der Mutter ins Gedächtnis rufen würde. Bei dem Vater war es dasselbe gewesen. Die Erinnerung schien am Anfang so unvergänglich, so schreiend und tief verwurzelt! Jetzt aber, nach elf Jahren, war er total weg, von ihr abgeschnitten, und es bestand keinerlei Verbindung mehr zwischen ihnen; etwas was sie nie für möglich gehalten hatte, denn sie hatte ihn ja sehr geliebt.
Es war zweifellos eine der Schöpfung innewohnende Qualität, sich von den Toten früher oder später seelisch zu trennen. Entweder waren es die Toten selbst, die das als eine Befreiung für ihr geistiges Dasein außerhalb der sterblichen Hülle verlangten, oder es waren die Lebenden selbst, die es nicht mehr ertragen konnten, in Trümmern zu leben und auf Vergangenes zurückzuschauen. Würde das auch mit der Mutter geschehen, die jetzt noch so mächtig und unmissverständlich atmete? Auch die Großmutter war völlig verschwunden, gänzlich überwunden und zurückgelassen, wie hundertschichtig begraben und tausendmal getötet. Wann hatte sie sie zum ersten Mal getötet?
„Alles tun wir, um zu überleben."
Der harte Mechanismus des Überlebens, der ihr schmutzig und prinzipienlos vorkam, ekelte sie an, obwohl sie ganz gut

verstand, dass man es - wie all die übrigen Gesetze der Schöpfung - nicht ändern konnte.

Es war ein sehr schwieriges Jahr für Davina, dieses Trauerjahr, das sie unbedingt ohne Geiz und mit vollen Händen der Mutter schenken wollte. Sie war besessen davon nicht zu vergessen. Sie fühlte sich nicht verstanden und entwickelte ein feindseliges, aggressives Verhalten gegenüber allen Argumenten, die man ihr vorbrachte, sowohl den pragmatischen zur Rettung der eigenen Existenz als auch den religiösen, um die Bilder des Jenseits schönzureden.

„Entweder nimmt man sich das Leben oder man siegt über den Tod und versucht, sich davon abzulenken."

„Sie ist jetzt in einer viel schöneren Welt bei Gott und den Heiligen. Ihr geht es viel besser als uns." Nichts überzeugte oder beruhigte sie. Mit nichts war sie einverstanden und sie kehrte immer wieder auf ihren Ursprungsgedanken zurück: „Warum habe ich ihr Leben nicht verlängern können? Wenigstens ein paar Monate... Ich hätte mir Urlaub genommen und ihr meine ganze Zeit gewidmet. Wenn ich es bloß gewusst hätte! Dieser Tod ist nicht von Gott gemacht, sondern vom Teufel, von bösen Umständen, inkompetenten Ärzten und nachlässigen Menschen, die nur Fehler begingen, die ihr nicht die richtige Behandlung zukommen ließen. Andere leben dank einer besseren Pflege noch. Die Mütter meiner Freundinnen sind noch alle da."

Mit den anderen Todesfällen der Familie hatte sie sich leichter versöhnen können, weil sie in letzter Zeit viel gelitten hatten und sich dadurch kein weiteres Leben mehr wünschten. Aber das war bei der Mutter nicht der Fall gewesen. Diese sah trotz einiger motorischer Schwierigkeiten noch gesund und jung aus, und sie stand mitten im Leben, aktiv im Denken und gesprächig mit ihrem vollen, klaren Verstand, der alles umfasste. Sie konnte noch das Essen genießen und nicht nur das, den Anblick ihrer Tochter und allerlei Reize der Außenwelt: Filme, Besuche, Anrufe, Duschen, ein schönes Kleid. Als das Unglaubliche, das Schreckliche geschah, hatte sie noch einige Zukunftspläne, und sie wollte am nächsten Tag etwas erledigen. „Morgen, Morgen... Bis Morgen."

„Nein, Tod war nicht gleich Tod", dachte Davina fast mit Empörung. Den einen konnte man trotz Trauerarbeit und Verzweiflung noch akzeptieren und gewissermaßen als gerecht empfinden. Aber diesen nicht. Es war ein Schock, eine bittere Überraschung. Nach der Beerdigung, die sie am Rande eines Zusammenbruchs erlebte, konnte sie es nicht fertig bringen, das Grab der Mutter zu besuchen. Es schien ihr, als wäre ihre Mutter lebendig begraben worden. Sie war immer so körperlich, real, sichtbar und fassbar gewesen, dass die Tochter sich unmöglich einen abstrakten Geist an ihrer Stelle vorstellen konnte.

Deshalb konnte Davina keinen Trost im Friedhof finden, wie die meisten Menschen es taten. Für sie war es kein Ort der Befreiung, sondern eher der Vernichtung. Auch die Mutter hatte sich vor dem Friedhof gefürchtet, solange sie lebte, und hatte Besuche auf ein Minimum begrenzt; oft verzichtete sie darauf, die Gräber der Angehörigen zu sehen, auch wenn sie sie sehr stark geliebt hatte; gerade deshalb, weil sie sie so geliebt hatte...

Auch die Tochter empfand es so, und beide waren in diesem Gefühl der Abwehr und des Nicht-Einverständnisses vereint. Sie wollten das Lebendige, das Körperliche behalten und nicht diese Unbeweglichkeit der neuen Existenz von Knochen oder Asche in der Stille unter Bäumen als endgültig hinnehmen. Aber dadurch entging Davina eine Quelle der Erleichterung, die sonst viele Menschen hatten, denn an welchem anderen

Ort sonst hätte sie ihre Mutter besser finden können? Sie litt noch unter Schock, würde wahrscheinlich sehr lange nicht geheilt sein, bis sie eines Tages endlich in der Lage sein würde, das Grab der Mutter mit ruhigem Herzen als natürlich und wohltuend, wie das des Vaters, in sich aufzunehmen.
Aber noch war es ihr nicht möglich. Noch war der Tod schrecklich und unbegreiflich und ihre psychische Lähmung verhinderte jeden Kontakt mit der neuen Realität. Auch Messen und religiöse Rituale brachten ihr keine Erleichterung. Sie flüchtete vor den Kirchen oder blieb zögernd ohne Überzeugung. Auf der einen Seite wollte sie glauben, dass die Mutter im Himmel war, auf der anderen aber sagte sie immer wieder, dass dieser Tod vom Teufel gekommen sei.
Adela, die zwei Cousinen in Hamburg und die Bekannten, die ihre schon lang anhaltende Depression und ihren Lebensüberdruss beobachteten, rieten ihr einen Psychologen aufzusuchen, der ihr vielleicht aus dieser Notsituation helfen könnte. Sie war aber skeptisch und glaubte nicht an eine Therapie. Sie hatte noch nie einen Psychologen gebraucht, und es war nur sehr menschlich, dass sie die Mutter vermisste und den Verlust noch tief empfand.
Sie neigte eher dazu, eine Gruppe von Betroffenen ausfindig zu machen, eine Selbsthilfeinitiative von Menschen, die in der gleichen Lage wie sie waren. Es gab eine spezielle Gruppe für junge Eltern, die ihre Kinder verloren hatten; das war noch härter als ihr eigenes Schicksal, dachte sie. Sie nahm sich eine andere, allgemeinere Gruppe heraus und rief dort an. Aber das ganze endete mit wenig Anklang für sie. Sie trafen sich einmal in der Woche, gerade zu den Zeiten als sie im Blumengeschäft arbeiten musste. Andere Zeiten waren nicht möglich. Private Kontakte wurden nicht gepflegt, schien es, nur innerhalb der Gruppe. Im Moment gab es sowieso wenige

Leute, weil die meisten sich im Sommerurlaub befanden. Und am Freitag der kommenden Woche würde es aus dem Grund nicht stattfinden, erst in zwei Wochen.
„Zwei Wochen noch!", dachte Davina frustriert und enttäuscht. „Aber ich möchte jetzt schon, sofort, von meiner Mutter reden. Mit den anderen Menschen kann ich es nicht tun, sie verstehen mich nicht. Doch wie mache ich es, freitags von der Arbeit beurlaubt zu werden? Es geht gar nicht, ich muss mir eine andere Gruppe suchen."
Die Frau der Trauergruppe hatte eine resignierte Stimme am Telefon, klang etwas anonym und gehemmt, was an sich logisch war, denn sie hatten sich persönlich noch nicht kennen gelernt. Sie hatte selbst zwei Geschwister und ihren Mann verloren und aus dem Grund diese Initiative gegründet, zur eigenen Stabilisierung, um das Trauma zu überwinden und auch um den anderen zu helfen.
Als Davina ihre wenigen Worte über Tod und Verlust hörte, zitterte sie krampfhaft nervös, und fragte sich, ob es wirklich die richtige Methode sei, die passende Hilfe für sie, immer mit deprimierten Menschen zu sprechen, die alle nur von den Verstorbenen reden und sich durch das kollektive Gespräch immer mehr darauf fixieren würden, sodass der Schmerz, anstatt auszuklingen, sich noch verewigen sollte... Auf der einen Seite würde es ihr vorübergehende Linderung verschaffen, auf der anderen aber war es die Gefahr der übertriebenen Konservierung, die ihr Sorgen machte. War es nicht letzten Endes besser, mit oberflächlichen Menschen zu verkehren und wenigstens stellenweise den großen Schmerz zu verdrängen?
Davina ging nicht zur Selbsthilfegruppe, sie ging auch nicht zum Friedhof, nicht in die Kirche; sie ging nicht mit ihrem Partner spazieren, sie genoss das Blumengeschäft mit den

schönen Blumen und den Kunden nicht mehr, die sie bisher mit so viel Freude bedient hatte. Sie sprach seltener mit Adela, die sie im Stich gelassen hatte, und sie fühlte sich vereinsamt, ziellos und verwaist, wie jemand, der eine warme, gemütliche Wolldecke auf den Beinen gehabt hatte (das war die streichelnde und vertraute Gegenwart der Mutter für sie gewesen) und jetzt als unangenehmen Kontrast einen Eisblock in den Händen hielt.

„Am Tag, als meine Mutter starb, verwelkten alle Blumen und fingen an zu stinken. Ich musste sie alle in eine Tüte tun und in den Abfall werfen."

Fast so schlimm wie der Tod selbst war das Ereignis, das unmittelbar darauf folgen musste, die Wohnungsauflösung. Keiner begleitete sie in dieser schweren Stunde. Oder doch, aber nur partiell und sehr eingeschränkt, nicht die ganze Zeit. Eine der Hamburger Cousinen war zur Beerdigung da und beobachtete mit ihr zusammen voller Mitgefühl die vielen Gegenstände der Mutter, die jetzt endgültig vernichtet oder zum weiteren Gebrauch verteilt und umdisponiert werden mussten. Eine Putzfrau ihrer Mutter war flüchtig da und half bei der Entrümpelung alter Möbel und großer schwerer Säcke voller Wäsche. Ein Helfer kam, um mit ihr Gegenstände zu sortieren und zu verpacken, die sie jetzt in die Wohnung ihres Partners mitnehmen wollte. Auch August war mit seinem Auto da, um ein paar Koffer und Pakete von ihr zu transportieren; aber immer nur sehr kurz. Er verhielt sich meistens schlecht gelaunt und kritisch, sehr abgeneigt, ihre sentimentalen Schätze von ihrem ehemaligen Zuause, die sie unbedingt vor der Zerstörung retten wollte, zu übernehmen. Er schien sehr stolz und unnachgiebig: „Wir haben schon genug Sachen. Wir brauchen diese nicht."

Sie wurde manchmal wütend und rief aus: „Ich habe auch ein Recht, meine eigenen Dinge bei mir zu haben. Du glaubst, nur deine sind etwas wert und verachtest alles, was meine Identität ausmacht, in der Kindheit und später... Ich will diese Vase noch einpacken, sie gehörte meinem Vater."
Sein Widerwille, ihre Lieblingsgegenstände zu akzeptieren, erschreckte sie. Schon ein paar Monate vor dem Tod der Mutter waren sie in die neue Wohnung eingezogen; aber er hatte damals nur seine eigenen Habseligkeiten mitgenommen und ihre waren zwischenzeitlich bei der Mutter geblieben. Jetzt aber gab es dort keinen Platz mehr für sie, da die alte Wohnung bald aufgegeben werden musste. Er half wenig und wollte den Umzug eher verschieben, denn im Gegensatz zu ihr war er für ein langsames Handeln und bei Entscheidungen faul und träge.
„Nimm dir ein Lager für die Zwischenzeit und wir warten ein wenig."
Aber sie wollte nicht warten. Ein fieberhafter Zustand der Eile und der unaufschiebbaren Dringlichkeit hatte Besitz über sie ergriffen. Sie fühlte, dass sie nicht lange warten durfte, sonst hätte sie keinen Mut mehr gefunden, sich von den Schätzen der Mutter zu trennen oder ein Teil davon als ihr Eigentum, ein Stück ihrer selbst, für sich aufzubewahren. Es schien ihr dringend, sich so früh wie möglich der Wirklichkeit zu stellen. Das Handeln, Abräumen, Sortieren und Wegschmeißen war das Einzige, was sie vor der völligen Verzweiflung retten konnte.
Andererseits war es so grausam, alles verschwinden zu sehen, was die Mutter mit so viel Liebe und Stolz über die Jahre gehäuft hatte... Sie kam sich wie eine Verbrecherin vor, ein herzloser Mensch, der schon nach wenigen Stunden des Todes etwas Ordnung in das chaotische Durcheinander der

Mutter bringen wollte. Im Grunde wollte sie es nicht, und die unangenehme Aufgabe widerstrebte ihr. Aber sie konnte nicht einfach flüchten und alles fremden Händen überlassen. Sie war wenigstens keine Fremde, Sie war die einzige, die mit Würde und Taktgefühl über das Erbe der Mutter verfügen konnte, weil sie eine besondere Beziehung zu ihr gehabt hatte, und die Mutter würde sich sicherlich freuen, dass sie da war, um alles vor dem traurigen Abschied zu begutachten. Doch egal, was sie tat, hatte sie unweigerlich ein schlechtes Gewissen.

Hätte sie ein sehr großes Haus mit großzügigen Kellerräumen besessen, dann hätte sie natürlich aus sentimentalen Gründen alles behalten wollen und keinen Unterschied zwischen dem Untauglichen, dem alten Zerschlissenen und den besten Kleidungstücken, Tischdecken und der Bettwäsche gemacht. Aber da die Wohnung, die Davina mit August teilte, ziemlich klein war, musste sie das eine oder andere in den Müll befördern; hunderte von alten Lappen, die die Mutter mit übertriebenem Geiz aufbewahrte, als wäre sie sehr arm gewesen.

Sie hatte an sich viel zu viel von allem und besonders von diesen Lappen und unästhetischen Tüchern aus zerschnittenen Socken, Hemden und so weiter, die sie für einen hypothetischen Tag der großen Reinigung sich hatte vermehren lassen. Alles wiederholte sich in einem grotesken Überfluss, unzählige Windeln und Hosen mit Plastikschutz für ältere Menschen mit Inkontinenz, die die Mutter im Übermaß aus der Apotheke bestellt hatte.

Davina hatte kaum ein schlechtes Gewissen dabei. Man musste diese lästigen Dinge einfach loswerden. Doch die Entscheidung in Bezug auf andere Dinge fiel ihr schwer: Die Kleider der Mutter, die schönen und sogar die weniger

schönen. Sie erinnerte sich an jedes Ereignis, als die Mutter sie trug; sie konnte sich mit dem Verlust nicht versöhnen und mit der Vorstellung, dass diese sie nie wieder tragen würde.
„Ich werde die besten, die noch in einem guten Zustand sind, in zwei große Koffer für die Bedürftigen laden. Ein Koffer allein wäre nicht genug."
Die Tochter schwieg und arbeitete sich mühsam durch. Sie weinte bei jeder neuen Entscheidung: An jemanden weggeben? Für sich behalten?
„Vielleicht habe ich in zwei oder drei Jahren mehr Kraft, alles endgültig wegzuschmeißen. Aber jetzt noch nicht."
Davina war eine schwache, verletzte, innerlich gebrochene Person; sie war klein und zierlich, mit einer kindlichen Stimme, und duftete nach Rosen und Nelken, nicht nur weil sie in einem Blumengeschäft arbeitete, sondern wegen ihrer eigenen, lieblichen Haut. Doch andererseits war sie das imponierende Bild einer felsenstarken Tochter, resolut und unerschütterlich wie ein Stein.
Sie musste ihre Aufgabe erledigen, denn es war eine Verantwortung, die ihr allein zugemessen worden war. Die ganzen Tage arbeitete sie pausenlos und fiebernd, ihre beiden Hände schmerzhaft in das heilige Erbe der Mutter begrabend, die sie von allen Seiten betrachten und nicht verpassen wollte... Auch wenn sie einiges wegwerfen musste, näherte sie sich immer mehr der Mutter und streichelte sie mit ihren Erinnerungen.
Eines Nachts, als sie die Einsamkeit und die Aufgabe der Auslöschung ihrer Mutter nicht mehr ertragen konnte, schrieb sie eine Zeile, und noch eine... Unkontrollierbar und frei, ohne Vorbereitung. Kurz wie Seufzer waren ihre zitternden Buchstaben, die nach der Mutter und dem verlorenen Leben der beiden zusammen mit unendlicher Sehnsucht ausriefen.

Sie schrieb folgenden Text, schnell, abrupt und unverbunden, sprunghaft, konfus und erschüttert, wie ihre Gedanken und Gefühle auch waren:

Morgen zerreiße ich dich auch, meine Schrift, gemeinsam mit den vielen Papieren der Eltern: Zeitungsausschnitte, Rezepte, Adressen, Briefe und Rechnungen, vor allem ganz alte Kontoauszüge aus den 60er und 70er Jahren. Mutti hat vieles aufbewahrt. Sie dachte nicht daran, dass ich später... Dass der Tod kommt. Alles durchsehen, um es loszuwerden... Weg, weg damit! Was kann man mit so einem Kontoauszug nach fast 40 Jahren anfangen?
Es hängen noch alte Anzüge vom Vater, Hemden und Pullover im großen Schrank.
Sie brachte es nicht fertig, sich von seinen Gegenständen zu trennen und hat es immer wieder mit Ausreden verschoben oder hat selbst Wäsche von ihm angezogen. Die Liebe bringt es mit sich.
Ich rede mit meiner Mutter, aber sie kann mir nicht antworten, obwohl wir immer so gesprächig waren und so viel miteinander gesprochen haben. Ich bin sicher, dass ihr diese aufgezwungene Stummheit sehr schwer fällt. Sie würde am liebsten mit mir reden und auf meine neugierigen Fragen über das Jenseits eine Antwort geben; sie würde mir in allen Einzelheiten das Geheimnis des Jenseits mitteilen.
Wahrscheinlich herrschen dort sehr strenge Gesetze und die Menschen müssen sich gehorsam daran halten, denn noch nie ist ein Toter zurückgekehrt, um uns zu erzählen, wie er seine neue Existenz erlebt.
Vaters Schlafanzüge, noch zwei.

Ich habe jetzt nicht nur Sachen von der Mutter, sondern auch von dem Vater. Es ist zu viel und ich leide... So ein Erbe, so ein Erbe... Ich glaube, ich werde verrückt.
Noch mehr Küchenlappen, noch mehr Hosen und noch mehr Anzüge von Vater...
Es ist eine doppelte Last jetzt von beiden gleichzeitig Abschied nehmen zu müssen. Wenn ich bloß ein großes Haus hätte wie Adela!
Ich habe keine Angst vor Gespenstern, ganz im Gegenteil, ich liebe sie, mit alldem was sie umgibt. Ich würde sie auf unbegrenzte Zeit in ihren letzten Gegenständen weiterleben lassen. Aber unter meinen Umständen muss ich beide so schnell wie möglich in die Verbahnung schicken. Ach, hoffentlich ist die monströse Zeremonie bald zu Ende.
Mutter, meistens habe ich mehr Wissen als Du erlangen können. Du bewundertest mich für meine intellektuellen Fähigkeiten und lobtest mich unaufhörlich für meine Kenntnisse. Aber jetzt bist du mir so überlegen... Und ich freue mich fast über deinen Vorsprung im Erkennen, denn jetzt hast du das große Mysterium für dich enträtselt, warum wir hier geboren werden und dann verschwinden müssen. Du weißt aus eigener Erfahrung, wie der Vater auch, was uns nach diesem unklaren Leben hier erwartet.
Alles vom Vater werde ich an Wohltätigkeitsorganisationen geben. Die Anzüge sind kaum getragen, fast neu und klassisch, nicht von der Mode abhängig. Die Eltern hatten mehr Wäsche als die übrigen Menschen, denke ich. Viel mehr als ich selbst. Dass kam davon, dass sie vieles von anderen Menschen erbten, von Tanten, Onkeln oder Bekannten. Die Wäsche war in so einem guten Zustand, dass sie sich nicht trauten, sie abzulehnen. Mutter konnte nie der Versuchung widerstehen, viel von allem zu haben. Sie hätte Verkäuferin in

einem Textilladen werden sollen, so wie ich Blumenverkäuferin wurde, nur dass die Blumen dankbarer als Wäsche sind; sie nehmen wenig Platz ein und leben sehr kurz, während die Wäsche, die vielen Stoffe, in die sie verliebt war, sich im Durchschnitt gut über 20 Jahre halten konnen.
Ich bin erleichtert, dass diese zusätzlichen Textilien nicht meinen Eltern gehören. Sie bewahrten sie nur und trugen sie nicht einmal. So fällt es mir viel leichter mich von diesen zu trennen. Die Bekannten und Tante Gloria sind mir weniger wichtig als die Eltern. Nur das, was sie wirklich getragen haben, ist mir ein Heiligtum.
Aber die Lappen sind kein Heiligtum... Weg damit, weg damit. Sonst wäre ich unter ihrem Gewicht gelähmt und fände keine Kraft mehr für den Umzug. Ich werde ein paar aufheben für diesen Umzug, denn gerade dann muss vieles sauber gemacht werden. Aber ich behalte die anderen nicht, in der Wohnung ist kein Platz.
Ich wünsche, ich wäre auch tot und bräuchte keine Entscheidungen mehr zu treffen.
Ach, Mutter, du bist gegangen, ohne mir Richtlinien zu hinterlassen, wie du deine kleinen Schätze verteilen und organisieren willst! Ich hätte dich vielleicht auch fragen müssen? Warum habe ich dich nicht gefragt? Weil ich nie gedacht habe, dass du stirbst. Und jetzt habe ich mit deinem Eigentum auf Erden etwas Falsches getan, und deine Augen betrachten mich missbilligend von oben? Nein, ich weiß, dass du mir mit einem gemütlichen Lächeln verzeihst. Denn du willst mich nicht unglücklich sehen.
Ich bin aber doch sehr unglücklich. Wenn ich gewusst hätte, dass mir die ganze Familie allmählich verschwindet, dann hätte ich es abgelehnt, zur Welt zu kommen und du hättest keine Tochter gehabt.

Ich muss mich selbst von der Depression heilen, sonst kann es kein anderer Mensch, weder August, noch Ärzte, noch Selbsthilfegruppen. Wenn ich mein Leben nicht durch die eigene Hand beende, dann gibt es noch einige Zeit für mich hier, vielleicht ein paar Jahre, und ich muss sie so gut wie möglich verbringen. Du starbst auch nicht, als deine Mutter starb, und fandest immer neue Kräfte.

Ein paar Möbel nehme ich mit, die besten, und die übrigen lasse ich wegbringen. Der Umzug drängt. Wenn ich nichts tue und sich alles häufen lasse, dann müsste ich einige Monate zusätzlich für die Miete der alten Wohnung aufkommen. Das wäre ein teurer Aufschub. Und wer weiß, vielleicht hätte ich nach ein paar Monaten noch weniger Mut und Arbeitseifer als jetzt.

Mein Gott! Überall entdecke ich Papiere... Fünf Kopien der Geburtsurkunde meines Vaters und sechs seiner Sterbeurkunde. Die waren damals für die Beantragung der Witwenrente meiner Mutter nötig gewesen. Aber jetzt werden sie so gut wie nie gebraucht, außer in Verbindung mit mir selbst, um zum Beispiel nachzuweisen, dass sie meine Eltern sind oder waren. Ich lege alles, was noch aufzuheben ist, in eine grüne Mappe. Ich behalte ihre Reisepässe, auch wegen der Erinnerung, weil sie so wichtig in ihrem Leben waren, und ihre Heiratsurkunde nebst ihrer Krankenkassenhefte.

Das ist lächerlich. Die Hefte werden sie nie verwenden können und ich bin schon seit Jahren nicht mehr bei ihnen versichert. Aber ich fühle mich für die Dokumentation dieser zwei Menschen verantwortlich, die ich so gut gekannt und alltäglich gesehen habe. Es kann nicht sein, dass bei ihnen schon alles abgeschlossen ist und nur ein Grab bleibt. Und wo sind die Grabunterlagen? Und ihre Zeugnisse aus der Schule? Wieder häuft sich das Unwichtigere dazwischen: Quittungen und

Beschreibungen von Geräten, die nicht mehr funktionieren, Zahnarztrechnungen, Medikamentennamen, Einladungen, Krankenhausberichte. Und ich zerreiße und zerreiße wieder mit der Energie der Verzweiflung. Das letztere sollte ich vielleicht doch behalten? Aber ich verstehe nichts von Medizin, und es ist unproduktiv, denn, wem könnten jetzt die Berichte nutzen?

Gerade eben habe ich den Führerschein meines Vaters gefunden, mein Herz schmerzt. Aber nur kurz. Es gibt eine Art Konkurrenz zwischen den beiden, und im Moment ist es die Mutter, die meine ganzen Gedanken beansprucht, während alles andere verblasst, denn sie ist diejenige, die vor Kurzem gestorben ist und die von uns am meisten und am längsten leben wollte. Ist das nicht eine Ironie? Andere sträuben sich dagegen, weiter zu leben, und werden dazu gezwungen. Je mehr der eine leben will, umso weniger bekommt er an Jahren, und der zu früh gealterte Jenseitsfanatiker, der den Tod fast willkommen heißt, erreicht seine hundert Jahre.

So ist es mit Adelas Mutter, mit Augusts Mutter, mit den Müttern meiner ganzen Freundinnen.

Nie hatte ich Neid empfunden, aber jetzt schon, und Wut. Ich kann nicht mehr beten und mich nicht mehr mit Gott vertragen. Dieser Tod ist nicht gut für mich, auch wenn er meine Mutter vielleicht zum Himmel gebracht hat.

Ich werde verschiedene Stapel von Wäsche machen: Die Putzlappen sind zum Wegwerfen, die noch verpackten Inkontinenzhosen gebe ich an Altenheime weiter. Die Koffer für die Gemeinde oder diese türkische Organisation, die alles für arme Leute in der Türkei sammelt, sind rechts... Andere Koffer mit Wäsche, die nicht so gut aussieht, die aber in einem Wäschecontainer wenigstens weiterverwertet wird, sind links. Dann mache ich ein Paket mit der Wäsche, die ich nicht tragen kann, weil sie mir zu groß ist, die ich aber aus sentimentalen Gründen noch behalten will, und dann noch eins mit der Kleidung, die ich als direkte Erbin von ihr tragen werde.

Ich bin ekelhaft berechnend. Ich rechne schon mit der Zeit, in der ich weniger an sie denken werde. Schlau und ökonomisch verwalte ich mein Leidenspotential und schäme mich dafür.

Aber du bist die erste, die möchte, dass ich es überlebe, nicht wahr?

Das Geschirr werde ich mitnehmen, auch die vielen Gardinen, die Bettwäsche mit den riesigen Betttüchern, die die Großmutter so geduldig gestickt hatte. Alles ist so gemischt und in Unordnung geraten! Immer wolltest du alles in Ordnung bringen, alles für mich nähen und sauber vorbereiten. Aber es fehlte dir immer an der Zeit und der Kraft dazu.

Komm, hilf mir Mutter und stehe mir in dieser schwierigen Stunde der Entscheidung bei. Ich weiß, du hättest nichts weggeworfen. Aber so kann man nicht leben, man erstickt vor bei wenig Platz.

Du hast so viel gekämpft, damit ich eure Möbel bekomme...
Ja, ich nehme schon einen Teil, so viel wie möglich. Nur die ganz alten und halb kaputten Sachen nicht. Sie würden den Umzug sowieso nicht überleben. Ich nehme meine wertvollsten Gegenstände mit, den Schreibtisch, die Regale und die Couch. Ich versuche, alles in einen kleinen Raum in der neuen Wohnung zu schmuggeln und mache mir daraus eine warme Ecke der Erinnerung an die Vergangenheit, an das Leben mit euch.

Ich werde alle Handtücher und Betttücher waschen und viel Weichspüler benutzen, damit sie gut riechen. Da sie so lange ungebraucht im Schrank lagen, stinken sie irgendwie nach Feuchtigkeit.

Wie allein komme ich mir vor! Allein und verwaist. Ich hatte immer eine kleine, fast unmerkliche und nie eingestandene Abneigung gegen die Eltern, weil ich selbstständig werden wollte, weil das in Mode war. Und jetzt, jetzt habe ich meine volle und trostlose Selbstständigkeit bis zum Ende meiner Tage. Ich war dumm gewesen, ich hätte mehr für euch leben sollen.

Das Bügeleisen nehme ich auch mit, natürlich, und die Kiste mit den Stofftaschentüchern, und die Knöpfe, das Garn und das Nähezeug. Dein Nähen, wie unsere Gespräche, werde ich immer vermissen.

Ich habe Angst vor der Zeit, die mir bevorsteht, vor dem zu viel Vergessen oder zu viel Erinnern... Vor deinem Todestag jedes Jahr und vor deinem Geburtstag.

Wenn ich noch ein Kind wäre, könnte ich vielleicht folgendes schreiben:

An ihrem Geburtstag holen wir die Mutter
aus dem Himmel für ein paar Stunden.
Wir holen sie aus dem Tempel Gottes,
aus dem Schoß Marias und der Heiligen
und wir feiern mit ihr zusammen
mit Pralinen und schönen Liedern.
Wir feiern bis in die Nacht hinein mit Küssen,
und wenn wir uns am Ende verabschieden müssen
bis zum nächsten Jahr an ihrem Geburtstag,
dann fällt uns die Trennung nicht so schwer.

Davina Espejo schrieb nicht mehr. Sie wusch nur noch, warf Sachen weg, schnürte Säcke voller Wäsche für die Gemeinde und andere Vereine. Sie bereitete sich strebsam, konzentriert und fleißig auf den Umzug vor wie eine emsige, vorausschauende Ameise, wie ein Abiturient vor der Prüfung, aber ohne Hoffnungen und ohne Freude. In nur fünf sehr intensiven Tagen schaffte sie die ganze harte Arbeit der Vernichtung alter Gegenstände, die die Mutter ihr ganzes Leben vor sich her geschoben hatte. Sie war aber nicht stolz darauf, sondern verfluchte ihre Energie, die sie immer zu weiteren Handlungen zwang. Mehrmals musste sie in die alte Wohnung, um alles in Kartons und Koffer zu packen und neben die besseren Möbelstücke zu stellen, die sie schon längst für den Transport fertig gemacht hatte; dort erlitt sie die doppelte Qual der Erinnerung und des endgültigen Abschieds. Die eigentliche Wohnungsauflösung, als sie dem Hausmeister die Schlüssel übergab, war nur ein Schlag unter vielen. Wie alle schwachen und gleichzeitig starken Töchter, die auch ähnliches erlebt hatten, verfolgte sie düster die Bewegungen der Männer mit ihren Kisten zum Lastwagen, kalt und trocken, wie halb tot. „Haben wir etwas vergessen, Mutter? Nein, keine Sorgen, die werden nichts kaputt machen."

Nur als sie alles endlich in ihrem kleinen Raum in der neuen Wohnung aufeinandergestapelt sah, empfand sie so etwas wie Erleichterung. „Wenigstens habe ich dies und das von zu Hause gerettet."

Wie sie schon befürchtet hatte, waren die Geburtstage der Mutter nach deren Tod besonders traurig, und auch Weihnachten. Sie konnte sie schlecht ertragen; auch nach Jahren wurden sie nicht besser. Immer musste sie etwas Extremes, Verrücktes tun, um sich abzureagieren.

Am ersten Geburtstag ließ sie 60 Messen für die Mutter lesen, und sie gab das Geld gerne an die Kirche, an die verschiedenen Kirchen, die sie besuchte. Die einen wussten nicht von den anderen, aber in fast allen der Stadt wurde der Name der Mutter fast gleichzeitig in den Gottesdiensten ausgesprochen. Das allein machte ihr etwas Freude.

Am zweiten Geburtstag sagte sie zu ihrer Chefin im Blumengeschäft: „Heute kaufe ich die ganzen Blumen für meine Mutter."

Da sie sich selbst nicht in der Lage fühlte, zum Grab zu gehen, ließ sie die Blumen von verschiedenen Menschen dorthin bringen, von Adela und zwei Kollegen.

Am dritten Geburtstag aß sie so viel Kuchen und Schokolade, dass sie sich beinahe übergeben hätte; sie trank zu viel Champagner und kaufte sich einen neuen Rock.

Am vierten suchte sie eine alte Verwandte in Mexiko auf, mit der sie bisher kaum Kontakt hatten, und schenkte ihr den Schmuck der Mutter.

Am fünften und sechsten ließ sie schöne Rahmen für die Fotos der Mutter machen, auf denen sie noch sehr jung war, und betrachtete sie mit verträumten Augen.

Am elften Geburtstag, als alle schon dachten, sie wäre endgültig von ihrer Depression geheilt, stand sie mitten in einem Film auf und musste schnellstens das Kino verlassen. Aber es wurde noch schlimmer. Als sie in einem Café Leute sah, die eine Geburtstagsparty feierten, schloss sie sich in eine Toilette und schrie dort und weinte. „Ich kann es nicht ertragen. Alles ist so hohl und lästig!"

Doch mit der Zeit wurde der Schmerz sanfter und gedämpfter, und immer neue Ziele halfen ihr von der Verzweiflung weg zu kommen.

Am 20. Geburtstag der Mutter nach ihrem Tod hatte sie keinen Plan mehr, was sie noch machen würde, um eine gewisse Verbindung herzustellen. Sie überlegte mühsam: Zum Kloster gehen und Nonne werden? Eine Reise nach Indien unternehmen? Sich auf den Jakobsweg begeben? Nach Lourdes oder Fatima pilgern?

„Sie hätte gerne noch eine Pilgerfahrt gemacht, und ich hätte sie begleiten sollen. An ihrem nächsten Geburtstag gehe ich nach Fatima."

Ex-ex-ex-Geliebte

Er

Simone ist gekommen, um sich von mir zu verabschieden; besser gesagt, sie kommt, um ihre Siebensachen, die sie noch bei mir in der Wohnung hat, abzuholen.
Sie nimmt ihre zwei Nachthemden aus meinem Schrank heraus. Ich hatte keine Ahnung, dass sie dort noch - gefaltet - unter meinen Handtüchern lagen. Aber sie hat ein gutes Gedächtnis, sie scheint sich genau an alle Stellen zu erinnern, an denen ihre persönlichen Gegenstände verstreut bei mir geblieben sind. Sie holt ihr französisches Wörterbuch aus meinem Regal, ihre Zahnpaste und Zahnbürste auf dem Waschtisch neben meinem Rasierwasser und meinem Kamm, und sogar eine Packung Grippetabletten, die sie einmal mitgebracht hat.
Sie will nicht zu eigensüchtig erscheinen und sagt: "Du hast genug Zeug gegen Erkältungen, das hier würde dich bloß stören."
Nur die zwei Fertiggerichte, die sie einmal für einen Sonntag gekauft hatte, hat sie in meiner Tiefkühltruhe liegen lassen. Wahrscheinlich schämt sie sich, diese zu erwähnen, oder vielleicht wüsste sie gar nicht, was sie mit dem eingefrorenen Zeug in ihrer Tasche anfangen sollte, denn sie fährt nicht direkt nach Hause, sondern bleibt den ganzen Tag an der Uni. Eingefrorenes kann man nicht ohne weiteres mitschleppen wie Tabletten.
Still und hartnäckig sucht sie nach etwas... Ich frage sie dann: „Was suchst du? Vielleicht kann ich dir helfen, es zu finden."

„Marlenes Adresse. Ich dachte, ich hätte sie hier bei der Brille in meinem roten Portemonnaie. Marlene ist eine Freundin, sie ist umgezogen, und gerade das letzte Mal, als ich zu dir kam, hatte sie mir ihre Adresse gegeben."
„Es tut mir leid. Ich habe sie nirgendwo gesehen."
„Vielleicht hat deine Mutter sie aus Versehen weggeworfen. Es wäre ja nicht das erste Mal."
„Ich glaube es kaum. Sie kommt äußerst selten in meine Wohnung."

Simone Albrandt, die Exfreundin des jungen Mannes, geht allmählich zur Tür und macht Anstalten, den Ort zu verlassen.
„Ich hoffe, dass ich nichts vergessen habe", sagt sie noch gedämpft.
„Mach dir keine Sorgen. Ich bin nicht aus der Welt. Ich kann dich immer anrufen, wenn ich etwas Wichtiges von dir finde."
„Trotzdem... Ich möchte nicht gerne noch einmal kommen."
Sie macht ein verbittertes, trauriges Gesicht bei diesen Worten.
Aber dann denkt sie an ihren weiblichen Stolz und versucht ein munteres Lachen, weil es sich nicht lohnt, einem Mann nachzuweinen, und weil der Verlust eines solchen Mannes keine Tragödie bedeutet.
Elmar, der junge Mann, lacht ebenfalls unbequem.

Er

Wie peinlich, wie peinlich! Ich hätte vielleicht ihre paar Klamotten zusammenstellen sollen, damit sie nichts mehr zu suchen braucht. Ich hätte ihr alles nach Hause bringen sollen. Aber dann wäre noch mehr der Eindruck entstanden, als wollte ich sie aus meiner Wohnung hinauswerfen. Von mir aus könnte sie mir die Tüte mit ihren Habseligkeiten wieder überlassen und hier bleiben. Ich habe nichts gegen ihre gelegentlichen Besuche wie bisher. Doch sie wollte viel mehr als das... Sie wollte ganz bei mir einziehen, mich heiraten und Kinder bekommen, und dafür bin ich zu jung.

Ja, meine Mutter hat Recht, man kann sich nicht so unwiderruflich binden, wenn man noch nicht genau weiß, was man vom Leben will. Reif genug bin ich schon, um die Armut meiner jetzigen Reife und ihre Grenzen zu erkennen.

Was sagt man sich bei einem Abschied, wenn keiner der beiden dem ganzen Ernst eines Abschieds gewachsen ist?

„Bis bald, Elmar. Vielleicht sehen wir uns wieder auf einer Fete bei Freunden."

Es ist gut, dass wir uns keine Briefe geschrieben haben. Die kleinen Geschenke von mir kann sie natürlich behalten.

Sie ist herrschsüchtig und zu alt für mich, eine zweite Mutterfigur. Sie wollte mir alle Freiheiten nehmen, die ich mit so vielen Mühen gegen meine Mutter durchgesetzt habe.

Sie

Elmar ist nicht der erste. Ich bin übersättigt von Abschiedsgesprächen mit Partnern; meine dritte Liebe ist es bereits.

Ich bin so müde davon, dass die Männer nur gelegentliche Besuche von mir möchten und mir keine feste Bleibe anbieten. Ich glaube, ich werde keine Männerfreundschaften mehr suchen und mich in ein Kloster begeben.

Das hypothetische Wiedersehen auf einer Party ist nur ein Rendezvous in einem Kloster, aber das weiß er nicht. Einen Moment, noch einen Augenblick! Bevor ich gehe, muss ich alle Spuren von mir in dieser Wohnung wegwischen, nicht dass er nach drei Monaten noch ein intimes Kleidungsstück von mir finden sollte!

„Kann ich dir helfen? Was suchst du jetzt?"

„Nichts. Ich wollte nur auf der Heizung im Schlafzimmer nachsehen. Es ist alles klar. Ich habe schon nachgesehen. Ich gehe, ich gehe, ich gehe."

Schneller als das Licht

So schnell wie das Licht konnte ich nie laufen und werde es auch nie können, so viel steht fest. Zu meiner Verteidigung... Auch die übrigen Menschen schaffen es nicht. Sogar Flugzeuge können es nicht. Lichtgeschwindigkeit: fast 300 000 Kilometer pro Sekunde.
Als Kind habe ich nicht so sehr darauf geachtet; ich war auch nie gut in Physik. Aber jetzt denke ich oft an das Licht, an gewisse monumentale Messeinheiten und an meine Langsamkeit. Auch der Schall menschlicher Worte breitet sich sehr langsam aus, habe ich gelesen, in der Luft nur lächerliche 343 Meter pro Sekunde.
Wie ist es mit meinen Gedanken? Wie schnell sind Gedanken von ihrem Entstehen bis zu ihrer endgültigen Form und Wirkung? Aber überhaupt... Ist es notwendig, dass Gedanken Strecken zurücklegen? Beginnen und enden sie nicht schon in mir selbst? Sie brauchen keine Bewegung, um zu mir zu gelangen, leben bereits unglaublich still in mir. Doch ist es eine Täuschung. Auch sie bewegen sich, ersetzen einander, besetzen mein Gehirn fast simultan, aber nicht ganz, denn jeder Gedanke hat eine Zeitspanne. Sie erreichen mich so superschnell, dass ich sie - erstaunt und plötzlich wach, wie nach einem langen Schlaf - wieder wie am Anfang mit dem Licht vergleiche.
Aber haben alle Gedanken die gleiche Geschwindigkeit? Manche kommen mir wie Schnecken vor, sogar wie leblose Steine, lang anhaltend, immer im Hintergrund, dafür wenig intensiv; sie gähnen und liegen, statt dass sie laufen. Liegende Gedanken, im Rollstuhl sitzende oder in einem Lift transportierte, aber ohne eigene Kraft in den Füßen.

Meine Papiere haben keine Gedanken, aber breiten meinen Namen - Carmelita Portales Rodriguez - und meinen Aufenthaltsort, Barcelona, vor mir aus. Das ist kaum ein Gedanke, die Angabe überrascht und bewegt mich nicht mehr. Es ist einer von diesen liegenden Steinen, ohne welchen ich aber sonst keine Identität hätte.

Welche sind meine schnellsten Bilder? Wahrscheinlich die neuesten, die weniger verbrauchten. Durch Wiederholung und Eingewöhnung verlangsamen sie ihren Schritt. Die heutigen Bilder springen, überschlagen Seiten. Wenn sie morgen wieder kommen, sind sie bei Weitem nicht mehr so schnell.

Seitdem du im Krankenhaus bist, Alberto, fühle ich mich wie ein Roboter, eine Maschine. Wieso verändert sich ein Mensch zu einer Maschine bloß wegen der Einsamkeit?

Meine Gedanken gestern: Ich besitze keinen Fotoapparat der Gedanken und kein Fotoalbum, aber ich weiß, dass ich andere hatte: Ich bin ungeschickt. Ich verderbe es mir ständig mit der Gesellschaft. Ich lobte den Hund nicht, sondern brachte zum Ausdruck, dass ich Angst vor Hunden habe. Warum kann ich den Menschen nicht eine Freude machen und sagen: „So ein netter Kerl! Er hat kluge Augen und schaut so treu aus! Und stinkt überhaupt nicht, duftet eher nach Rosen. Ich hätte auch gern einen Hund."

Stattdessen mache ich mich unbeliebt bei Frau García und bei so vielen.

Mein Gedanke vorgestern war ähnlich, aber mit einer Abwandlung. Den Hund hatte ich noch nicht registriert, sondern nur Miguel. Mein Arbeitskollege Miguel. Er kritisiert mich immer und ich sagte endlich zu ihm, dass ich seine Kritik satt habe.

Wir sind endgültig Feinde. Wir beschnuppern uns gegenseitig mit Misstrauen.

Meine Gedanken davor waren auch typische Varianten meines Uneinigseins mit der Umwelt; doch waren sie vielleicht schneller als die darauf folgenden, weil sie einen Zyklusanfang markierten: Warum hat sich Frau Herrera einen Papagei angeschafft? Er ist zu vorlaut, unfein, unterbricht immer und sagt Schimpfworte. Kanarienvögel sind schöner.
Menschen und Tiere können sehr lästig sein.
Der Papagei braucht wenigstens keine Höflichkeitsregeln zu beachten.
Ich habe Rosalías Pass gesehen, doch ich darf sie nicht verraten. Sie gibt vor, jünger zu sein als sie in Wirklichkeit ist.
Fünf Jahre hat sie herunter geschwindelt.
Warum sind meine Fingernägel immer kaputt? Das tut weh.
Ein angeborenes, irreparables Übel, dafür kann ich keinem die Schuld zuschieben.
Wer weiß, was sie noch für Lügen sagt?
„Cullons", kreischt der Papagei von Frau Herrera und sie kichert dabei sehr albern und schämt sich. Das Wort hat er von seinem vorherigen Besitzer gelernt, einem primitiven Kneipenbesitzer.
Meine angeborene Unvollkommenheiten... Ich muss wieder Creme für meine Hände kaufen und meine Gedächtnislücken bei allen Verwandten, Bekannten und bei meiner Chefin vertuschen.
Frau Herrera schämt sich sehr, aber andererseits lächelt sie rätselhaft und stolz auf ihren Liebling. Im Grunde möchte sie uns alle schockieren.
Ich würde mich auch gerne originell, einmalig und mutig gegenüber den Konventionen zeigen, doch dafür braucht man keinen Vogel.
Ich könnte Rosalía erpressen, indem ich ihr sage, dass ich ihren Reisepass gesehen habe. Aber was hätte ich davon?

Sie würde mich nur hassen. Es ist eine harmlose Lüge, das mit dem Alter.
„Du bist von Natur aus böse."
Und dann kommmen zwei ganz alte Gedanken, die aber immer wieder neue Dimensionen erreichen und mit raschen, sprunghaften Schritten in meine Lebensbahn einmarschieren: Warum will mein Mann mir nie gestehen, dass er mich liebt? So viele Jahre schon zusammen und... Er ist kein Freund von Liebesworten.
Ich werde versuchen, eine Gehaltserhöhung zu beantragen, ja, als Anerkennung für meine „gesteigerte Leistung". Miguel gibt es nicht zu, aber in den letzten Monaten habe ich viel gearbeitet. Gerecht wäre es schon, meinen Einsatz zu belohnen. Bei anderen ist es möglich, nur bei mir nicht. Damals konnte ich Katalanisch nicht richtig schreiben, und ich dachte dies wäre ein Grund, weshalb sie mich nicht förderten. Aber jetzt kann ich Katalanisch perfekt schreiben und sogar sprechen, trotz meines Akzents aus Cádiz.
Noch ältere Gedanken kommen hoch, fast museale Stücke mit verwelkten Seniorengesichtern, und trotzdem noch lebendig, Erinnerungsreste an die Kindheit:
Zu Hause wurden meine fortschrittsanzeigenden Noten immer mit Interesse beobachtet. Es gab Kommentare über jede erfreuliche Einzelheit und danach Schokoladennachtisch.
Daraus entwickelt sich ein etwas neuerer, auf die Gegenwartslage bezogener Gedanke: Einen Menschen nicht zu fördern kommt einem Verbrechen gleich, kann einen sogar töten.
Das ist zu übertrieben gesagt. Ich sehe doch nicht wie eine Leiche aus, obwohl ich nach meinem 19. Lebensjahr nicht besonders unterstützt wurde. Diese Firma vernachlässigt kläglich all meine Qualitäten. Warum habe ich nie eine andere

gesucht? Feige, feige! Nicht immer sind es die anderen, die an meiner Situation schuldig sind.

Aber heute kreisen meine Gedanken nicht mehr um die Arbeit, um Rosalías Lügen, Miguels verbissene und bürokratische Achtsamkeit am Schreibtisch mir gegenüber, um Papagei oder Hund... Ich werde vom Gedanken an das Krankenhaus, Albertos Gesundheit und mein Roboter-Dasein, wenn er nicht da ist, voll in Anspruch genommen.

Was wenn ihm etwas Endgültiges passiert? Wie könnte ich die restlichen Jahre wie ein Roboter weiter leben? So ein Maschinen-Dasein wäre gar nicht lustig. Gerne verzichte ich darauf.

Durch die neue Krankenhauskomponente hat sich eine Reihe von ganz neuen Bildern in mir angestaut, die vor Jahren keine Veranlassung hatte zu existieren.

Ich mache mir Sorgen um seine Schmerzen, seinen Atem, seine Tabletten, sein Essen und Trinken. Ist das nicht Liebe?

Er mag es aber nicht. Er sagt, sein Körper gehöre ausschließlich ihm und ich unterdrücke seine Mündigkeit mit meiner Fürsorge. Was ist die Liebe sonst?

Ich gehe ihm auf die Nerven mit meinen Ratschlägen. Ich darf keinerlei Dankbarkeit von ihm erwarten, ganz im Gegenteil. Ich bin enttäuscht. Warum haben wir so unterschiedliche Meinungen über die Liebe?

Maschinen sind gar nicht so schlecht. Ich mag meinen PC, die Kaffeemaschine, den Fernseher, an erster Stelle die Waschmaschine. Aber ich als Roboter, ohne menschliche Regungen, nur auf Kommandos fixiert, um weiter zu funktionieren... Was hätte ich davon, wenn ich weiterhin äußerlich all die notwendigen Pflichten erfüllen würde, aber nicht mehr mit ihm reden könnte?

Es wäre sinnlos. Nur die Liebe, das wenige an Innerlichkeit, macht das Leben für mich erträglich.
Doch was heißt es eigentlich, mit ihm reden zu können? Meistens widersprechen wir uns gegenseitig. Er lobt mein Mitempfinden gar nicht. Aber nicht immer muss man gelobt werden, um ein bisschen Freude zu erleben.
Ich bin uneigensüchtig und voller guter Wünsche für ihn, fast wie ein Engel. Ich würde nach Santiago pilgern, unermüdlich für die Besserung seines Zustandes beten, ihm zuliebe meine Lieblingsbeschäftigungen aufgeben und sogar ein Gelübde ablegen, in Zukunft viel edler zu allen Menschen zu sein.
Vor allem ist es die Einsamkeit, die mich auffrisst und zerstört. Ich muss unbedingt mit ihm sprechen, seinen Körper streicheln. Wenn er wieder da ist, wird alles viel schöner sein.
Ja, ich verspreche hiermit feierlich, dass, wenn er aus dem Krankenhaus kommt und gesund wird, dass ich dann besser zu allen Menschen sein werde.
Kräfte zu einer Reinigungszeremonie werden in mir durch seine Krankheit mobilisiert. Sogar Miguels Gegenwart irritiert mich jetzt weniger. Ob die Krankheit Alberto auch reinigt und er daraus eine Lektion lernt?
Nicht immer werden die Kranken durch Leiden besser. Ganz im Gegenteil, sie sind verbittert, und das mit Recht.
Und ob ich besser geworden bin, ist auch fraglich. Ich bin nichts weiter als eine Maschine, ein Automat. Nur in den Augenblicken, wenn ich im Krankenhaus bei ihm zu Besuch bin, ungefähr drei Stunden am Tag, in denen ich an seiner Existenz teilnehmen darf, fühle ich das Leben erneut in meine Adern fließen.
Komisch, komisch! Geben Sie mir auch Infusion mit, neue Nahrung, neues Blut? Sein neulich implantierter Schrittmacher scheint mir auch viel mehr Luft zu geben und breite Räume

der Erleichterung zu verschaffen. Natürlich ist das nur eine poetische Vorstellung. Ich behalte mein altes Herz ohne Schrittmacher und deshalb atme ich auch nicht leichter.
Aber wenn er nach Hause kommt, werde ich mich bestimmt viel wohler fühlen. Ob ihm auch die Gefahr drohen würde, ein Roboter zu werden, wenn er mich nicht mehr hätte?
Vor lauter neuen Gedanken werde ich wahnsinnig. Seine und meine Unterschiede im Empfinden sind schon ein altes Thema. Als wir vor 20 Jahren heirateten begann es bereits und nahm einen wichtigen Platz in meinen Beobachtungen ein... Nur, dass jetzt die Krankheit hinzukommt und alles noch komplizierter macht.
Warum stört ihn die Liebe? Mich würde sie nie stören.
Es ist noch zu früh für den Tod. Pilgerfahrt nach Santiago; sich bei dem Allmächtigen bedanken... Noch ein paar Jahre das großartige Glück genießen, zusammen zu sein.
Es ist nicht so, dass dein Körper nur dir allein gehört. Ich bin auch daran beteiligt.
Wenn es ihm besser geht, wird er vielleicht meine begleitende Hand mehr zu schätzen wissen. Jetzt hoffe ich auf die Gehaltserhöhung seiner Gefühle; keine Anerkennung in der Firma, aber doch zu Hause.
Du bist zu ehrgeizig, Carmelita. Nach dem glänzenden Abitur wurdest du nicht mehr gelobt, sondern hängen gelassen. Die Eltern waren überarbeitet, hatten viele Enkelkinder und adoptierten noch im späteren Alter eine schöne Vietnamesin, die sie besonders förderten.
Weite, alte Erinnerungen kommen danach. Der Tod der Mutter und der von zwei Geschwistern in den zwei anschließenden Jahren.
Unglaublich, wie man drei Todesfälle innerhalb eines so kurzen Zeitraums verkraften kann! Und ich wurde nicht zum

Roboter, wahrscheinlich weil ich noch jung war. Ich hatte so viele Freunde und noch Familie, und eine Liebesbeziehung vor der Tür.

Alberto und ich waren sehr unterschiedliche Menschen. Ich vertiefe wieder den alten Zyklus unserer Verschiedenheiten.

Ich beneide andere Liebespaare. Seit wann ist dort dieser Neid? Wann war der Anfang dieses Neids als Blitzgedanke, fast so schnell wie das Licht oder sogar schneller? Er durchbohrte damals mein Herz und brachte alle übrigen Reaktionen meines Körpers und meiner Psyche zum Stillstand; die Geschwindigkeit und Plötzlichkeit der neuen Erkenntnis machte mich schwindlig: Was ist denn falsch an unserer Beziehung? Was machen denn die anderen besser als wir?

Jetzt ist es nur ein gewohnter Inhalt meiner inneren Vorgänge und ich betrachte das Gefühl ruhig von allen Seiten, wie ein disziplinierter, gründlicher Chronist, der über alles berichten soll.

Rosalía behält ihren ständigen Freund noch trotz der allgemeinen Skepsis der Nachbarschaft, weil er mindestens 16 Jahre jünger als sie ist. Nach einem Jahr sind sie immer noch zusammen, obwohl sie nicht besonders hübsch ist, sehr gekünstelt und überheblich wirkt und mit einer zu lauten und mechanischen Stimme spricht, was aber von ihrer sehr starken Schwerhörigkeit herrührt. Dafür kann sie nichts, natürlich, aber ihr Charakter zieht mich auch nicht an, denn sie lügt ständig.

Und doch... Irgendetwas Schönes muss der junge Anselmo an ihr sehen; er holt sie regelmäßig jeden Tag ab, und beide freuen sich über das Leben. Er misst ihrer Behinderung keine Bedeutung bei, die andere Menschen womöglich stören würde. Geduldig wiederholt er die Wörter, die sie nicht hört, und macht sich nichts daraus, empfindet es fast als ein Privileg und nicht als Barriere zwischen ihnen. Auch ihre Lügen und ihre Arroganz scheinen ihm zu gefallen und seine Leidenschaft zu steigern.

Es ist unglaublich. Warum erscheint Rosalía so attraktiv in seinen Augen? Naja, sie sieht glücklicher aus, geht öfters zum Friseur und zieht schönere, teuere Kleidung als sonst an, aber was ist denn so besonders an ihr? Da sprudelt mein automatischer, ungebremster Neid aus mir heraus, wie wenn meine Waschmaschine gestartet wird und zeitlich auf einander abgestimmte Geräusche von sich gibt. Nicht einmal in meinen besten Zeiten habe ich so eine Macht über einen Mann gehabt. Alberto ist nie so verliebt in mich gewesen.

Mein Mann leidet viel im Krankenhaus, im Hospital Clínico. Neuer Gedanke: Diese Intensivstation ist wie ein Albtraum. Er hat so viele Kanülen und Röhren im Körper, dass ich ihn kaum anfassen kann; ich kann ihn nicht frei umarmen wie sonst.

Wenn er wieder nach Hause kommt, werde ich ihm das Leben so angenehm wie möglich machen, ihm alle schweren Arbeiten abnehmen, mich einfach freuen.

Anselmo kommt aus einer sehr religiösen Familie; vielleicht hat er noch keine Erfahrungen mit einer Frau gehabt. Deshalb könnte diese reife und verdorbene, neue Geliebte wie eine Entdeckung für ihn sein. Warum vermische ich meine verschiedenen Gedanken so plump, so charakterlos, die an meinen Mann und die an Anselmo und die taube Rosalía als Femme fatale?

Was ist wieder mit meinem Computer los? Schon seit einigen Monaten habe ich nur Probleme damit. Er ist schon zu alt und zeitaufwändig. Ich müsste mir einen neuen kaufen, aber ich hasse immer diese Entscheidungen über Besorgungen. Eine gute Beratung suchen... Und wer installiert das alles? Haben

wir nicht schon den falschen Drucker gekauft, der so schön aussah, aber der nur mit diesen ganz teuren Patronen zu bedienen ist? Unsinn! Wieso kann ich an teure Patronen denken, während das Herz meines Mannes so schwach ist, dass ich nicht weiß, ob ich ihn vielleicht in dieser Nacht noch verliere? So etwas könnte ich nicht überleben.
Ich mag die unverschämte Frivolität meines Gehirns nicht. Immer werde ich von neuen, dramatisch schnellen Blitzen oder von alten Geschichten gefüttert, überfüttert... So sehr, dass ich zu dick werde und mich nicht bewegen kann. Sogar im Schlaf höre ich nicht auf, mir alles Vermischte, Unzusammenhängende vorzustellen.
Morgen ist Julianas Taufe, aber wenn es Alberto so schlecht geht, dann bin ich nicht in der Stimmung, mich dahin zu begeben. Ich bin wie eine Statue im Krankenhaus; ich will ja nur hier bleiben. Auch im Schlaf denke ich, dass ich noch im Krankenhaus sitze und warte.
Frau Herrera ist keine gute Putzfrau und ich würde sie gar nicht bei mir beschäftigen, aber Gloria schwört schon seit Jahren auf sie. Ich glaube, sie mag vor allem den Papagei, und auch ihre vielen Kinder mögen den Papagei. Wieder ein bisschen Neid oder Überraschung wird in mir wach: Meine vietnamesische Adoptivschwester hat viele Kinder; mit Juliana sind es jetzt sieben. Ich dagegen habe kein einziges... Um so besser, so habe ich mehr Freiheit und meine Einsamkeit, wenn keiner zu Hause ist. Kein Problem, wenn ich morgen absage... Bei den meisten Taufen sind wir sowieso nie da gewesen, nur bei der dritten, bei meiner Patentochter Isabel.
In den nächsten Tagen werde ich der Frau Herrera ein Geschenk für die kleine Juliana geben. Wenigstens das. Ich bin nicht geizig, nur in Sorge wegen Alberto, unkonzentriert und unsicher darüber, was man gewöhnlich für Kinder kauft.

Ich werde etwas Hübsches bei den Chinesen holen. Die Chinesen haben so viele Läden und alles zu billigen Preisen. Für Isabel brauche ich gar nichts mehr zu kaufen. Sie ist schon erwachsen und hat selbst Kinder. Unsere Beziehung war nie besonders gut, und es ist schade, denn als sie klein war, hätte ich sie gerne adoptiert und zu uns genommen.
Auf der Intensivstation darf man nicht lange bleiben, nur bis 21 Uhr. Bald muss ich wieder zu meinem Roboterstadium zurückkehren.
Aber wenigstens habe ich das beruhigende Gefühl, dass sie ihn hier besser als auf der normalen Station pflegen; sie achten mehr auf ihn und die Schwestern kommen sofort vorbei, wenn er klingelt. Eine Intensivstation ist wie ein Paradies an Plege und Aufmerksamkeit. Man wird wieder zu einem wertvollen Menschen, zu einem Sorgenkind, nicht durch die eigene Persönlichkeit, sondern durch diesen Pfand, der so viel Achtung und Bemühungen auslöst, das um jeden Preis zu rettende Leben. Alles wird beobachtet und protokolliert, was sein Atmen und seine Bewegungen betrifft, seinen Puls, seinen Blutdruck. Er darf sich kaum bewegen, denn sie haben ihm einen provisorischen Schrittmacher eingebaut (bis zur richtigen Operation am Montag), und dieser ziemlich große Kasten könnte sich bedrohlich von seinem Körper lösen.
Durch seine Krankheit ist mein Alberto ein Gegenstand der Aufmerksamkeit vieler Menschen geworden. Das ist ungewöhnlich und könnte auch beinahe etwas Neid in mir verursachen. Nur als Kind wird man verwöhnt, wenn man krank ist, und dann auf der Intensivstation wird man wenigstens beachtet und ernst genommen.
Wenn ich so viele Töchter und Enkelkinder wie Gloria hätte, dann würde ich dieses Gefühl vom Roboter-Dasein bei Albertos Abwesenheit in der Wohnung nicht mehr spüren. Ich

nehme an, man hat dann so viel Beschäftigung, Verantwortung und vor allem die Möglichkeit, diese kleinen Figuren, die irgendwie von dir abhängig sind, zu lieben... Ich würde Alberto deshalb natürlich nicht weniger lieben, aber etwas abgelenkt wäre ich schon.
Isabel ist genauso fruchtbar wie ihre Mutter, mit nur 21 hat sie schon drei Kinder. Deshalb glaubte ich in meiner Naivität, dass entweder Gloria oder später Isabel mir irgendein Kind unter den vielen geben würden. Aber das ist nicht geschehen. Nur einmal durften wir die zwei Großen mit in die Ferien nehmen; das ist schon lange her, das war am Anfang unserer Ehe. Und ich werde Alberto wieder meine dummen Ratschläge geben, bevor ich gehe. Auch wenn die Pflege hier besser ist, erleben wir auch Schwestern, die weniger gründlich und zuverlässig sind. Deshalb sage ich zu ihm: „Bitte, vergiss die Klingel nicht. Wenn du etwas brauchst, melde dich schnell. Sonst kommen sie nicht von selbst hinein. Du bist immer zu bescheiden und willst die Fremden nicht stören. Aber in einem Krankenhaus darf man wohl krank sein und es laut sagen."
„Nicht zu laut", sagt er kläglich, „sonst würden sie mich länger als nötig hier behalten wollen."
So weit weg von der Sonne sind wir! Im Mittel 500 Lichtsekunden, und jede Sekunde durchquert das Licht 300 000 Kilometer pro Sekunde; deshalb wärmt sie wahrscheinlich manchmal so wenig. Nach einem hypothetischen Absterben der Sonne würde unser Planet also vor der großen Finsternis noch acht Minuten lang mit Licht versorgt. Ich komme wieder auf meinen Gedanken an das Licht zurück: Das Licht im Wasser fließt nicht so schnell wie im Weltraum, nur 225 000 Kilometer in der Sekunde; und in Glas ist das Licht noch langsamer: 200 000 Kilometer pro Sekunde.

Doch ist die Geschwindigkeit des Lichtes - egal wie - unübertrefflich groß, die Obergrenze aller Körper; mit nur einer Ausnahme, einer dem Licht vergleichbaren Kraft. Ich lese davon in den Büchern: „Die Schwerkraft (Gravitation) ist tatsächlich genauso schnell wie das Licht." Und schneller noch als das Licht war die Ausbreitung des Universums. „Nach der gängigen kosmologischen Theorie expandierte das Universum in seiner Frühphase schneller als das Licht. Die aktuellen kosmologischen Urknallmodelle sprechen für eine Phase kurz nach dem Urknall, in dem sich das Universum in unvorstellbar kurzer Zeit sehr stark ausdehnte." So ein Universum, in dem so ein undefinierbarer Urknall geschieht und aus Kleinteilchen plötzlich überall und in allen Richtungen neue Welten und Galaxien entstehen... Es übertrifft meine Fantasie. Aber das Licht ist real und seine Geschwindigkeit kann ich gut nachvollziehen.

„Unser Computer ist nicht in Ordnung", sage ich unbeholfen zu Alberto, bevor ich ihn verlasse.

Vielleicht hätte ich es nicht tun sollen, denn es setzt ihn immer in fieberhafte Unruhe, wenn irgendetwas bei uns kaputt geht, wenn die Toilettenspülung nicht mehr funktioniert, unsere Waschmaschine, sein Handy... Aber andererseits will ich ein Zeichen der Normalität gegen die Intensivstation setzen, damit er an Details des alltäglichen Lebens denkt und weniger an sein Herz, das auch nicht in Ordnung ist.

Alberto reagiert sofort voller Unruhe wie immer bei bevorstehenden Reparaturen. Am liebsten würde er aus dem Bett herausspringen und mit mir nach Hause gehen.

„Was ist mit Jack los? Ist es ein Bedienungsfehler? Hast du etwas Falsches gemacht?"

„Nicht dass ich wüsste."

„Haben wir uns vielleicht ein Virus gefangen?"

Jack ist unser Kinderersatz, wie andere Hunde oder Katzen haben. Bald wird ein Vorwurf von ihm kommen und die gereizte Behauptung, dass ich immer wieder vergesse, unser Antivirusprogramm zu aktualisieren. Aber er sagt nichts mehr, lächelt nur traurig und bringt seine gesamte geschwächte Energie auf nur einen Satz: „Bestelle noch keinen Techniker, bis ich zu Hause bin."
Ich nicke. Im Grunde ist alles bei uns außer Betrieb, im Stillstand, in einer Wartestellung. Da Computer lediglich Maschinen sind, kann es nicht sein, dass Jack aus Sympathie mit meinem Mann auch krank geworden ist. Doch lautet das Ergebnis jetzt, dass ich eine Zeit lang ohne die beiden auskommen muss.
Zu Hause angelangt bleibe ich ein paar Minuten alleine zwischen Schlafzimmer und Wohnzimmer stehen, einfach so, gedankenlos in Nirwana-artigen Gefilden. Ich wüsste sonst nicht, was ich tun sollte. Dann falle ich wieder in meine Roboter-Reaktionen zurück: Radio anmachen, meine Hände nach dem Krankenhausbesuch waschen, dann ein gefrorenes, verformtes und unappetitliches Etwas in die Mikrowelle schieben, abwarten, die Geräusche hören, das heilige Licht sehen und dann dieses merkwürdige Wunder der Verwandlung beobachten.
Ich werde nicht zum Insekt, aber dafür wird diese gefrorene Masse, deren Identität man kaum erkennen kann, zu einem höchst lebendigen und warmen Essen auf meinem Teller. Dank der Mikrowelle wird die Gans in wenigen Minuten erkennbar. Der Eisklumpe verwandelt sich in eine Gans mit Reis und Champignons.
Ich habe es immer wieder mit dem Licht in diesen Tagen. Es ist das Licht mit seiner Hitze, das die Körper für mich verändert und gewissermaßen belebt; wenigstens kommt das,

was der anonyme Koch damals vorbereitet hat, zum Vorschein. Ich darf es essen und etwas Energie in mir aufnehmen.

Es wird Abend und immer dunkler in der Wohnung. Am Ende mache ich das elektrische Licht im Wohnzimmer an. Wie ein Kind beginne ich mit dem Lichtschalter zu spielen. An, aus... an, aus... Bestimmt zwanzig Mal oder öfter drücke ich abwechselnd auf den Schalter und schaue mir den Raum neugierig an, als wäre er ganz neu für mich. Vom Licht zur Dunkelheit und dann wieder zum Licht. Und alles geschieht so schnell! In der gleichen Sekunde, in der ich auf den Schalter drücke, da ist das Licht wie eine Überflutung. Es verwandelt die Gegenstände, ermöglicht sie erst, denn ohne Licht wären sie unsichtbar und daher unauffindbar. Aber trotz meiner Begeisterung für das Licht, muss ich registrieren, dass die Dunkelheit sich genauso schnell ausbreitet. Alles verschwindet sie so rasch und endgültig durch meinen Schalterdruck, als wäre es nie da gewesen.

Manche Schalter gehen nach oben und andere nach unten, um dieses sonderbare Phänomen des Stroms zu produzieren. Neuer Gedanke: Wenn ich im Dunkel sitze, vergrößere ich mit meiner Vorstellungskraft die Macht des Lichtes ins Unermessliche und glaube fast, dass ich jedes Mal durch einen einfachen Schalterdruck eine neue Welt erschaffen kann. Das heißt, es wird nicht der gleiche Raum vor mir erscheinen, sondern ein ganz anderer. Nach so einem radikalen und alles löschenden Zustand, wie die Dunkelheit es ist, könnte ich darauf schwören, dass das Licht in seiner wunderbaren Fröhlichkeit und Kraft ein verwandeltes, erneuerndes Zimmergefühl ermöglicht.

Natürlich ist das nur eine Illusion; es sind immer die gleichen Möbelstücke und chronischen Zusätze, die das Licht bescheint: meine Pantoffeln in der Ecke (die sollte ich der Ordnung halber lieber ins Schlafzimmer verfrachten), der Brandfleck auf meinem Schreibtisch (durch eine Kerze verursacht), den wir nie wegkriegen werden, die Couch mit für meinen Geschmack zu vielen Kissen (man schenkt uns überall immer wieder Kissen). Das Licht ist wie eine zur blossen Berichterstattung geborene, realistische Journalistin, die keine neuen Welten erschaffen kann. Es ist schade, denn diese großartigen, spielerischen Lichtstrahlen, die so stürmisch schnell und wild aus dem Nichts entstehen, bringen alle Voraussetzungen für gute Märchenerzähler.

Mikrowelle oder Lichtschalter... Es sind interessante Phänomene des Alltags, auf die wir gar nicht achten. Wir machen dasnLicht ständig an und aus, und es ist ein völlig entleertes Ritual. Aber es könnte von großer Transzendenz sein.

Ja, es ist besser, wenn Alberto selbst mit dem Techniker spricht.

Etwas Warmes sollte ich heute essen, drei Tage lang habe ich nur Butterbrote zu mir genommen.

Und das nächste Mal, wenn ich auf den Lichtschalter drücke, werde ich etwas ganz Neues sehen, das mich erstaunen wird: Vielleicht einen Schulraum mit vielen Tischen, Heften und Bleistiften darauf; oder ein Junggesellenappartment voller Flaschen nach einer verrückten Männerparty (ja, viele Männer, die versuchen, eine alte Stereoanlage zu reparieren). Die möglichen Szenarien sind unbegrenzt: Eine saubere Zahnarztpraxis, in der eine müde Assistentin gähnt und den letzten Patienten verabschiedet; eine Apotheke, in der ich Medikamente für Alberto und Glorias letzte Schwangerschaft kaufe; die alte Wohnung meiner Jugend, genau so wie sie war, als meine Mutter und die zwei Geschwister noch lebten;

ein Hotelzimmer voller Blumen und Gratulationstelegramme für mich, als hätte ich einen Nobelpreis für irgendetwas bekommen. Es kann so vieles sein!

Es ist eine ähnliche Erwartungshaltung, wie wenn man eine Tür aufmacht... Manchmal wissen wir nicht, was für ein Raum oder Collage von Räumen und Erfahrungen uns begegnen wird, wenn wir eintreten.

Warum sind wir meistens so illusionslos? Eine Tür aufmachen ist so spannend und aufregend... Wie auf einen Lichtschalter zu drücken. Und gelegentlich machen wir 50 Mal am Tag eine Tür auf, ohne darüber zu reflektieren, was auf der anderen Seite der Tür stehen könnte, welche bekannten oder unbekannten Szenarien geschehen könnten. Ja, es ist so wie bei den Urteilchen des Universums, die später zu etwas ganz anderem wurden oder wie die gefrorene Masse in der Mikrowelle, die zu etwas ganz anderem wird.

Meine Gedanken verdoppeln sich und laufen schneller, wenn Alberto nicht zu Hause ist. Am Ende werde ich nur zu Gedanken und zu keinen Handlungen mehr fähig sein. Das ist gefährlich. Ich schlafe auch weniger und denke nur noch.

Doch eine Handlung ist ja da, mein Drücken auf den Lichtschalter.

Neue Orte... Das wäre ganz reizvoll. Ein Haus mit einem Garten... Dafür sparen wir schon seit Jahren, dafür habe ich so sehr um eine Gehaltserhöhung gekämpft. Neid, Neid! Miguel hat so ein Haus mit Garten.

Hoffentlich wird Alberto wieder gesund! Die Vergeblichkeit der Vergangenheit geht mir auf die Nerven. Ich möchte Zukunft, nur Zukunft... Mit 52 bin ich zukunftsorientierter als mit 20.

Ich öffne die Tür des neuen Wohnzimmers. Ich bin sehr interessiert und gespannt auf die Neuigkeiten: Ob alles richtig angestrichen worden ist? Ob die Möbel und Gardinen richtig angebracht worden sind? Noch ist alles im Dunkeln, aber ich fühle schon die massive Holztür, die viel stabiler und schützender ist, als die dünnen Plastiktüren, die wir in unserer bisherigen Wohnung gehabt haben. Ich höre Isabels Kinder und Juliana im Garten spielen. Isabel und ihre Mutter haben eine kleine Religionsgemeinschaft gegründet. Die eine ist Heilpraktikerin und die andere Prophetin geworden. Sie sind meistens in Indien oder in den Vereinigten Staaten, deshalb haben sie jetzt so wenig Zeit für die Kinder und haben sie mir immer mehr überlassen.

Ich mache das Licht an und sehe den Raum. Kissen überall. Ich muss sie alle wegschmeißen, das wäre wenigstens eine Handlung. Wie ist es möglich, dass so viele Planeten und Sterne sich aus der riesigen Explosion herausbildeten, und ich... Ich bekomme nie etwas Neues zu Gesicht? Ich beneide das Universum um seine Orgien der Ausdehnung und Vermehrung, in so einer wahnsinnigen Geschwindigkeit, die die des Lichtes noch übertrifft.

Und ich bin so lahm und langsam im Vergleich dazu! Viel langsamer als das Licht, als der Schal, als andere Menschen bin ich. Schnecke, du bist mein Trost. Besser als ein Papagei wäre eine Schnecke für mich. Das ist ein neuer Gedanke. Aber Tiere sind mir immer fremd geblieben. Alberto, ich kann kaum die Zeit abwarten, bis du nach Hause kommst. Dann werde ich aufhören, eine Gedankenmaschine zu sein, eine Maschine, die nur imstande ist, Geschwindigkeiten zu vergleichen.

Zu der Autorin

Pilar Baumeister, 1948 in Barcelona, Spanien, geboren, lebt seit 1975 in Deutschland. Sie studierte deutsche, englische und russische Philologie.
Nach ihren Werken „Estados Interiores" und „El Antro de los Extraños" auf Spanisch schreibt sie seit vielen Jahren auf Deutsch.
Sie hält häufig Vorträge in den Schulen und Kulturzentren von Madrid und Segovia in Spanien. In Deutschland tritt sie bei Tagungen des Verbandes Deutscher Schriftsteller, bei Lesungen im Dunkeln und Lesungen mit zweisprachigen, zugewanderten AutorInnen auf. Seit 2006 leitet sie ein NRW-weites Projekt: Lesungen von AutorInnen mit Migrationshintergrund in deutscher Sprache. Hierzu gehört das „Festival der multikulturellen Literatur NRW" in Köln, das vom 31. August bis 2. September 2015 zum ersten Mal stattgefunden hat. Außerdem ist sie seit 1999 Sprecherin der Schriftsteller mit Migrationshintergrund im VS NRW.
Pilar Baumeister schreibt vorwiegend Kurzgeschichten, aber auch Lyrik, Romane und literarische Essays. Thematisch bezieht sie sich oft auf ihre Blindheit und die Reaktionen der Gesellschaft darauf, auf ihre doppelte Heimat (Deutschland und Spanien), auf Zweisprachigkeit, Multikulturalität, Krisensituationen und das Zusammenleben mit Familie, Freunden oder Fremden.

Publikationen (Auswahl):

„Die Gedankenleserin - eine fantastische Novelle", Norderstedt, 2015
„Bis morgen - Geschichten über Wiederholungsrituale", Norderstedt, 2015
„Me escondí, pero gritaba para que me oyesen. Poemas de Minerva y otras voces" (auf Spanisch), Norderstedt, 2015
„A pesar de Franco... Los mejores momentos" (auf Spanisch), Norderstedt, 2015
„Exotische Geschichten: Wo komme ich her?", Norderstedt, 2014
„Das Schiff Pardis für alle, auch für die Blinden", zweisprachiges Märchen (Deutsch-Spanisch), Bonn, 2011
„Wir schreiben Freitod... Schriftstellersuizide in vier Jahrhunderten", Frankfurt am Main, 2010
„Lyrikbrücken, Zehn blinde Dichter aus zehn Ländern Europas", Berlin, 2009
„Zwei Länder, die sich lieben. Geschichten aus Spanien und Deutschland", Bonn, 2006
„Die Erfindung des Erlebten. Geschichten über Behinderung, Erotik, Jenseits", Essen, 2000

www.pbaumeister-andreo.de